Marcus Bannò

DIE HÜTTE IM WALD

Der Autor:
Marcus Bannò, geboren am 3. März 1980 in Hagen Westfalen, entdeckte schon im Kindesalter seine Leidenschaft fürs Zeichnen und Schreiben. Nach mehreren nicht zu Ende geschriebenen Manuskripten und vielen unfertigen Geschichten verlor er die Schreiberei jedoch für lange Zeit aus den Augen. Erst nach schwerer Krankheit im Jahr 2015 besann er sich wieder auf seine alte Leidenschaft und hat seitdem mehrere Romanprojekte im Science-Fiction- und Mystery-Thriller-Genre beendet. Der Autor lebt mit seiner Familie im beschaulichen Wetter an der Ruhr, wo er in seiner Freizeit viele Stunden auf den Fußballplätzen der Region verbringt und die Mannschaft seines Sohnes anfeuert.

Marcus Bannò

Die Hütte im Wald

Roman

Dieses Taschenbuch ist auch als E-Book erhältlich.

1. Auflage
Mai 2019

erschienen im Selbstverlag durch
Marcus Bannò
Kaiserstr.65
58300 Wetter

Lektorat: Tanja Balg

„Was aus Liebe getan wird,
geschieht immer jenseits von Gut und Böse."
– Friedrich Nietzsche

„Jeder Tag ist ein kleines Leben – jedes Erwachen und Aufstehen eine kleine Geburt,
jeder frische Morgen eine kleine Jugend,
und jedes zu Bett gehen und Einschlafen ein kleiner Tod."
– Arthur Schopenhauer

Kapitel 1

Die hereinfallenden Sonnenstrahlen funkelten durch die Fensterscheibe und blendeten mich. Vogelgezwitscher drang durch das gekippte Fenster ins Zimmer. Die Luft war feucht und kühl, sie roch nach Wald.

Langsam öffnete ich die Augen ganz. Ich brauchte einen kurzen Moment, um mich zu orientieren und zu realisieren, wo ich war. Schon wieder hatte ich von Mimi geträumt. Doch das Gefühl der frischen Bettwäsche auf der Haut und die vertrauten Geräusche der Natur beruhigten mich, ließen mein Herz aufgehen. Ich atmete tief und zufrieden durch die Nase ein. Das Gefühl vollkommener Geborgenheit breitete sich in mir aus. Endlich war ich wieder hier, nach so langer Zeit. War wieder im Wald, in meiner geliebten Hütte.

Über mir erblickte ich die helle, hölzerne Decke, die ich erst letztes Jahr frisch geölt hatte. Das Holz, aus dem das Blockhaus gefertigt war, verströmte einen eigenen, mir vertrauten Geruch. Genüsslich gähnend streckte ich mich und sah neben das Bett, wo Rusty zufrieden auf seiner Decke schlief. Ich lächelte, Freudentränen stiegen in meine Augen. *Endlich wieder zu Hause.*

1. Sitzung

„Guten Tag … Sie müssen Mimi Saunders sein."

„Ja, genau. Guten Tag Doktor Sermazija."

„Willkommen. Schön, Sie persönlich kennenzulernen. Setzen Sie sich bitte."

„Danke. Hier oder dort?"

„Wo Sie möchten, Frau Saunders. Suchen Sie sich einen Platz aus."

„Bitte nennen Sie mich Mimi, Doktor. Ist mir lieber als Frau Saunders."

„Okay, wie Sie möchten, Mimi."

„Danke, dann setze ich mich hier hin, wenns recht ist. Was sagt das jetzt über meinen Charakter aus?"

„Haha … nichts Mimi, die Wahl des Sitzplatzes ist bei mir kein Test!"

„War auch nur ein kleiner Scherz."

„Also Mimi … vorneweg möchte ich noch einmal betonen, dass ich üblicherweise keine Partner – sei es Ehe- oder Lebenspartner – behandle."

„Ich weiß, Doktor."

„Ihr Mann Steve war jahrelang mein Patient, doch da er nun schon seit Längerem nicht mehr bei mir in Behandlung ist, geht das in Ordnung."

„Ja, danke nochmals dafür. Es ist wirklich unheimlich schwierig, einen Termin bei einem Psychotherapeuten zu bekommen, deswegen bin ich umso glücklicher, dass es bei Ihnen so kurzfristig geklappt hat."

„Sie hatten Glück, dass einer meiner Patienten vor Kurzem umgezogen und jetzt bei einem anderen Arzt in Behandlung ist. Nur deswegen war der kurzfristige Termin möglich."

„Nochmals danke."

„Kein Problem. Ich will ehrlich zu Ihnen sein, Mimi. Durch die Gespräche, die ich vor Jahren mit Ihrem Mann geführt habe, habe ich einen ungefähren Überblick über ihr Verhältnis zur damaligen Zeit. Wir haben hier natürlich auch über ihre Ehe gesprochen, daher bin ich bereits mit einigen der Probleme in Ihrer Beziehung vertraut – wenn auch nur aus der Sicht ihres Mannes. Deswegen bitte ich Sie, Ihre Probleme noch einmal detailliert aus Ihrer Sicht zu schildern. Denn es ist ja klar, dass die eigene Wahrnehmung der Probleme noch mal eine ganz andere als die des Partners oder der Angehörigen ist."

„Ja, klar. Ähm … ist das mein Wasserglas?"

„Ja. Bedienen Sie sich. Wasser gibts hier ohne Ende."

„Danke."

„Lassen Sie sich Zeit. Ich bin bereit, wenn Sie es sind."

„Okay … also, ich glaube … wie soll ich sagen? Ich

glaube … die Situation, wie sie mittlerweile ist – absolut furchtbar, wie Sie feststellen werden –, ist das Resultat aus vielen kleinen Ereignissen, die über die Jahre hinweg passiert sind. Sie gipfelten letztlich in diesem … Vorfall. Ein Albtraum, der alles verändert hat."

„Okay …"

„Entschuldigung? Darf ich fragen, was Sie sich aufschreiben?"

„Oh, ich mache mir nur Notizen, das ist so üblich. Keine Sorge, außer mir bekommt die niemand zu Gesicht – versprochen."

„Ah … okay. Also, wie ich bereits sagte … muss ich etwas weiter ausholen, um zum heutigen Stand der Dinge zu kommen. Ist das in Ordnung?"

„Natürlich, Mimi, dafür sind Sie hier. Wir haben ja nicht nur diese eine Sitzung. Erzählen Sie mir alles, was Ihnen wichtig erscheint."

„Okay … wie viel Zeit habe ich überhaupt?"

„Fünfundvierzig Minuten pro Sitzung."

„Alles klar. Dann fange ich an, als Steve und ich uns kennenlernten. Sie müssen wissen, dass ich im ersten Augenblick alles andere als angetan von ihm war. Steve war ein Kumpel von Lindas damaligem Freund. Linda ist eine meiner besten Freundinnen, müssen Sie wissen. Einen Abend rief sie mich an und fragte, ob ich Lust hätte, mit ihr, ihrem Freund Robert und einem seiner Kumpels was trinken zu gehen. Zu dem Zeitpunkt war ich etwas frustriert und zurückgezogen, weil ich erst vor wenigen Monaten eine ziemlich lange Beziehung beendet hatte, und ehrlich gesagt war ich wohl noch nicht so ganz über meinen Ex-Freund hinweg. Obwohl ich es war, die damals Schluss gemacht hatte – aber das ist eine andere komplizierte Geschichte …"

„Ja, konzentrieren wir uns auf Sie und Steve."

„Natürlich. Also, wir gingen zusammen was trinken. Im Bellinda's in Haven, wo wir früher als Junggesellinnen oft unsere Abende verbrachten, Billard spielten und Cocktails oder Bier tranken. Ich parkte mein Auto in einer Seitenstraße und näherte mich dem Bellinda's, Linda, Robert und Steve warteten bereits vor dem Eingang auf mich. Ich sah Steve und dachte sofort: ‚Nicht mein Typ.' Hakte den Abend direkt als totale Zeitverschwendung ab. Doch als wir dann später so quatschten und Bier tranken und ein paar Kugeln stießen, merkte ich, dass er doch nicht so verkehrt war, und fing sogar an, ihn ein bisschen sympathisch zu finden. Er brachte mich zum Lachen – wie kaum ein Mann vor ihm. Als wir an dem Abend das Bellinda's verließen, verabredeten wir vier uns für die nächste Woche. Wieder im Bellinda's zum Billard spielen, danach wollten wir gemeinsam essen. Es folgten weitere gemeinsame Abende, immer in Begleitung von Linda und Robert. Wir gingen ins Kino, in die Disco, in Bars, trafen uns nachmittags zum Spazieren und so. Eines Tages, nachdem wir uns ein paar Wochen kannten, nahm Steve im Kino plötzlich meine Hand und streichelte sie, und … was soll ich sagen … ich ließ es zu. Bei unserer nächsten Begegnung küssten wir uns zum ersten Mal. Und ich hatte tatsächlich Schmetterlinge im Bauch. Ehrlich gesagt nicht so heftig wie beim ersten Kuss mit meinem Ex, aber trotzdem. Ab dem Kuss-Abend waren wir offiziell ein Paar. Wir begannen uns alleine zu treffen und es klappte wirklich gut mit uns beiden. Steve war damals ein echt ein feiner Kerl, wissen sie …"

„Ich weiß."

„Ich empfand also tatsächlich etwas für ihn, auch wenn er nicht so wirklich mein Typ war. Steve war abgöttisch in mich verknallt, das spürte ich vom ersten Tag an. Er war leidenschaftlich, aufmerksam und ein wirklich toller Liebhaber. Er überhäufte mich mit Geschenken, massierte mir die Füße – was soll ich sagen, Doktor: ein Traum. Aber irgendwie fehlte ihm das gewisse Etwas. Er war … wie eines dieser gesunden Veggie-Sandwiches, Roggenbrot mit Tomate und

Salat. Lecker und gesund, aber eben kein Cheeseburger mit Bacon, wenn Sie verstehen, was ich meine."

„Ich denke, ich weiß, worauf sie hinauswollen."

„Und während bei mir und Steve eigentlich alles nach Plan lief – ich hatte mich mittlerweile an mein Veggie-Sandwich gewöhnt – rief mich mein Cheeseburger-mit-Bacon-Ex an."

„Ihr Ex-Freund?"

„Ron, genau."

„Was ist passiert?"

„Nun ja, was ist passiert? Mir ist das echt unangenehm, Doktor … aber wir haben uns noch mal getroffen."

„Heimlich?"

„Ja, natürlich. Wir haben uns eines Nachmittags außerhalb von Haven getroffen. Steve habe ich erzählt, ich würde eine Tante von mir besuchen."

„Okay …"

„Ron sagte mir, er wolle gerne mit mir reden, um der alten Zeiten willen, da es ihm nach unserer Trennung beschissen ging. Er brauche dieses Gespräch, um mit der Geschichte ein für alle Mal vernünftig abzuschließen. Und so waren wir einen Kaffee trinken."

„Ist Ihre Trennung damals nicht vernünftig abgelaufen? Hatten sie damals nicht genug miteinander gesprochen?"

„Tja … wie soll ich es sagen, Doktor … Wir haben quasi *überhaupt nicht* gesprochen, denn ich habe per SMS mit Ron Schluss gemacht."

„Per SMS?"

„Ja, ich weiß, nicht die feine englische Art … aber ich war zu feige, mich mit ihm auszusprechen."

„Und am Tag ihres erneuten Treffens waren sie es?"

„Ich dachte es zumindest, ja. Doch als ich Ron in dem Café sitzen sah, wie er verträumt in die Speisekarte schaute, da traf mich fast der Schlag. Ich war von meinen Gefühlen überwältigt … ich war erregt. Sie müssen wissen, Ron ist ein echter Kerl! Nicht ungepflegt oder neandertalermäßig, sondern einfach ein richtig toller, männlicher Typ. Ein Model. Mit seinem Dreitagebart und der schwarzen Lederjacke … und wie er duftet – ich sage ihnen, da käme jede Frau ins Schwärmen."

„Gehe ich recht in der Annahme, dass es nicht beim Kaffee geblieben ist?"

„Ja."

„Sie haben Steve also betrogen?"

„Ja … und ich habe mir das nie verziehen. Aber ich war an dem Tag … dieses eine Mal … einfach zu schwach."

„Tut mir leid, dass ich Sie unterbrechen muss, Mimi, aber wir müssen langsam zum Ende kommen, die Zeit ist für heute leider rum. Lassen Sie uns noch schnell einen neuen Termin vereinbaren. Wie passt es Ihnen nächste Woche Mittwoch?“

„Moment, ich schaue mal eben in meinen Kalender auf dem Handy … Ja, das passt. Wie viel Uhr?“

„Um sechzehn Uhr habe ich einen Termin frei.“

„Perfekt.“

Kapitel 2

Ich griff nach der Trainingshose, die über der Stuhllehne am Fußende des Bettes lag, und zog sie behäbig an. Dann schlüpfte ich in meine kuscheligen Lammfellpantoffeln und schlurfte Richtung Küche, um mir eine Kanne Kaffee aufzusetzen.

Rusty hob grunzend die Schnauze und öffnete widerwillig die müden Augen, als ich an ihm vorbei ging. Er streckte seine alten Glieder aus und wuffte mir schlaftrunken zu. Der alte Beagle-Rüde liebte es genauso wie ich, hier oben in der Natur zu sein. Sobald wir in der Hütte waren, schlief er immer fest und ausgiebig.

Ich lauschte dem beruhigenden Gluckern und Zischen der Kaffeemaschine, während die heiße dunkelbraune Flüssigkeit in einem zittrigen Strahl aus der Filtertüte in die Kanne floss. *Der Geruch von frisch gebrühtem Kaffee ist einfach unbezahlbar.*

Rusty trottete hinter mir in die Küche und streifte mein Bein. Durstig steckte er die Schnauze in den Wassernapf und trank.

„Na, alter Freund … hast Hunger, nicht wahr?", sagte ich, tätschelte seinen Rücken und holte eine

Dose Hundefutter aus dem Schrank über dem Waschbecken.

„Hmmm … Lamm und Geflügel, Rusty, das magst du doch, nicht wahr?“ Ich löffelte den Inhalt der Dose in den Napf, öffnete den Tretmülleimer – *Ka-tschuk!* – und warf die leere Konservendose in hohem Bogen hinein. Fröhlich pfeifend ließ ich den dampfenden Kaffee darauf in einem langen Strahl aus der Kanne in die Tasse laufen, sodass sich Schaumbläschen bildeten. Ich beobachtete Rusty, der gierig fraß.

„Heute werden wir beide unsere erste Runde drehen, alter Junge. Mal sehen, ob die Kamera seit letztem Jahr irgendwas Interessantes aufgezeichnet hat. Zumindest wenn die Speicherkarte nicht wieder den Geist aufgegeben hat, wie vor zwei Jahren“, sagte ich mehr zu mir selbst als zu Rusty und nahm einen Schluck aus der Tasse.

Als ich die Haustür öffnete, fröstelte ich – kein Wunder, war es doch erst Anfang März und bis zum offiziellen Frühlingsbeginn waren noch einige Tage hin. Bibbernd ging ich nach draußen. Der laubbedeckte Boden war von Raureif bedeckt und knisterte unter meinen Füßen. Wenn ich ausatmete, bildeten sich kleine Nebelschwaden vor meinem Mund. Ich ging zurück in die Hütte, zog mir eine Jacke über und nahm ein dickes Kissen mit nach draußen, um es als

Sitzunterlage auf die Holzbank zu legen.

Langsam leerte ich die Kaffeetasse und zündete mir genüsslich die erste Zigarette des Tages an. Ich rauchte komischerweise nur, wenn ich hier oben war – im Wald. Jedes Jahr, wenn Rusty und ich für vier Wochen in der Hütte waren, fühlte ich mich frei. Hier oben war ich der Cowboy aus der Zigarettenwerbung. In der Stadt hingegen verspürte ich nie das Verlangen zu rauchen. Die stickige Luft dort raubte mir schon so den Atem. Direkt nach dem ersten Zug wurde mir schwindelig. *Gut, dass ich sitze.*

Plötzlich hielt ich inne. Unmittelbar vor mir flitzte ein Eichhörnchen den Stamm einer Rotbuche herunter. Es verharrte im Laub und schaute wie paralysiert einige Sekunden aufmerksam in meine Richtung. Dann huschte es flink über den laubbedeckten Boden, schnappte sich eine dicke Eichel und kletterte den Baumstamm wieder empor.

Rusty trottete aus der Hütte, hob seinen Kopf, würdigte das Eichhörnchen nur eines desinteressierten Blickes und ließ sich schließlich neben mir nieder.

„Du willst doch jetzt nicht schon wieder ausruhen, alter Junge?! Ich mache mich jetzt fertig und dann gehts los. Wir drehen gleich unsere erste Runde. Bin gespannt, ob die Kamerabox dicht geblieben ist."

Ich ging in die Hütte und zog mir etwas Ordentliches an, füllte die Feldflasche mit frischem Trinkwasser aus dem Kanister und schmiss sie zusammen mit einer Packung geräucherter Würstchen, einem Apfel und ein paar Hundeleckerlies in den Rucksack zu Taschenlampe, Schraubendreher und einer Tube Dichtungspaste. Dann entnahm ich meiner Laptoptasche ein geladenes Akkupack für die Kamera und steckte sie mit einer frisch formatierten Speicherkarte in meine Jackentasche.

Zuletzt holte ich aus dem Waffenschrank meine Repetierbüchse, unterzog sie einer flüchtigen Laufkontrolle und packte eine 20er Packung Munition Kaliber 308 in die andere Jackentasche. Ich wollte nicht jagen – noch nicht. Für heute war nur ein Kontrollgang zur ersten Kamerabox an der westlichen Felswand geplant. Aber da Rusty und ich einige Stunden im tiefsten Wald verbringen würden, fühlte ich mich mit Gewehr sicherer. Ich hatte es immer bei mir, wenn wir unsere Runden drehten.

Wir gingen entlang des Trampelpfads die Anhöhe hinauf und ließen die Blockhütte hinter uns. Die Sonnenstrahlen fielen wie goldene, diagonale Säulen durch die vereinzelten Lücken der Baumwipfel und der Morgennebel schimmerte mystisch. In der Ferne hörte ich bereits das Rauschen des Baches, dem wir uns allmählich näherten. Rusty schnupperte und markierte einen Baum. Die meiste Zeit blieb er in meiner Nähe, nur selten, wenn er etwas im Unterholz witterte, verließ er den Pfad. Ich genoss die Geräusche und Gerüche des Waldes, sog Mutter Natur mit jeder Faser meines Körpers auf.

Rusty hastete voraus in Richtung Bachlauf und sprang in das flache Wasser. Hastig trank er ein paar Schlucke, schüttelte sich kräftig und tollte herum wie ein Welpe. *Der alte Junge blüht jedes Mal auf, wenn wir hier oben sind.*

Ich hockte mich ans Ufer und fuhr mit der flachen Hand durch das eiskalte Wasser, während ich Rusty beim Toben zusah.

Nachdem wir gut zwei Stunden unterwegs waren und die Sonne höher am Himmel stand, wurde mir warm. Ich öffnete den Reißverschluss meiner Jacke und nahm die Mütze ab – Zeit für eine kurze Rast. Auf einem dicken, umgekippten Baumstamm sitzend nahm ich mir eins der geräucherten Würstchen aus dem Rucksack und warf Rusty ein Leckerli hin. Das Zwitschern der Vögel untermalte unsere kleine Pause.

Nachdem ich noch ein zweites und ein drittes

Würstchen vertilgt hatte, zündete ich mir eine Zigarette an und wir setzten unseren routinemäßigen Kontrollgang zu Kamera Nummer eins fort. Ich wusste, wir würden etwas länger brauchen als im letzten Jahr und als im Jahr davor und davor – schließlich waren wir nicht jünger geworden, aber wir hatten Zeit. Alle Zeit der Welt.

Als die Sonne hoch am Himmel stand, erreichten wir oberhalb einer Lichtung einen alten Hochsitz. Jedes Jahr machten wir hier Mittagspause, und so kletterte ich auch diesmal einhändig die schmalen Holzsprossen empor, während ich Rusty mit dem anderen Arm an meine Brust presste.

Ich machte es mir auf der provisorischen Sitzbank gemütlich und lehnte den Kopf gegen meine zum Kissen gefaltete Jacke, Rusty kuschelte sich an meine ausgestreckten Beine. Die Sonne wärmte angenehm meine Haut, obwohl die Luft noch kühl war. Und so saßen wir da und nickten kurz darauf ein.

Somnium

Riesige Stapel leerer Papierblätter. Ein endloser, strahlender weißer Raum.

„Kann ich bitte etwas zu trinken haben?“

Stille.

Meine trockene Kehle brennt, ich kann nicht mal mehr schlucken.

Wieso bin ich schon wieder hier? Ich dachte, das wäre alles nur ein Traum … wäre nicht real. Und doch bin ich wieder hier, zwischen all diesen Stapeln weißen, leeren Papiers.

Ich will erneut nach etwas zu trinken rufen, doch meine Kehle ist mittlerweile so ausgetrocknet, dass ich kein Wort mehr herausbringe.

Ich zittere.

Plötzlich vernehme ich ein Geräusch – ein leises Klappern.

Mir ist kalt, furchtbar kalt. Dann bemerke ich, woher das Geräusch kommt und muss fast lachen.

Es kommt von mir.

Aus meinem Mund.

Von meinen vor eisiger Kälte klappernden Zähnen.

Ich sehe an mir herunter und erschrecke. An der Stelle, wo eigentlich mein Oberkörper sein sollte, ist nichts.

Weiß.

Ein strahlend weißer Fußboden, direkt unter meinem Hals.

Panisch reiße ich den Mund auf, will schreien, doch kein Laut kommt aus meiner Kehle.

Die oberen Blätter der riesigen Papierstapel beginnen herunterzufliegen. Sie flattern zu Boden, rascheln.

Hunderte.

Tausende.

Bis schließlich unendlich viele makellos weiße Blätter kreuz und quer durch den Raum fliegen.

Ich starre mit weit aufgerissenem, aber stummem Mund auf die umherfliegende Papierflut, bis ich, der ich nur noch aus meinem Kopf bestehe, schließlich vollkommen unter ihr begraben bin.

Kapitel 3

Rusty leckte an meinem Kinn und mich aus dem Tiefschlaf. Mein Nacken schmerzte fürchterlich und mein Rachen fühlte sich an wie ein staubiger Fußabtreter. Widerwillig öffnete ich die Augen und wurde prompt von den grellen Sonnenstrahlen geblendet. Ich tastete unter mir nach meinem Rucksack und zog die Wasserflasche heraus. Gleich darauf wurde meine ausgetrocknete Kehle von frischem Wasser geschwemmt – ich seufzte. *Herrlich.*

Laut meiner Armbanduhr hatte ich fast zwei Stunden geschlafen, es war früher Nachmittag. Bevor wir uns wieder auf den Weg machten, kramte ich im Rucksack nach dem Apfel, gab Rusty noch ein Leckerli und ließ meinen Blick über die Lichtung schweifen.

Irgendwas ist anders …

Ich biss vom Apfel ab und versuchte angestrengt, mich an das Bild von vor einem Jahr zu erinnern, als ich – wie heute – auf diesem Hochsitz gesessen und auf die Lichtung geschaut hatte.

Irgendetwas ist anders. Aber was?

„Na klar, alter Junge … letztes Jahr lag da vorne ein riesiger Baumstamm", sagte ich geistesabwesend zu Rusty und deutete mit dem Apfel in der Hand zur

Lichtung.

Irgendwer muss ihn weggeräumt haben.

„Wahrscheinlich der Förster – der alte Cullins."

Klar, wer sonst.

Ich mochte Jack Cullins nicht besonders. Er war schon seit Jahrzehnten Förster in diesem Wald, und wir begegneten uns jedes Jahr mindestens einmal, wenn ich ihm über die Auswertungen meiner Aufnahmen Bericht erstattete. Aber irgendwie war er mir schon immer äußerst suspekt. Nicht dass er mir jemals etwas getan hätte, er war mir einfach unsympathisch. Nachdem vor Jahren die ersten Gerüchte aufgekamen, dass hier oben eine wolfsähnliche Bestie gesichtet worden war, war Cullins ganz besessen davon, den Beweis dafür zu bekommen. Er hatte in den Monaten danach etliche grausam zugerichtete Tierkadaver gefunden, aber die Bestie, die dafür verantwortlich war, nie zu Gesicht bekommen. Außer Willie Russell, einem Ornithologen, der alle paar Monate im Wald nach seltenen Vogelarten Ausschau hielt, hatte nie jemand den Riesenwolf gesehen.

„D-das Vieh sah zwar aus wie einer, aber ich sags euch: Das war kein Wolf!", hatte Russell damals zitternd in Jackys Tankstelle erzählt, nachdem er das Vieh kurz zuvor zufällig in der Nähe der Leichenschlucht vors Fernglas bekommen hatte. *„Das Vieh war größer als ein*

Bär – ich schwörs euch!"

Jeder hatte Willie Russell damals für verrückt erklärt, außer Förster Cullins.

„Ich habe mit eigenen Augen gesehen, wie diese Tiere zugerichtet waren. Einem Hirsch wurde der Kopf samt Hals abgerissen! Nicht mal ein Grizzly würde so etwas zustande bringen! Ich will einen Beweis für die Existenz dieser Bestie, ein Video, ein Foto – irgendwas!" Cullins war damit sogar kurze Zeit später an die örtliche Presse herangetreten, die prompt einen großen Artikel auf die Titelseite der Montagsausgabe druckte.

Also beschloss ich, als Erster einen Beweis für die Existenz des sogenannten Killerwolfs zu liefern. Die Bestie wurde im Lauf der Jahre zu meinem persönlichen Ungeheuer von Loch Ness, zu meinem ganz eigenen Bigfoot.

Ich zog meine Jacke wieder an, schulterte den Rucksack und nahm Rusty auf den Arm, um den Hochsitz hinabzusteigen. Wir hatten noch einiges an Fußmarsch vor uns, bis wir Kamerabox Nummer eins am Rande der westlichen Waldseite erreichen würden. Wir machten das jedes Jahr auf dieselbe Art und Weise: Am ersten Tag gingen wir von der Blockhütte zum westlichen Areal des Waldgebiets. Dort befand sich auf einem Vorsprung an der Felswand, die die

Einheimischen den Großen Grauen nannten, Kamerabox eins. Dort angekommen, öffnete ich die Box und entnahm die Kamera, die durch einen angeschlossenen Bewegungsmelder filmte, sobald sich etwas vor der Linse bewegte. Dann tauschte ich Speicherkarte und Batterie gegen neue aus. Über den Bewegungssensor kontrollierte ich die Kamera mit der frischen Batterie auf einwandfreie Funktion, platzierte alles wieder in der Box und verschloss das Ganze möglichst wasserdicht. Alles in der Hoffnung, ein Jahr später eine intakte Kamera vorzufinden. Am zweiten Tag begaben wir uns immer von der Hütte aus geradewegs Richtung Norden, zu Kamerabox Nummer zwei und am dritten und letzten Erkundungstag kontrollierten wir im östlichen Gebiet Box Nummer drei. Während der westliche Teil des Waldes durch den Großen Grauen begrenzt war, kam man im Norden nach stundenlangem Fußmarsch schließlich an einen tiefen Abgrund.

Auf der Lichtung, auf der wir uns nach unserem Mittagsschlaf befanden, lag noch ungefähr ein Viertel der Strecke zur Felswand vor uns, was bedeutete, dass wir uns ranhalten mussten, wollten wir bis zum Einbruch der Nacht wieder zurück in der Hütte sein.

Hätte ich bloß nicht so lange geschlafen, verdammt.

Ich kramte meine Schachtel Reds aus der Tasche

und zündete mir eine Zigarette an. Beim ersten Zug wurde mir immer noch etwas schwindelig, aber mein Körper gewöhnte sich langsam wieder an die Giftstoffe. Ich bereute es, mir keine Thermoskanne mit Kaffee mitgenommen zu haben, jetzt hätte ich einen gebrauchen können. Morgen würde ich daran denken.

Wir setzten unseren Marsch fort – Richtung Westen, Richtung Felswand.

2. Sitzung

„So … Mimi, schön, dass Sie wieder hier sind. Wie geht es Ihnen?“

„Danke, ganz gut, Doktor.“

„Das freut mich, Sie sehen auch gut aus. Erholt.“

„Ja … ich fühle mich ganz gut, habe mir in den letzten Tagen viel Zeit für mich genommen, viel gelesen und entspannt. Das hat mir gutgetan.“

„Sehr gut, Mimi, sehr gut. Hören Sie immer auf Ihre Bedürfnisse. Und denken Sie dran: viel frische Luft. Spaziergänge sind immer gut, davon kann man nie genug haben.“

„Ja, das habe ich mir auch vorgenommen, in Zukunft wieder regelmäßig an die frische Luft zu gehen. Habe das ehrlich gesagt etwas vernachlässigt in letzter Zeit.“

„Was haben Sie heute mitgebracht, Mimi? Etwas Neues oder wollen Sie beim letzten Mal anschließen?“

„Ja … ich würde gerne weitererzählen, wie sich das zwischen Steve und mir entwickelt hat, welchen Lauf unsere Beziehung genommen hat. Ich hoffe, ich überspringe nichts und kriege einen nahtlosen Anschluss hin.“

„Aufgehört haben Sie beim letzten Mal an der Stelle, als Sie Steve mit ihrem Ex-Freund betrogen haben."

„Ah ja, danke. Deswegen die Notizen, was, Doktor?"

„Genau."

„Also, wie gesagt habe ich mich wegen der Geschichte mit Ron furchtbar gefühlt. Ich habe ihn danach nie wiedergesehen und auch nie wieder etwas von ihm gehört, doch diese Sache nagte an mir. Für eine sehr lange Zeit. Ich versuchte sie zu verdrängen, begann mir mehr und mehr einzureden, dass ich Steve liebte. Er liebte mich auf *jeden* Fall, vielleicht mehr, als mir lieb war, denn manchmal hatte ich den Eindruck, dass seine Liebe zu mir blind, ja … fast krankhaft war."

„Wie hat sich das bemerkbar gemacht?"

„Schwer zu beschreiben. Irgendwie spürte ich, dass seine Liebe zu mir deutlich stärker war als meine zu ihm, und deswegen fühlte ich mich gelegentlich unwohl. Obwohl es rückblickend wahrscheinlich eher ein Fehler von *mir* war und nicht von ihm …"

„Sie sollten deswegen kein schlechtes Gewissen haben. Die Stärke der Liebe zum jeweils anderen ist in jeder Beziehung ungleichmäßig verteilt. Einer liebt immer mehr als der andere, das ist unumgänglich. Fahren Sie fort."

„Wir unternahmen viel, lagen im Park oft einfach auf einer Decke, beobachteten die vorüberziehenden Wolken und genossen die Ruhe und Schönheit der Natur. Es war wunderbar. Wir beschlossen zu heiraten, und dann ging irgendwie alles ganz schnell."

„Moment, Sie sagten Sie waren sich Ihrer Liebe zu Steve nicht sicher, und trotzdem haben Sie sich entschlossen, ihn zu heiraten?"

„Seltsam, nicht wahr?"

„Allerdings."

„Wissen Sie, es hat sich irgendwie *vernünftig* angefühlt. Na ja, von wegen Veggie-Sandwich … außerdem dachte ich wohl, ich könnte so mein schlechtes Gewissen wegen Ron rein waschen."

„Verstehe. Fahren Sie bitte fort."

„Wir haben keine Riesenparty geschmissen, haben nur im engen Kreis der Familie geheiratet, das war unser beider Wunsch. Dann kamen die Flitterwochen in Italien, die wahrscheinlich schönste Zeit meines Lebens. Dieses Land, die Kultur und die Mentalität der Menschen haben mich vom ersten Augenblick an verzaubert, Steve ging es genauso. Wir hatten wirklich eine tolle Zeit dort, und zum ersten Mal spürte auch ich diese grenzenlose Liebe. Ich liebte Steve bedingungslos, und war unendlich froh, mich für ihn entschieden zu haben. Sämtliche Zweifel waren plötzlich verschwunden. Als wir aus den Flitterwochen zurückkamen, hielt dieses Hochgefühl noch einige Wochen an und ich war wirklich zufrieden mit meinem Leben … anfangs. Doch dann begann sich der Alltag einzuschleichen. Wir gingen beide arbeiten, Steve arbeitete sehr viel, war sehr ehrgeizig und … na ja, wie soll ich sagen … geldgierig. Er konnte nie genug bekommen, machte Überstunden ohne Ende und war selten zu Hause."

„Wie war das für Sie?"

„Was denken Sie denn? Natürlich nicht schön. Ich habe mich zwar häufig mit meinen Freundinnen getroffen und viel unternommen, während Steve arbeiten war, aber das war ja nicht der Grund, warum ich geheiratet hatte. Ich wollte eine Familie, Kinder bekommen, einen Mann an meiner Seite haben … und ich meine wirklich *an meiner Seite,* nicht nur auf dem Papier. Aber Steve war für mich zu einem Mann geworden, der nach einem Zwölf-bis-vierzehn-Stunden-Arbeitstag erschöpft nach Hause kam, mehr oder weniger wortlos zu Abend aß und wenig später auf der Couch einschlief, bevor er sich ins Bett schleppte, um am nächsten Morgen in aller Früh wieder zur Arbeit zu fahren. Tag ein, Tag aus …"

„Haben Sie ihn damit konfrontiert?"

„Natürlich. Anfangs war es mir unangenehm, ihn

darauf anzusprechen, und ich habe es … na, sagen wir mal, geschehen lassen … Aber nach einigen Monaten saß der Frust so tief, dass ich regelrecht ausgerastet bin. Das war im Nachhinein betrachtet nicht okay von mir, denn ich habe sämtlichen aufgestauten Ärger über meine, unsere Situation ohne Vorwarnung auf einmal rausgelassen. Ich habe geschrien, gewütet, ihn beschimpft. Es ging sogar eine teure Vase zu Bruch … übrigens ein Hochzeitsgeschenk von Steves Eltern."

„Wie hat er reagiert?"

„Nun, ich glaube, er war richtig geschockt. Er hatte nicht mit so etwas gerechnet. Ich glaube, für ihn war bis dahin alles in Ordnung gewesen. Er wollte einfach viel Geld verdienen, um uns ein gutes Leben zu ermöglichen, und war total überrascht, dass ich das nicht so sah wie er beziehungsweise es mich auch noch störte. Ich glaube mit diesen Vorwürfen, diesem Ausraster habe ich ihn damals sehr verletzt. Irgendetwas ist da in ihm kaputt gegangen. Er hat dadurch einen Knacks bekommen."

„Wie hat sich Ihre Beziehung danach geändert? Hat sich überhaupt etwas geändert?"

„Ja, auf jeden Fall. Steve hat ziemlich schnell angefangen sein Arbeitspensum zurückzuschrauben. Er hat mehr Zeit mit mir verbracht und sich wieder mehr Mühe mit unserer Beziehung gegeben – wie am Anfang. Dann habe ich auch das Gespräch mit ihm gesucht und ihm klargemacht, wie sehr ich mir ein Kind wünschte."

„Und? Wie hat er reagiert?"

„Anfangs zögerlich. Ich glaube, er hatte Sorge, dass ein Kind ihn noch mehr von der Arbeit ablenken könnte. Schließlich hatte er seine Überstunden schon reduziert und ich hatte den Eindruck, er wollte nicht noch mehr zurückstecken. Aber schließlich konnten wir uns doch darauf einigen, dass wir es versuchen wollten."

„Mimi, es tut mir leid, aber die Zeit neigt sich mal wieder dem Ende zu. Wir müssen nächstes Mal genau dort anknüpfen. Schauen wir noch, wann wir den nächsten Termin vereinbaren können?"

„Gern …"

Kapitel 4

Nachdem wir eine gute Stunde in strammem Tempo durchs Unterholz marschiert waren, hockte ich mich hin und trank ein paar kräftige Schlucke aus der Feldflasche. Für Rusty schüttete ich etwas Wasser in meine hohle Handfläche, die er gierig ausleckte. Meine Armbanduhr zeigte 15:21 Uhr an. Ich schätzte, dass wir in einer guten halben Stunde die Felswand erreichen würden. *Wäre der Wald nicht so dicht, könnten wir die Wand von hier aus bereits sehen.*

„Wir werden wohl erst im Dunkeln nach Hause kommen, alter Junge."

Rusty sah mich fragend an und leckte sich die letzten Wassertropfen von der Schnauze.

„Ja, ich weiß, es ist meine Schuld. Ich habe es heute etwas übertrieben mit dem Mittagsschlaf. Aber du hättest mich ja auch ruhig früher wecken können." Ich lächelte, tätschelte seinen Kopf. Dann stand ich auf und wir marschierten weiter.

Kurz bevor wir die Felswand erreichten, hielt Rusty plötzlich inne. Er war einige Meter vorausgelaufen und schien etwas zu wittern. Regungslos stand er da und starrte ins Dickicht. Ich näherte mich ihm langsam und hörte sein leises Knurren.

„Hey alter Junge … Was ist denn los…", flüsterte

ich besorgt. Ich war nur noch ein paar Schritte von Rusty entfernt. Er hatte Angst. Etwas war vor uns im Unterholz. Ich hockte mich – ein Knie auf dem Waldboden – neben ihn und streichelte seinen Rücken, um ihn zu beruhigen. Er zitterte. Das leise drohende Knurren wurde nun lauter. Angestrengt schaute ich in die Richtung, in der er Gefahr witterte, doch ich sah nichts. Keine Bewegung, kein Geräusch. Nur Rustys kehliges Knurren, er fletschte mittlerweile drohend die Zähne. Mit der Linken tätschelte ich weiter den Hund, während ich mit der Rechten langsam nach dem Riemen meines Gewehrs tastete, das mir über der Schulter hing.

„Ganz ruhig, alter Junge, ganz ruhig …"

Plötzlich ein Rascheln im Unterholz. Die Zweige und Blätter bewegten sich kurz. Das leise Knacken eines brechenden dünnen Astes.

Rusty bellte.

Dann ein weiteres Knacken, diesmal von einem dickeren Ast.

Verdammt … da drin muss etwas Großes lauern.

Rustys Bellen hallte durch den Wald, Speichelfäden flogen ihm um die Schnauze, ich hatte ihn noch nie so aggressiv erlebt.

Und plötzlich ging alles ganz schnell.

Eine schwarze Kreatur sprang aus dem Dickicht

und mit einem großen Satz auf uns zu.

Ein Wolf – der größte, den ich je gesehen hatte.

O mein Gott! Das ist er!

Rusty bellte und knurrte um sein Leben, unruhig tippelte er vor und zurück.

Panisch nestelte ich in meiner Jackentasche an der Munitionspackung herum, während der riesige Wolf – *er ist tatsächlich fast so groß wie ein Bär!* – uns mit gebleckten Zähnen und bösen Augen anstarrte. Lautlos schlich er zur Seite, ohne den Blick von uns zu lassen. Er schien nur auf den geeigneten Angriffsmoment zu warten.

Endlich bekam ich zwei Patronen aus der Verpackung, die ich zittrig aus der Jackentasche zog.

Rustys schallendes Bellen schien auf einmal ganz weit weg, als wären wir in verschiedenen Dimensionen. Mein Schädel brummte vor Aufregung.

Wieso habe ich das verdammte Magazin nicht heute Morgen schon geladen?, schoss es mir durch den Kopf. Das Tier war gigantisch. Sein pechschwarzes Fell glänzte makellos unter den vereinzelt durch die Bäume fallenden Sonnenstrahlen. Sein tiefes Knurren ließ die Luft vibrieren und seine Augen schienen rot zu glühen. Dicke Speichelfäden hingen an den hochgezogenen Lefzen.

Mit zittrigen Händen löste ich das Magazin aus

dem Gewehr und versuchte die Patronen hineinzustecken.

Rusty bellte mittlerweile so aufgeregt, dass ich Angst hatte, er könnte den Wolf anfallen.

Er würde von dem Biest in Stücke gerissen.

Im nächsten Augenblick passierte es.

Die schwarze Bestie sprintete auf uns zu und setzte auf halber Distanz zum Sprung an. Die Schnauze noch immer zu einer zähnefletschenden Grimasse verzogen, die Vorderpfoten mit messerscharfen Krallen voraus, flog das riesige Tier auf uns zu.

Mit einem Klick rastete eine Patrone im Magazin ein. Dann – *Klick!* – die zweite. Beherzt rammte ich das Magazin in das Gewehr und in derselben instinktiven Bewegung schob ich den Spannschieber vor und betätigte den Abzug.

Ein donnernder Knall ertönte.

Mein Schuss streifte das Monstrum, schwarze Fellfetzen flogen durch die Luft.

Der Wolf landete direkt vor uns und schnappte zu.

Gerade noch rechtzeitig machte ich einen Satz nach hinten und landete unsanft auf dem Rücken.

Keine Zeit aufzustehen! Der Wolf hätte den alten Rusty sonst zerfleischt. Erneut schob ich den Spannschieber vor, setzte das Gewehr an, zielte so gut es ging auf den Kopf des Ungeheuers – *diesmal muss der*

Schuss sitzen – und drückte ab.

Ein weiterer Donnerschlag hallte durch den Wald. Mein Schuss traf das Tier genau zwischen die Augen. Der Kopf schlug nach hinten. Ein erschrockenes, schmerzerfülltes Jaulen.

Rusty bellte wie verrückt.

Als der Kopf des Wolfes wieder nach vorne schnellte, schien er mich für den Bruchteil einer Sekunde hasserfüllt anzustarren. Auf seiner Stirn klaffte eine trockene Wunde, aus der eine dünne Rauchwolke trat. *Kein Blut?!* Rusty ließ von dem Wolf ab und lief zu mir. Die schwarze Bestie knurrte ein letztes Mal in unsere Richtung, bevor sie abdrehte und mit einem kräftigen Sprung zurück ins Unterholz verschwand.

An einen dicken Baum gelehnt streichelte ich Rusty, um ihn und mich selbst zu beruhigen. Mein Puls verlangsamte sich allmählich wieder. Ich kramte in meiner Jackentasche nach der Zigarettenschachtel.

„Rusty, alter Junge … da sind wir aber noch mal mit dem Schrecken davongekommen, was?“ Mit zittriger Hand steckte ich mir eine Zigarette an. „Es ist also wahr. Die Gerüchte stimmen, und der alte Willie Russell ist doch nicht verrückt. So einen riesigen Wolf habe ich in meinem ganzen Leben noch nicht gesehen.“ Rauch füllte meine Lungen, mein Körper beruhigte sich. „Wenn er nicht schwarz, sondern weiß wäre, hätte ich geschworen, das war ein Schattenwolf aus ‚Game of Thrones' – so groß wie das Ding war", sagte ich lachend und musste husten, weil ich mich am Zigarettenrauch verschluckte.

Er hat nicht geblutet, als du ihn zwischen die Augen getroffen hast. Er hätte mausetot umfallen müssen.

„Bin gespannt, was Cullins sagt, wenn ich ihm von unserer Begegnung mit der Bestie erzähle. Hoffentlich haben die Kameras irgendwas aufgezeichnet, Rusty. Hoffentlich!" Ich tätschelte Rustys Rücken, zog erneut an der Kippe und stand auf. „Komm, alter Junge, weiter gehts. Sobald wir die Felswand erreichen, kontrollieren wir die Kamera, tauschen Akku und Speicherkarte und machen kehrt. Durch diesen Mist haben wir bestimmt eine halbe Stunde verloren. Wir müssen uns beeilen." Ich schaute auf meine Uhr: 16:18.

Keine Zehn Minuten später erreichten wir die große Felswand. Sie erstreckte sich über gut einen Kilometer entlang des nordwestlichen Teils des Waldes. Die fast senkrecht aufsteigende Seite des Großen Grauen war glatt und steil, der untere Teil moosbewachsen. Einer Spalte entsprang eine natürliche Quelle. Das kalte Wasser lief in einem dünnen Rinnsal den glatten

Felsen hinab. Rusty leckte durstig an dem nassen Gestein.

Hier an der großen Bergwand war der Wald etwas lichter, sodass man weit sehen konnte. Ich ging in nördlicher Richtung langsam den imposanten Felsen entlang. Die Luft wurde bereits wieder kühler, da die Sonne um diese Jahreszeit noch nicht so viel Kraft hatte, und so zog ich den Reißverschluss meiner Jacke bis zum Kinn hoch.

Plötzlich ertönte über uns eine Abfolge schriller Schreie. Es musste sich um einen großen Vogel handeln, vielleicht ein Adler. Ich blickte an der Felswand empor, konnte jedoch nichts entdecken. Als ich einige Meter zurücktrat, sah ich auf einem kleinen Felsvorsprung Teile eines Horsts. Wieder schnitt ein kräftiger Schrei durch die Luft, und gleich darauf erhob sich ein Steinadler mit bemerkenswerter Flügelspannweite in die Lüfte und verschwand über den Baumkronen.

„Wow, Rusty, hast du das gesehen? Was für ein wunderschöner Adler. Der muss eine Spannweite von fast zweieinhalb Metern haben.“ Seit fast zehn Jahren kamen wir nun hier hoch in den Wald – es war das erste Mal, dass wir einen Adler gesehen hatten. Nachdem wir noch eine halbe Stunde an der gigantischen Felswand entlangmarschiert waren, kamen wir an die Stelle, an der ich die Kamerabox positioniert hatte. In einem schmalen Spalt im Gestein stand die kleine Holzkiste, die ich vor Jahren mit zwei Winkeleisen ins Gestein gedübelt hatte. Das runde Fenster für die Kameralinse und den Bewegungssensor an der Vorderseite der Box war von innen beschlagen. Ich setzte den Rucksack ab und holte den Schraubendreher heraus, um den Deckel zu lösen. Die Schraubenköpfe waren mittlerweile rostig.

Beim nächsten Ausflug muss ich an neue Schrauben denken. Am besten rostfreie.

Ich hebelte mit dem Schraubendreher unter den Deckel, löste ihn und hob ihn vorsichtig ab, wobei sich die Dichtung in lange Gummifäden auflöste.

„Dann wollen wir doch mal sehen …“, murmelte ich und legte den Holzdeckel zur Seite, bevor ich behutsam nach der Kamera griff. Das Gehäuse war kalt und leicht feucht – nichts Ungewöhnliches, nachdem sie ein Jahr bei Wind und Wetter hier draußen stand. Ich zog das Kabel des Bewegungssensors.

„Sieht eigentlich ganz gut aus“, sagte ich zu mir selbst und öffnete den kleinen Kunststoffdeckel des Speicherkartenslots. Mit den Fingerspitzen entnahm ich die Speicherkarte und ließ sie in der Brusttasche meiner Jacke verschwinden. Nachdem ich die neue 256-GB-Speicherkarte eingesetzt hatte, tauschte ich noch den Akku und drückte mit zittrigem Finger auf den Power-Knopf. Für den Bruchteil einer Sekunde war ich mir sicher, die Kamera wäre kaputt, als das leise, vertraute Summen der Elektronik ertönte und der kleine LED-Bildschirm aufflackerte. Mir fiel ein Stein vom Herzen.

„Gott sei Dank, alter Junge … sie funktioniert!“, rief ich Rusty zu, der mit schiefgelegtem Kopf neugierig beobachtete, was ich tat. Ich schloss das Kabel des Bewegungssensors wieder an und setzte die Kamera vorsichtig zurück in die Box. Aus dem Rucksack holte ich eine Tube Dichtungspaste und schmierte den Inhalt großzügig auf die Unterseite des Holzdeckels, bevor ich ihn wieder mit der Kiste verschraubte. Dann nahm ich einen großen Schluck aus der Feldflasche.

„Komm, alter Junge, wir gehen nach Hause. Bis wir da sind, wird es dunkel sein und verdammt kalt dazu. Wir sollten keine Zeit verlieren.“

Rusty sah mich mit fragenden Augen an. Ich verstaute die Feldflasche, den Schraubendreher und die Dichtungspaste wieder im Rucksack, zog ein Hundeleckerlie heraus und gab es Rusty. Dann kramte ich nach der Taschenlampe, ehe wir umdrehten und den langen Heimweg antraten.

Kapitel 5

Im Dunkeln erreichten wir erschöpft die Hütte.

Gleich morgen muss ich runter zur Tankstelle und neue Batterien für die Taschenlampe kaufen.

Die Lampe hatte vor ungefähr einer Stunde den Geist aufgegeben, sodass wir den Rest des Wegs in völliger Dunkelheit zurückgelegt hatten. Ohne Rusty hätte ich es niemals nach Hause geschafft – seine Nase hatte uns in der Finsternis den Weg geleitet. Ich tastete mit dem Schlüssel am Türschloss herum, bis der Bart endlich ins Schloss glitt. Die frostige Kälte der ausgekühlten Hütte empfing uns. Morgen würde ich daran denken müssen ein paar Holzscheite in den Kamin zu schmeißen, bevor wir unseren zweiten Kontrollgang starteten. Ich verstaute das Gewehr im Waffenschrank, legte den Rucksack ab und stapelte eine Lage Holz im Ofen. Ich hasste es, in der trockenen, heißen Kaminluft einschlafen zu müssen, aber es war unerträglich kalt in der Hütte.

Während das Holz im Kamin vor sich hin knisterte und Rusty es sich davor gemütlich gemacht hatte, trottete ich in die Küche und setzte Teewasser auf. Mir gingen die Bilder des riesigen schwarzen Wolfs nicht aus dem Kopf. Ich hatte ihn getroffen – genau zwischen die Augen – und dennoch hatte er es noch geschafft abzudrehen und davonzulaufen.

Unmöglich.

Und dieser böse, fast intelligente Blick, mit dem mich das Tier kurz vor seiner Flucht angestarrt hatte. Ich wusste, dass ich mir das nicht nur eingebildet hatte. Bei dem Gedanken daran lief mir ein Schauer über den Körper.

Kein Blut.

Aus der Einschussstelle war kein Blut ausgetreten. Nur Rauch.

„Verrückt", murmelte ich zu mir selbst. „Du scheinst den Verstand zu verlieren, Stevyboy."

Vielleicht tut mir die Einsamkeit hier oben mittlerweile doch nicht mehr so gut. Ich hab ihn mit dem Schuss wahrscheinlich nur gestreift. Das wirds sein. Ich hab ihn gar nicht zwischen die Augen getroffen, es war nur ein Streifschuss. Und der Rauch, den ich gesehen hab, war von dem verbrannten Fell, Punkt.

Das schrille Pfeifen des Teekessels riss mich aus meinen Gedanken.

Ich goss das heiße Wasser in die Tasse mit dem Kamillentee-Beutel und ging mich umziehen. Die Klamotten schmiss ich über eine Stuhllehne, zog meinen Pyjama an, schlüpfte in die Lammfellpantoffeln und legte mir fröstelnd eine Baumwolldecke um die Schultern. Rusty war bereits vor dem knisternden

Kamin eingeschlafen.

Mit der Tasse in der Hand ließ ich mich erschöpft auf dem Sessel nieder und kuschelte mich in die Decke. Langsam begann sich das Zimmer aufzuwärmen.

Die Aufnahmen auf der Speicherkarte schaue ich mir morgen an, dachte ich, starrte in die Flammen und schlürfte meinen Tee, bis ich schließlich auch einnickte.

Somnium

Ich sitze im Auto und fahre zur Arbeit – so wie jeden Morgen.

Dieser ewige Stau. Werde mich niemals daran gewöhnen.

Ich halte die Hupe gedrückt – nützt nichts, und das weißt du auch, Stevyboy.

Morgen früh lade ich mir ein Hörbuch auf den USB-Stick, dann hab ich wenigstens etwas Ablenkung.

Endlich geht es schleppend weiter.

Ich schaue auf die Uhr. Vielleicht schaffe ich es noch rechtzeitig ins Büro – könnte knapp werden.

Ich scrolle durch den Terminkalender auf meinem Smartphone. Was liegt heute noch alles an?

16:15 Uhr – Friseurtermin

17:30 Uhr – Yogakurs

19:00 Uhr – Treffen mit Franky

Mal wieder ein ziemlich stressiger Tag.

Muss meine Tage etwas entspannen, wie Dr. Sermazija mir geraten hat. Deswegen wahrscheinlich auch der Hautausschlag. Könnte stressbedingt sein.

Tuuut! – ein lautes Hupen.

Fast 'nen Herzinfarkt bekommen.

„Verdammt, du Arschloch! Ich fahr ja schon!"

Ich hab echt die Schnauze voll. Tagein, tagaus … immer

derselbe Mist.

Habe ich bis zum Feierabend Ritas Unterlagen nicht durchgearbeitet, kann ich mir was anhören. Also bedeutet das für mich mit Sicherheit: heute wieder mal Überstunden.

Den Friseurtermin kann ich zur Not noch absagen – auch wenn ich schon wieder aussehe wie ein Brückenpenner – aber zum Yoga gehe ich auf jeden Fall. Auch wenn es deshalb die zweite Abmahnung dieses Jahr geben sollte.

Drauf geschissen.

Plötzlich bin ich nicht mehr in meinem Auto, sondern in einem Haus. Ich gehe eine dunkle Treppe hinab. In irgendeinen Keller. Die Stufen knarzen bei jedem Schritt. Am Ende der Treppe ist eine niedrige Holztür. Ich muss mich beim Durchgehen bücken und finde mich in einem alten Kellergewölbe wieder.

Es ist dunkel und feucht.

Vorsichtig setze ich einen Fuß vor den anderen, versuche, mich mit zusammengekniffenen Augen an die Dunkelheit zu gewöhnen.

Ich höre leises Schmatzen.

Es ist kalt.

Plötzlich sehe ich, woher die Geräusche kommen.

Rusty sitzt am Ende des Raums, die Zähne in einem blutigen Arm vergraben. Mit einem reißenden Geräusch trennt er ein Stück Fleisch vom Knochen und kaut den zähen Brocken mit blutiger Schnauze.

Rusty ist böse.

Mit teuflischen Augen starrt er mich an und knurrt.

Er kaut und knurrt.

Kapitel 6

Als die Teetasse mit einem Klirren auf dem Holzboden landete, schreckte ich auf. Verwirrt sah ich mich um. Ich war im Sessel eingeschlafen. Mein Nacken war steif und schmerzte von der gekrümmten Haltung, mein Mund war von der heißen Kaminluft ganz ausgetrocknet. Rusty hatte die Augen ebenfalls geöffnet, bellte kurz und schlief direkt wieder ein. Das Holz im Kamin war bis auf ein paar glimmende Überreste verbrannt. Schwerfällig erhob ich mich aus dem Sessel, warf die Überreste der kaputten Tasse in den Mülleimer und ging ein letztes Mal pinkeln, bevor ich mich ins Bett legte und auf der Stelle wieder einschlief.

Diesmal träumte ich nicht.

Kapitel 7

Am nächsten Morgen wachte ich früher auf als gewöhnlich. Meine innere Uhr schien sich bereits auf den strammen Zeitplan hier oben eingestellt zu haben. Heute stand der Kontrollgang zur Kamerabox im Norden an, doch vorher musste ich noch runter zu Jackys Tankstelle fahren. Als ich aufstand, um zur Toilette zu gehen, öffnete auch Rusty die Augen, gähnte und streckte sich. Ich öffnete die Haustür einen Spalt, damit er raus konnte, um sein Geschäft zu erledigen. Nachdem ich mit erleichterter Blase, geputzten Zähnen und frisch gewaschenem Gesicht aus dem Bad kam, setzte ich mir eine Kanne Kaffee auf und packte zwei Scheiben Brot in den Toaster. Rusty bekam seine Dose Lamm und Geflügel (das Zeug stank widerlich), und so frühstückten wir zusammen – zufrieden schmatzend.

Nach dem Frühstück fuhr ich meinen Laptop hoch, holte die Speicherkarte aus meiner Jacke und steckte sie in den Kartenleser.

„Bin gespannt, ob wir hier was von der Bestie drauf haben", sagte ich zu Rusty. Er lag mit dem Kopf auf den Vorderpfoten neben meinem Stuhl und sah mich mit großen Augen an. Die Festplatte des Laptops surrte leise, als die Daten ausgelesen wurden.

Hoffentlich ist die Karte nicht wieder Schrott, dachte ich, stand auf und goss mir in der Küche noch einen Kaffee ein. Als ich zurückkam, war der Ordnerinhalt des Speichermediums bereits auf dem Desktop sichtbar.

„Wollen wir doch mal sehen“, murmelte ich und klickte die erste Videodatei an. Nach einer kurzen Ladephase startete die Wiedergabe. Das Bild war gestochen scharf. Ich sah mich selbst, wie ich vor die Kameralinse trat, ins Bild grinste, den Daumen hochstreckte und mich winkend von der Kamera entfernte. Rusty huschte kurz durchs Bild.

„Da, alter Junge, siehst du? Da waren wir noch ein Jahr jünger! O Mann, wie die Zeit fliegt.“

Rusty sah mich an und wuffte, als wollte er mir zustimmen.

Ich regelte die Abspielgeschwindigkeit des Videos hoch. Immer wieder hatte der Bewegungssensor nur auf sich im Wind bewegende Äste oder Büsche reagiert, wodurch große Teile der Aufnahmen ziemlich unspektakulär waren. Ein Specht flatterte vorbei, ein Reh graste vor der Felsspalte, schaute kurz Richtung Kamera und stakste dann davon, aber weit und breit kein Killerwolf. Tage und Nächte vergingen, Wochen,

Monate, mittlerweile lief das Video in achtfacher Geschwindigkeit …

„Halt!", rief ich und pausierte die Wiedergabe. Ich hatte etwas gesehen. Keinen Wolf, so viel war sicher, aber dennoch etwas Eigenartiges. „Was war das?", flüsterte ich und spulte zu der seltsamen Szene zurück. Es war nachts, das Kamerabild nicht besonders gut, und ich hatte Schwierigkeiten, überhaupt etwas zu erkennen. Aber es war ganz eindeutig ein Mann, der beim Zurückspulen, nun rückwärts durchs Bild lief. Er stoppte vor dem Felsspalt und schaute hinein.

„Ist das Cullins?", flüsterte ich und drückte auf Pause. Das Bild war sehr grobkörnig und die einzige Beleuchtung das Mondlicht, das zu allem Übel nicht besonders stark schien. „Sieht fast so aus, Rusty. Aber was tut er da?" Ich ließ die Aufnahme weiterlaufen und das Bild wurde unmittelbar schwarz. In der schnellen Wiedergabe war mir das nicht aufgefallen, höchstens ein kurzes Flackern, aber in normaler Wiedergabegeschwindigkeit war das Bild fast eine ganze Minute dunkel. Dann plötzlich erschien der Mann wieder im Bild – anscheinend hatte er die Kameralinse mit irgendetwas abgedeckt – und ging. Mir lief ein Schauer den Rücken hinab. „Was zur Hölle?", flüsterte ich und stoppte das Video.

Warum sollte Cullins (wenn er es denn wirklich war)

die Kamera abdecken? Hat er etwas zu verbergen? Was hat er in der Zeit, in der das Bild schwarz war, getan?

Nachdenklich trank ich meinen Kaffee aus und startete das Video erneut. Langsam erhöhte ich die Wiedergabegeschwindigkeit, bis nach gut drei Monaten Filmmaterial das Video abrupt stoppte.

„Das wars, da war die Karte voll …“, sagte ich zu mir selbst und warf die Speicherkarte wieder aus. Außer der beunruhigenden Szene mit dem Mann, der Ähnlichkeiten mit Förster Cullins gehabt hatte, war nichts Außergewöhnliches auf dem Video zu sehen, schon gar kein Killerwolf, so viel stand fest. Ich klappte den Laptop zu und ging nach draußen.

Der Morgen war neblig und kalt. Ich öffnete die Heckklappe meines dunkelgrünen 98er Mercedes ML und half Rusty in den Kofferraum. Dann schwang ich mich auf den Fahrersitz und startete den Motor – er sprang sofort an. *Die Karre hat 237.000 Kilometer auf dem Tacho und Rost an allen Ecken und Enden, aber der Motor … Mann, der Motor ist echt spitze.*

Langsam fuhr ich den holprigen Waldweg entlang in Richtung Landstraße, die sich in engen Kurven bis zu Jackys Tankstelle bergab durch den Wald schlängelte.

Im Radio pries Clyde McDowell die „heißesten

Scheiben aus den 80ern und 90ern" an, ehe Sting mit The Police „Every little thing she does is magic" zum Besten gaben. Während ich mit der linken Hand im Takt auf das Lenkrad trommelte, fischte ich mit der Rechten eine Reds aus der zerknautschten Schachtel und steckte sie an. Ich grölte lauthals mit und Rusty stimmte aus dem hinteren Teil des Wagens jaulend mit ein.

O Mann … ich liebe diesen Song.

Zufrieden grinsend rauchte ich meine Zigarette.

Die sieben Kilometer vom Blockhaus zur Tankstelle plapperte Clyde über das Wetter, spielte „Dancing in the Dark" von Springsteen, dem Boss, und schaltete einen Hörer zu, der aus seinem Auto anrief, während er auf dem Weg zur Arbeit im Stau stand und sich „Your Woman" von White Town wünschte, nachdem er in einem langen Monolog sämtliche Freunde, Arbeitskollegen und Verwandten gegrüßt hatte. Mit entspannten 30 Meilen pro Stunde bog ich um die letzte lang gezogene Kurve, als die Tankstelle in einiger Entfernung am rechten Straßenrand auftauchte.

Wie der Name schon verriet, konnte man bei Jacky selbstverständlich tanken, aber die Leute aus den angrenzenden Dörfern kamen hauptsächlich hierher, um etwas einzukaufen. Jacky hatte alles im Angebot, was man üblicherweise in einem Tankstellensortiment vermuten würde – und mehr. Neben den üblichen Tabakwaren und Zeitschriften gab es ein gutes Tiefkühlsortiment, etliche Biersorten, Spirituosen und Softdrinks, Drogerieartikel (von der Damenbinde bis zur Zahnbürste), eine überschaubare Sammlung recht aktueller DVDs und außerdem Batterien, Leuchtmittel und Elektrowerkzeuge. Eine kleine Auswahl Obst und Gemüse (wobei ich für dessen Frische nicht meine Hand ins Feuer gelegt hätte), Milch, Brot, Frühstücksflocken, gab es ebenso und auf spezielle Nachfrage schien Jacky zusätzlich aus seinem Hinterzimmer fast alles, was im Laden nicht auslag, hervorzaubern zu können.

Berühmt war er jedoch vor allen Dingen für seinen hervorragenden Kaffee.

Und damit meine ich her-vor-ra-gend!

Bevor ich das erste Mal einen Kaffee von Jacky getrunken hatte, wusste ich nicht, wie gut Kaffee schmecken kann.

Glaubt man Jackys Prahlerei, liegt das an den exotischen Bohnen, die er sich von seinem Großonkel mütterlicherseits direkt aus einer kleinen kolumbianischen Privatrösterei schicken lässt, und natürlich an der Kaffeemaschine, die angeblich seit Generationen in Familienbesitz ist und seiner Aussage nach „seit Jahrzehnten nicht mehr gereinigt wurde“ – *Igitt* –

„das ist das Geheimnis, Amigo!“

Langsam manövrierte ich den Mercedes über den unbefestigten Parkplatz. Die Kieselsteine knirschten unter den Reifen. Ich parkte, half Rusty aus dem Kofferraum und leinte ihn an, bevor ich an den beiden Zapfsäulen vorbei Richtung Eingang schlenderte.

Ich band Rusty mit der Leine am Geländer der Terrasse fest und schob den mit Wasser gefüllten Hundenapf in seine Richtung, damit er etwas trinken konnte. „Guter Junge“, sagte ich und tätschelte seinen Kopf, „bin gleich wieder da.“

Bli-bliiing!, klingelte die Türglocke, als ich eintrat.

Der fantastische Geruch frisch gekochten Kaffees hing im Raum. Ich hörte Jacky fröhlich pfeifen, sah ihn jedoch nirgendwo. Der Geschäftsraum war durch mehrere brusthohe Regale in drei Gänge aufgeteilt und vollgepackt mit Kartoffelchips, Süßigkeiten und Konserven. Die Kühlaggregate rechts vom Eingang brummten vor sich hin. Am hinteren Ende des Raums befand sich die Kasse, und das Zigarettensortiment, hinter dem Tresen stand eine Tür mit der Aufschrift „PRIVAT“ einen Spalt weit offen. Der bezaubernde Geruch der frisch gemahlenen Bohnen und Jackys melodisches Pfeifen schienen durch den Türspalt zu kommen und lockten mich regelrecht an.

„Haaallooo?,“ rief ich laut „Jacky? Bist du da?“ Vorsichtig klopfte ich mit den Fingerknöcheln an die Tür. „Jackyyy?“

Keine Antwort.

Ich drückte die Tür weiter auf und betrat das Hinterzimmer. Jacky stand mit dem Rücken zu mir. Er trug Kopfhörer und war laut pfeifend mit der riesigen Kaffeemaschine beschäftigt, während er rhythmisch mit den Hüften wackelte. Der Geruch war in dem kleinen Zimmer unheimlich intensiv – es war die Essenz von Kaffeearoma.

Ich entschied mich, ihn nicht von hinten zu erschrecken, während er eifrig Bohnen in das Mahlwerk kippte, diverse Hebel betätigte, den Kaffee mahlte, den Siebträger füllte, das feine Pulver behutsam mit dem Tamper festdrückte und dabei so fröhlich pfiff, als täte er nichts lieber. Ich stand einfach nur da, beobachtete ihn und wartete, dass er sich zu mir umdrehte.

Als er mich sah, zuckte er kurz zusammen. Jacky hatte wohl nicht damit gerechnet, so früh morgens schon Kundschaft zu haben. Er setzte die Kopfhörer ab. Den winzigen Bruchteil einer Sekunde machte er den Eindruck, als wüsste er nicht, wen er vor sich hatte, doch dann lächelte er.

„Na, da soll mich doch der Teufel holen! Steve, alter Gringo!“, sagte er sichtlich erfreut.

„Hallo Jacky, schön, dich zu sehen.“

„Nein, Amigo, schön *dich* zu sehen!“

Jacky liebte es, spanische Ausdrücke zu benutzen, obwohl er mit Spanien oder Südamerika so wenig am Hut hatte wie eine Kuh mit Kitesurfen.

„Du kommst gerade richtig, Amigo. Ich habe soeben die erste Ladung Kaffee fertig.“

„Man riechts. Duftet fabelhaft – einzigartig.“

Jackys Brust schwoll an und er wirkte direkt ein paar Zentimeter größer. Ungelenk kam er auf mich zu. Seine langen fettigen Haare, die unter dem Truckercap schnurgerade herunterhingen, wippten bei jedem Schritt vor und zurück. Er war nicht sehr groß, ziemlich dünn und machte seit jeher einen ungepflegten Eindruck. Wir begrüßten uns herzlich und er bat mich, im Hinterzimmer an einem kleinen Klapptisch Platz zu nehmen, auf dem er seine dampfende Kaffeetasse abgestellt hatte.

„Ich mach dir sofort einen, mein Freund“, sagte er, öffnete einen alten Hängeschrank über der Maschine und nahm eine Tasse heraus.

„Milch und Zucker, richtig Steve?“

„Nur Milch, danke.“

Er goss einen Schluck frische Milch in die Tasse, stellte sie unter den Siebträger und startete die Maschine. Das lang gezogene Knattern der Pumpe setzte ein und das braune Gold floss in einem gleichmäßigen, dampfenden Strahl in die Tasse.

Aaah … dieser Geruch.

Jacky reichte mir die Tasse und setzte sich zu mir an den Tisch.

„Seit wann bist du wieder hier, Steve?“, fragte er und nippte an seiner eigenen Tasse.

„Vorgestern sind wir angekommen“, sagte ich und trank ebenfalls einen Schluck. „Tut gut, wieder hier oben zu sein. Die letzten elf Monate kamen mir wie 'ne halbe Ewigkeit vor, obwohl man ja normalerweise den Eindruck hat, die Zeit würde mit dem Alter immer schneller vergehen.“

„Ja … das stimmt, Amigo.“

„Wie war dein letztes Jahr so, Jacky? Gibts irgendwelche Neuigkeiten?“

Der Kaffee ist einsame Spitze.

„Nein, nicht wirklich. Die letzten zwölf Monate hat sich hier oben nicht viel getan. Manchmal habe ich den Eindruck, hier oben ändert sich nie was.“ Er schaute mich an und zog eine Augenbraue hoch. „Warst du, seit du hier bist, schon da? … Ich meine, du weißt schon … am Zaun?“ Seine Stimme klang geheimnisvoll.

„Nein“, sagte ich knapp. „Wenn alles nach Plan

läuft, nehme ich mir die Ostseite morgen vor."

Jacky nickte wortlos.

„Sind es immer noch Außerirdische, die von der Regierung in der Anlage versteckt werden, oder gibt es mittlerweile andere Theorien, was hinter dem Zaun vor sich gehen könnte?", fragte ich neugierig.

Der östliche Teil des Waldes grenzte an einen mehrere Hundert Meter langen Stacheldrahtzaun, hinter dem mit Kameras bewachte Mauern eine gigantische Anlage umrundeten. Der Gebäudekomplex war ein Mysterium und seit Jahrzehnten Grund für wilde Spekulationen und Verschwörungstheorien, da keiner der Einheimischen zu wissen schien, was genau hinter den Mauern vor sich ging. Die verbreitetste Theorie (auch in den einschlägigen Internetforen) war, dass es sich um eine geheime Forschungseinrichtung der Regierung handelte, in der außerirdische Lebensformen versteckt gehalten und untersucht wurden – eine Art Area 51 mitten im Wald von Forest Hill.

Aber Jacky schüttelte den Kopf.

„Die Einheimischen haben mittlerweile das Interesse an der Anlage verloren", sagte er gelangweilt. „Die einen vertreten den Standpunkt mit den Aliens, die anderen sagen, die NSA habe da drin ihre Server versteckt. Und wieder andere glauben, dass es sich um ein geheimes Waffenlager des Militärs handelt. Aber ganz ehrlich? Was solls? Wir ändern eh nichts dran, egal, was es ist. Und solange wir Bewohner keinen Nachteil durch die Anlage haben, solls mir auch egal sein, was da drin vor sich geht." Erneut nippte er an seiner Tasse. „Ganz im Gegenteil, es kommen immer wieder Touristen hier hoch und wollen Fotos von der Einrichtung machen, also – gut fürs Geschäft. Was will man mehr."

„Wenn die Regierung nicht will, dass wir was rauskriegen, dann kriegen wir auch nichts raus, was, Jacky?"

„Volltreffer, Gringo." Er zeigte mit dem Zeigefinger auf mich und drückte ab. „Weswegen bist du eigentlich in aller Herrgottsfrühe schon hier? Offiziell öffne ich erst in 'ner knappen Stunde."

„Ich brauche Batterien für meine Taschenlampe."

Ich verließ Jackys Laden mit zwei 4-er Packungen AA-Batterien, 500 Gramm gemahlenem Kaffee, einer Tüte Lays Chips (Sourcream & Onion), drei belegten Brötchen, einer Schachtel Reds und einem Sixpack Heineken. Nachdem ich Rusty in den Kofferraum geholfen und meinen Einkauf auf der schmutzigen Rückbank deponiert hatte, steckte ich mir eine Zigarette an.

Die Karre hat eine Komplettreinigung nötig, aber drin-

gend.

Ich nahm einen tiefen Zug, schwang mich auf den Fahrersitz und startete den Motor.

„… diesem wunderbaren Morgen! Hier ist immer noch Clyde McDowell und ihr hört Radio Onehundred, mit den besten Hits aus den 80ern und 90ern, Leuteee …"

Während wir uns die Landstraße emporschlängelten, trällerten Nick Cave und Kylie Minogue „Where the Wild Roses Grow", danach dröhnte der Bass von Soft Cells „Tainted Love" aus den Lautsprechern.

Zurück in der Hütte verstaute ich meine Einkäufe und tauschte die leeren Batterien der Taschenlampe gegen die neuen aus. Danach setzte ich eine Kanne Kaffee auf, den ich in eine silberne Thermoskanne abfüllte, und bereitete den Rucksack für unseren Kontrollgang vor. Zwei der drei belegten Brötchen landeten mit dem anderen Kram im Rucksack, das dritte Brötchen aß ich sofort. Aus dem Waffenschrank holte ich das Gewehr und lud zwei Magazine, wovon ich eins direkt in den Systemkasten der Waffe schob und sie sicherte. Das Wechselmagazin steckte ich in die Jackentasche.

So was wie gestern passiert mir bestimmt kein zweites Mal. Nächstes Mal bin ich auf einen Angriff vorbereitet.

Das Gewicht des geladenen Magazins in meiner Jackentasche fühlte sich gut an, beruhigend. Zu guter Letzt nahm ich einen neuen Kameraakku und eine formatierte SD-Karte aus der Laptoptasche und steckte beides in die Innentasche meiner Jacke. Wir waren startklar. Ich nickte Rusty zu, der es sich auf seiner Decke gemütlich gemacht hatte und eifrig an einem Hundeknochen knabberte. Ich öffnete die Tür, ging hinaus und Rusty ließ von dem Knochen ab und folgte mir.

Kapitel 8

Erst jetzt bemerkte ich, wie freundlich uns der Wald an diesem Morgen mit all seinen Gerüchen, Geräuschen und Farben begrüßte. Es war, als breitete er die Arme vor uns aus und sagte: „*Guten Morgen. Ich heiße euch herzlich willkommen. Heute seid ihr meine Gäste. Kommt näher und seht, was ich für euch vorbereitet habe.*

Sonnenstrahlen bahnten sich ihren Weg durch jede noch so kleine Lücke in den Baumwipfeln und erleuchteten vereinzelte Flecken des gelbbraunen Laubbodens. Das melodische Orchester zwitschernder Vögel untermalte die Kulisse. Wir gingen Richtung Norden.

Rusty lief neugierig voraus. Es schien, als wäre er von einem Tag auf den anderen um Jahre jünger geworden, so leichtfüßig sprang er durchs Unterholz. Unbeschwert pfeifend folgte ich ihm.

Nachdem wir zwei Stunden marschiert waren, beschloss ich, dass es Zeit für eine Pause war. Ich ließ mich auf dem dicken Stamm eines umgestürzten Baums nieder und öffnete den Rucksack.

„Ein Leckerli für dich, alter Junge, und ein Brötchen für mich." Neugierig entfernte ich das Papier vom Brötchen. „Schinken-Käse, Volltreffer!" Ich goss mir einen dampfenden Kaffee ein, und als wir aßen, schaute ich ins Nichts. Diese friedliche Stille war alles, was man sich wünschen konnte.

Gott sei Dank habe ich heute an den Kaffee gedacht.

Zufrieden nippte ich an dem heißen Getränk und rauchte. Rusty vergaß sein Leckerli für einen Moment und jagte einem Schmetterling hinterher. In diesem Moment wünschte ich mir nichts sehnlicher, als für immer hier oben bleiben zu können. Nur Rusty und ich in der Hütte im Wald.

Doch leider war das nicht möglich. Bis zur Rente würde ich noch fast zwanzig Jahre arbeiten müssen und von meinen Ersparnissen (wenn man das Bisschen, was sich auf meinem Bankkonto befand, überhaupt so nennen konnte) hätte ich kein Jahr überbrücken können. Also blieb mir nichts anderes übrig, als wie gehabt einmal im Jahr für vier Wochen hier hochzukommen und *nur* Urlaub zu machen. Die restlichen elf Monate im Jahr musste ich weiter in der Stadt leben und meinem ungeliebten Job nachgehen.

Same old same old …

Nach Mimis Tod vor acht Jahren, zählten die vier Wochen hier oben mit Rusty zu den wenigen Lichtblicken in meinem Leben. Damals, nach ihrem Unfall – *verdammt, warum musstest du an dem Abend auch mit Kate zu Lindas Tupperparty fahren? –* , hatte mich das Schicksal in meiner unendlichen Verzweiflung an diesen magischen Ort geführt. Zum damaligen Zeitpunkt war es allein die Stille des Waldes, die mich vor dem möglichen Wahnsinn (oder Selbstmord) bewahrte. Und seitdem war ich jedes Jahr zurückgekehrt. Damals hätte ich es mir nicht vorstellen können, doch der Schmerz wurde mit der Zeit tatsächlich erträglicher. In meinem grauen, trostlosen Alltag dachte ich täglich an Mimi. Oft träumte ich von ihr. Konnte ihr Lächeln sehen. Wie sie sich am Frühstückstisch sitzend durch die Haare fuhr. Wie sie liebevoll meine Wäsche faltete. Vor dem Spiegel ihr glänzendes Haar bürstete. Manchmal konnte ich sie sogar riechen. Ich roch ihren Duft in der Bettwäsche. In den Handtüchern. In der Wohnung. Und dann weinte ich.

Ganz würde der Schmerz wohl nie verschwinden. Das hatte mir auch mein Therapeut Dr. Sermazija gesagt. Aber mittlerweile konnte sich mein Herz manchmal wieder normal anfühlen. Jedes Jahr, vier Wochen lang.

Nach der kurzen Rast setzten wir unseren Marsch in Richtung Norden fort. Der Wald grenzte im nördlichen Teil an einen tiefen, steilen Abgrund. Die Einheimischen erzählten sich, dass die Schlucht vor Hunderten von Jahren religiösen Opferritualen gedient habe. Sie nennen den Abgrund „die Leichenschlucht" – obwohl niemals Überreste eines menschlichen Körpers am Fuß der Schlucht gefunden wurden. Für mich bot die Schlucht einfach nur ein wunderschönes Bild. Bei klarem Wetter hatte man einen unbeschreiblichen Ausblick auf das darunterliegende Gebirge. Sobald man am Abgrund stand und hinuntersah, war es, als würde einem die ganze Welt zu Füßen liegen.

Rusty rieb schnuppernd mit seiner Schnauze über den Waldboden und schob dabei das Laub wie ein Schneeschieber vor sich her. Plötzlich blieb er abrupt stehen und begann mit den Vorderpfoten aufgeregt zu graben.

„Hey, alter Junge. Was ist los? Hast du was gefunden?" Als ich mich näherte, sah ich, wie verbissen er grub. Sein Blick war wie besessen auf das kleine Erdloch gerichtet, das er bereits in den Waldboden gewühlt hatte. Er schien wie in Trance und scharrte immer schneller. „Hey … was ist denn los? Beruhige dich, mein Junge", sagte ich und tätschelte behutsam seinen Rücken. Rusty reagierte nicht. Da ertönte ein metallisches Kratzen. Seine Krallen waren auf etwas Hartes gestoßen. Rusty vergrub die Schnauze im Erdloch und zerrte an etwas. Als er es mit den Zähnen nicht zu packen bekam, grub er weiter und versuchte es erneut. Aus Sorge, er könnte sich an dem Gegenstand womöglich verletzen, packte ich ihn an den Flanken und hob ihn bestimmt zur Seite.

Ein Teil eines golden glänzenden Gegenstands kam zum Vorschein.

Was zum Henker ist das?

Vorsichtig berührte ich das halb ausgegrabene Objekt. Es war metallisch, das spürte ich sofort, aber die Oberfläche war nicht so glatt, wie sie auf den ersten Blick ausgesehen hatte. Vielmehr hatte sie eine feine, gerillte Struktur. Die filigranen Verzierungen wirkten fremdartig. Ich legte mehr davon frei und hatte das gut zehn Zentimeter lange Teil kurze Zeit später komplett geborgen. Mit leicht schräg gelegtem Kopf schaute ich auf den Gegenstand hinab, der Ähnlichkeit mit einem Schlüssel hatte. Am einen Ende befanden sich zwei dünne, kurze Spitzen, etwa eine Daumenbreite voneinander entfernt.

„Rusty, alter Junge … was hast du denn da entdeckt?“, murmelte ich, hob den goldenen Schlüssel auf und begutachtete ihn. Er fühlte sich kalt an.

„Na, wen haben wir denn da?!“, ertönte eine dunkle, strenge Stimme.

Erschrocken sah ich über die Schulter hinter mich.

Keine zehn Meter von uns entfernt war wie aus dem Nichts Förster Jack Cullins aufgetaucht. Breitbeinig (eine Hand lag auf seiner im Gürtelholster steckenden Kanone) stand er da, das Gesicht unter der Krempe des Rangerhuts war angespannt.

Wie kann Rusty ihn nicht bemerkt haben?

Ich ließ den Schlüssel unbemerkt in meiner Jackentasche verschwinden und drehte mich mit erhobenen Händen zu ihm um. Als mich der Förster erkannte, ließ er von seiner Kanone ab und entspannte sich. „Ach ... Sie sinds – Steven“, schnaubte er belustigt.

„Steve ... Hallo Jack.“

„Was?“

„Ich heiße Steve, nicht Steven.“

„Wie auch immer“, sagte er lachend, schob sich mit dem Zeigefinger seinen Hut aus der Stirn und kam auf mich zu. „Auch mal wieder in der Gegend?“

„Ja, wie jedes Jahr um diese Zeit“, sagte ich und zwang mich zu einem Lächeln.

Rusty stand wie angewurzelt neben mir.

„Was haben sie da gemacht?“, fragte Cullins grinsend und zeigte auf das Erdloch.

Ich schluckte kurz.

„Ach ... nichts Besonderes, Jack. Ich ... wissen Sie ... Rusty muss nach einem Jahr in der Stadt erst wieder an die Umstände hier oben in der Natur gewöhnt werden. Ich trainiere seinen Spürsinn“, ich zog spontan ein Hundeleckerli aus der Jackentasche, „indem ich *die* hier vergrabe und sie ihn suchen lasse.“

Wow, Stevyboy, das war gut gelogen!

„Sehr gut, Steve ...“ Er stützte sich mit seinen großen Händen auf den Oberschenkeln ab und beugte sich zu Rusty hinunter. Mit seiner riesigen Pranke strich er über Rustys Kopf. „Braver Junge, Rusty, braver Junge“, grunzte er, während Rusty es regungslos über sich ergehen ließ. „Was macht ihr beiden hier sonst so ... so tief im Wald? Auf dem Weg zu einer deiner Kameras, Steve?“

Wie konnte er sich nur unbemerkt an uns heranschleichen?

„Ja, genau. Und wenn sich auf dem Rückweg die Gelegenheit ergibt, wollen wir was jagen“ Ich zeigte auf das Repetiergewehr über meiner Schulter, zog die Schachtel Reds hervor und bot Cullins eine an.

„Nein. Nichtraucher.“

„Ich normalerweise auch. Elf Monate im Jahr.“ Lächelnd zündete ich mir eine an, dann wurde ich wieder ernst. „Sie werden nicht glauben, was gestern passiert ist, Jack. Wir sind dem Wolf begegnet, dem Killerwolf!“

Cullins Miene versteinerte sich. Er schob sich den Hut noch weiter in den Nacken.

„Soll das ein Witz sein, Steve? Verscheißern Sie mich?“

„Nein, im Ernst! Er hat uns angegriffen. Aus heiterem Himmel. Westlich von hier, nahe der Felswand. Ein riesiger schwarzer Wolf, genauso wie Willie Russell ihn damals beschrieben hat – fast so groß wie ein Bär!“ Ich nahm einen tiefen Zug.

Cullins schaute mich kopfschüttelnd an.

„Verdammt, Steve. Ich *wusste,* dass er nicht fort ist. Ich *muss* diesen Wolf kriegen … koste es, was es wolle.“

„Er kam wie aus dem Nichts aus dem Unterholz und wollte uns anfallen. Ich hab ihn mit einer Kugel am Schädel gestreift.“

Eigentlich hab ich ihm die Kugel direkt zwischen die Augen gejagt.

„Ich hoffe, Ihre Kameras haben diesmal was aufgezeichnet, sonst glaubt uns wieder kein Mensch. Die Forstbehörde kann mit zwei lausigen Augenzeugenberichten innerhalb mehrerer Jahre nichts anfangen. Diese Jungs wollen Beweismaterial, Bilder oder noch besser Videoaufnahmen. Eindeutige Sachen – kein Gelaber!“

„Ich weiß, Jack. Die ersten Aufnahmen von der Westseite habe ich bereits überflogen – da ist nichts Außergewöhnliches drauf.“ *Außer dir, du seltsamer*

Kauz. „Heute und morgen werde ich die Aufnahmen in Box zwei und drei bergen, hoffentlich ist da was zu sehen. Auf jeden Fall haben Sie hier oben einen Wolf. Einen schwarzen, gemeinen Wolf – so groß wie ein verfluchter Bär“, sagte ich lächelnd.

Cullins erwiderte mein Lächeln nicht.

„Wenn dem so ist, werde auch ich ihm früher oder später über den Weg laufen. Das hier ist *mein* Wald!“, sagte er und schaute dabei so ernst, dass mir ein Schauer über den Rücken lief.

3. Sitzung

„Guten Tag, Mimi. Schön, dass Sie hier sind. Bitte setzen Sie sich."

„Guten Tag, Doktor. Vielen Dank."

„Lassen Sie mich kurz in meine Unterlagen schauen, wo wir letztes Mal aufgehört haben … Ah ja, Sie sagten, Sie haben Steve gegenüber Ihren Kinderwunsch geäußert. Vorher hatten sie einen ziemlich heftigen Streit, woraufhin er sein Arbeitspensum reduzierte und sich wieder mehr Mühe mit Ihrer Beziehung gab."

„Genau."

„Dazu habe ich noch eine Frage Mimi. Haben Sie rückblickend den Eindruck, dass auch *Sie* Fehler in Bezug auf Ihr Eheleben gemacht haben? Würden Sie mit der heutigen Erfahrung irgendetwas anders machen?"

„Na ja … ich schätze schon, dass ich auch Fehler gemacht habe. Ganz sicher sogar. Jeder macht Fehler. Würden Sie mit Steve sprechen, bin ich mir sicher, dass er aus seiner Sicht eine ganze Menge Fehler meinerseits aufzählen würde."

„Fällt Ihnen konkret etwas ein? Ein Beispiel?"

„Hm … mit Sicherheit waren meine Ordnungsliebe und Steves Schludrigkeit schwer zusammenzubringen und daher oft ein Streitthema. Ich bin regelmäßig ausgerastet, wenn er eine leere Klopapierrolle im Bad stehen ließ oder seine Kaffeetasse nicht in die Spülmaschine räumte oder seine benutzten T-Shirts auf dem Stuhl im Schlafzimmer sammelte, statt sie in den Wäschekorb zu werfen."

„Verständlich, dass es deswegen Streit gab."

„Ja, und ich schätze, dass es in jeder Beziehung solche Probleme gibt, aber ich bin deswegen eben teilweise regelrecht ausgerastet. Habe dann so laut herumgeschrien, dass ich mich selbst nicht wiedererkannt habe …"

„Was meinen Sie? Hatten Ihr Frust und Ihre Wut in diesen Momenten nur etwas mit der Unordnung zu tun?"

„Ich … ich glaube, es war eher, dass ich so wütend war, weil Steve gar nicht verstand, *warum* ich mich darüber so aufregte. Dass er es gar nicht registrierte, wenn er so schlampig war, und es ihn nicht einmal interessierte, dass wir in dieser Beziehung so verschieden waren. Er änderte sich einfach nicht."

„Wäre es Ihnen lieber gewesen, ihr Mann wäre genauso wie Sie und hätte sich Ihnen angepasst?"

„Ziemlich egoistisch nicht wahr?"

„Nun ja, egoistisch würde ich es nicht nennen, aber das ist der springende Punkt. Die meisten Beziehungskonflikte entstehen, weil sich einer der Partner wünscht, der andere wäre mehr wie er selbst – aber das ist unmöglich. Natürlich sollte man sich dem Partner in einer Beziehung ein wenig anpassen, auf seine Bedürfnisse eingehen und nicht immer zwingend auf seinen eigenen Standpunkt bestehen. Es ist wichtig, Kompromisse einzugehen und Rücksicht zu nehmen. Doch wenn man versucht, den Partner zu jemanden zu verbiegen, der er nicht ist, nie war und niemals sein wird, dann wird es problematisch. Dann wird daraus schnell Kontrolle und Manipulation, gefolgt von Wut und Frustration, wenn diese Manipulation nicht gelingt. Die meisten Beziehungsprobleme lösen sich auf, wenn man einfach nur akzeptiert. *Ich* akzeptiere, dass mein Partner gewisse Dinge anders sieht als ich. Dass er eigene Gefühle, Interessen und Gewohnheiten hat und diese für *ihn,* genauso wie *meine* für *mich,* richtig und gut sind."

„So habe ich das noch nie gesehen … O Gott, jetzt fühle ich mich furchtbar …"

„Um Gottes willen, das müssen Sie nicht. In jeder Beziehung gibt es diese Probleme – mal mehr, mal weniger. Fragen Sie bloß nicht meine Frau nach meinen Macken."

„Na gut, Doktor …"

„Aber kommen wir zurück zu Ihrem Kinderwunsch. Hat es rasch geklappt schwanger zu werden?“

„Ganz ehrlich hatten wir es uns im Vorfeld leichter vorgestellt. Ich bekam den Eindruck, je mehr man es will, umso schwerer ist es.“

„Nicht ungewöhnlich. Der Kopf der Frau spielt dabei eine entscheidende Rolle. Es gibt nicht selten Fälle, von Paaren, die jahrelang erfolglos versuchen, ein Kind zu bekommen, obwohl alle medizinischen Voraussetzungen gegeben sind, total verzweifeln, und erst, wenn sie sich damit abgefunden haben, kinderlos zu bleiben, doch plötzlich aus unerklärlichen Gründen schwanger werden. Das passiert öfter als man glaubt.“

„Ja, verrückt. In unserer Familie hatten wir auch so einen Fall.“

„Letztlich sind Sie dann also doch schwanger geworden?“

„Genau, nach einem knappen Jahr glückloser Versuche blieb eines Tages meine Periode aus. Anfangs habe ich Steve nichts gesagt, ich dachte, ich wäre vielleicht nur spät dran, obwohl mir das noch nie passiert war, aber ich wollte ihm nicht zu früh falsche Hoffnungen machen. Sie müssen wissen, dass Steve zu diesem Zeitpunkt den Eindruck machte, sehnlicher auf einen positiven Schwangerschaftstest zu warten als ich. Er war regelrecht besessen von unserem Kinderwunsch. Redete von nichts anderem mehr, war überfürsorglich mir gegenüber, kaufte Bücher zu Kindernamen, Kindererziehung, Kinderkrankheiten und so weiter. Teilweise war es mir schon richtig unangenehm, doch ich wollte ihn in seiner Euphorie auch nicht bremsen. Er war so … begeistert. Nachdem meine Periode auch nach Tagen nicht kam, kaufte ich ohne Steves Wissen einen Schwangerschaftstest – genauer genommen kaufte ich gleich zwei, um auf Nummer sicher zu gehen – und schloss mich im Bad ein. Nachdem beide Tests positiv waren, rief ich ihn. Er wartete besorgt vor der verschlossenen Badezimmertür und fragte immer wieder, ob alles in Ordnung sei, bis ich aufschloss und ihm mit Freudentränen in den Augen einen der positiven Tests hinhielt. Wir umarmten uns und weinten vor Glück, keiner sagte ein Wort. Es war ein wundervoller Moment."

„Wie ging es dann weiter?"

„Ich machte natürlich sofort einen Termin bei meinem Frauenarzt. Steve begleitete mich. Auch später kam er zu jeder Untersuchung mit. Er nahm sich sogar extra dafür frei – etwas, das er vorher für nichts in der Welt getan hätte … außer vielleicht, wenn ich von einem Auto überfahren worden wäre. Und er ließ mich zu Hause nichts mehr anrühren. Keinen Wäschekorb, keine Einkaufstüte tragen, er erledigte den kompletten Haushalt selbst – putzte, wusch Wäsche, kochte, saugte, bügelte, das volle Programm …"

„War Ihnen das recht?"

„Nein! Natürlich nicht. Ich war im zweiten Monat schwanger und nicht krank oder behindert! Das habe ich auch immer wieder versucht, ihm klar zu machen, aber er ließ nicht mit sich reden."

„Was war in dieser Zeit mit Sex? Hatten Sie welchen miteinander?"

„Steve wollte das nicht. Er sagte, er habe Angst, dem Baby könnte etwas passieren, und wenn ich mich ihm näherte, ihn anfasste, sagte er immer, er käme sich dabei irgendwie seltsam vor und könne sich nicht entspannen."

„Das war nicht leicht für Sie, nehme ich an?"

„Ganz und gar nicht. Ich begann die Schwangerschaft als störend zu empfinden … Das muss man sich mal überlegen! Im Nachhinein furchtbar, aber so war es. Insgeheim fing ich, an meine Schwangerschaft zu verfluchen … O Gott…"

„Hier, nehmen Sie sich ein Kleenextuch aus dem Spender … ein Glas Wasser, Mimi?"

„Nein … Entschuldigung … es geht schon wieder …"

„Sie brauchen sich nicht zu entschuldigen. Alles in

Ordnung. Deswegen sind Sie hier, Sie können hier alles abladen, was Sie belastet."

„Okay. Danke, Doktor … vielen Dank …"

„Nehmen Sie sich so viel Zeit, wie Sie brauchen."

„Danke, es geht schon wieder. Auf jeden Fall war das eine fürchterliche Zeit für mich. Aber das Schlimmste war, dass ich mit niemandem darüber sprechen konnte. Steve hätte ich unter keinen Umständen mit diesen Dingen konfrontieren können …"

„Warum glauben Sie das?"

„Ach … Sie hätten ihn damals erleben müssen. Er war … sonderbar. Hätte ich ihn darauf angesprochen, hätte ich ihn aufs Tiefste verletzt. Er hat der Schwangerschaft, mir, uns alles untergeordnet. Sogar seine geliebte Arbeit hintangestellt. Das hätte ich davor nie für möglich gehalten. Wenn ich ihm da gesagt hätte: ‚Steve, das ist falsch, du übertreibst, bist übervorsichtig, überfürsorglich' – es war fast krankhaft – dann hätte ich ihm das Herz gebrochen. Ich hatte Angst vor seiner Reaktion. Ganz ehrlich, ich dachte, wenn ich das anspreche, rastet er aus."

„Hatten Sie niemanden aus Ihrer Familie, mit dem Sie hätten sprechen können?"

„Ach … mit wem denn? Meine Mutter ist ein superaltmodisches Weib, sie hätte so etwas nie verstanden. Hätte keinerlei Verständnis für meinen Standpunkt gehabt. Und meine Schwester ist mit einem Alkoholiker verheiratet, der sie früher sogar jahrelang geschlagen hat. Wäre ich mit meinen *Problemchen* zu ihr gekommen, sie hätte mich ausgelacht und gesagt, dass ich mich glücklich schätzen könnte, einen so fürsorglichen und vernünftigen Mann abbekommen zu haben."

„Okay, verstehe. Mimi, wir müssen leider wieder mal zum Ende kommen. Wir machen beim nächsten Mal genau an dieser Stelle weiter."

„Alles klar, Doktor. Wann haben Sie den nächsten Termin für mich frei? Ich hoffe, schon bald."

„Lassen Sie mich mal nachschauen …"

Kapitel 9

Nachdem sich Cullins von uns verabschiedet hatte, setzten Rusty und ich unseren Weg zur Leichenschlucht fort. Wir waren mittlerweile gute vier Stunden unterwegs und es war bereits früher Nachmittag. Je näher wir der Schlucht kamen, desto lichter wurde der Wald. Durch die Baumwipfel fallende Sonnenstrahlen wärmten mein Gesicht.

„Sobald wir den Abgrund erreichen, machen wir Mittagspause. Versprochen, alter Junge“, sagte ich zu Rusty, der sichtlich erschöpft war. Von der Energie und Neugier, mit der er heute Morgen noch durchs Unterholz gesprungen war, war nichts mehr zu sehen. Jetzt trottete er mit hängender Zunge neben mir her und schien es kaum abwarten zu können, eine Pause einzulegen.

Nach einer weiteren halben Stunde erreichten wir endlich die schmale Lichtung vor der Schlucht. Die Aussicht, die sich uns bot, überwältigte mich jedes Jahr aufs Neue – so auch diesmal. Ich ging durch das knöchelhohe Gras der Lichtung auf die Schlucht zu. Der makellos blaue Himmel erstreckte sich über uns und schien in die Tiefe zu fallen. Ich trat bis auf wenige Meter an den Abgrund heran. Eine majestätische Aussicht auf die Welt in Miniatur bot sich mir dar. Ich konnte Hunderte von Kilometern weit sehen. Gebirge, Wälder, Wiesen und Felder, Bäche und Seen, kleine Dörfer mit ihren Häusern, Bauernhöfen und Kirchtürmen breiteten sich unter uns aus. Ich sog die Eindrücke auf, atmete tief und zufrieden ein und war glücklich. Nachdem ich einige Minuten so dagestanden und einfach nur den Moment genossen hatte, hielt ich Ausschau nach einem bestimmten Ahornbaum am Rand der Schlucht.

„Komm, Rusty … wir sehen uns die Kamera an und dann machen wir Mittagspause."

Die Kamera war in Ordnung, die Box im Inneren sogar trocken, und nachdem ich SD-Karte und Akku ausgetauscht hatte, ließ sich das Gerät problemlos wieder einschalten. Also schloss ich den Bewegungssensor wieder an, setzte alles zurück in die Box und schraubte sie zu.

Endlich saßen wir auf dem Boden und machten Pause. Mein Magen knurrte bereits. Ich holte die Feldflasche und ein Salamibrötchen aus dem Rucksack, riss ein Stück davon ab und hielt es Rusty hin, der es gierig verschlang. Danach schüttete ich etwas Wasser in meine hohle Hand, die ich unter seiner Schnauze formte, damit er trinken konnte. Nachdem er ein weiteres Stück vom Brötchen abbekommen hatte, warf ich ihm noch zwei Hundeleckerlis zu, verschlang hungrig den Rest des Brötchens und spülte es mit einem heißen Schluck Kaffee herunter. Die Sonne war kräftig, deshalb zog ich nach dem Essen meine Jacke aus, formte sie zu einem provisorischen Kissen und legte sie mir unter den Kopf. Liegend, die Arme hinterm Kopf verschränkt, starrte ich in den unendlichen Himmel.

Meine Gedanken kreisten. Ich dachte an den seltsamen Cullins, wie er plötzlich aufgetaucht und dann ebenso schnell wieder verschwunden war, an die seltsame Szene der Videoaufnahme, als er die Kamera abgedeckt hatte, als der schwarze Killerwolf uns aus heiterem Himmel angefallen hatte. Ich dachte an morgen und an die Anlage hinter dem Stacheldrahtzaun, und daran, dass angeblich Aliens in der Anlage versteckt wurden. Stellte mir vor, wie mysteriöse Regierungsbeamte in weißen Kitteln die Untersuchungen an den Außerirdischen durch dicke Panzerglasscheiben beobachteten und protokollierten. *Sei nicht albern, Stevyboy! Es gibt keine Aliens,* dachte ich und schüttelte den Kopf. Ich atmete tief ein, schloss die Augen und ließ meine Gedanken und Sorgen treiben wie ein Blatt auf dem Wasser.

Somnium

Ich betrete die Küche. Mimi sitzt (wunderschön wie immer) am Frühstückstisch und wärmt sich die Hände an einer dampfenden Tasse Tee.

„Guten Morgen, Schatz", sagt sie liebevoll lächelnd.

Guten Morgen, mein Engel.

Ich kann nicht reden, doch sie versteht mich trotzdem, das sehe ich in ihrem Blick.

Sie streift sich mit den Fingern eine Haarsträhne aus dem Gesicht und winkt mich zu sich.

„Setz dich doch, Schatz. Ich habe Kaffee aufgesetzt – möchtest du eine Tasse?"

Du bist nicht real … das hier … ist nicht real.

„Es spielt keine Rolle, wie du es nennst, mein Schatz. Die Hauptsache ist, dass wir wieder vereint sind. Wie damals, als die Welt noch in Ordnung war." Vorsichtig trinkt sie einen Schluck aus der Tasse.

Das ist ein Traum. Ich träume, nicht wahr?

„Nein, Steve. Das ist kein Traum. Das hier ist die Wirklichkeit. Nur ist es nicht die Wirklichkeit, wie du sie kennst." Ihr Lächeln ist bezaubernd.

Wenn das hier kein Traum ist, was ist es dann?

„Es nennt sich Zwischenwelt. Hier existieren weder Raum noch Zeit. Diese Wirklichkeit ist genauso real wie die, die du kennst, und als einzige Realität bezeichnen

würdest. Doch es gibt nicht ‚die eine Realität', Steve. Es gibt unendlich viele von ihnen."

Wieso bin ich hier?

„Weil du schläfst, Schatz. Immer wenn du schläfst, befindest du dich in der Zwischenwelt. Nicht dein Körper – deine sterbliche Hülle bleibt immer in deiner Welt zurück. Aber dein Geist – das, was du wirklich bist – begibt sich jedes Mal, wenn das Bewusstsein zur Ruhe kommt, in eine der unendlich vielen existierenden Realitäten. Sie haben schon immer existiert und werden es bis in alle Ewigkeit."

Also lebst du noch?

„Natürlich tu ich das, Engelchen. Sieh mich an, Schatz. Du siehst mich, du hörst mich, du kannst mich auch spüren." Sie hält mir ihren Unterarm hin.

Zögerlich berühre ich mit dem Zeigefinger ihre Haut. Ein Kribbeln durchfährt meinen Körper und ich fühle mich plötzlich lebendiger als je zuvor. Das ist Mimi, zweifellos. Das Gefühl ihrer Haut an meinen Fingerspitzen, der Geruch ihres Körpers. Einzigartig, unvergesslich. Zart streichle ich ihren Unterarm, während mir warme, schwere Tränen die Wangen hinablaufen. Ich bin unendlich glücklich, nach so vielen Jahren endlich wieder mit ihr vereint zu sein. Doch gleichzeitig weiß ich, dass dieser Moment schon bald wieder vorbei ist, und der Gedanke daran bricht mir das Herz.

Ich will für immer hier bei dir bleiben, mein Engel.

Mein Blick aus tränenschweren Augen fleht sie an.

„Ich weiß, mein Schatz, ich weiß …" Sie lächelt mitfühlend und berührt flüchtig meine Hand „Doch leider geht das nicht. Wir können nicht für immer vereint sein, denn unsere Welten werden sich nie mehr überschneiden. Dieser Moment ist einzigartig, genau wie die Realität, in der er sich abspielt. Sobald du sie verlässt, kannst du nie wieder zurückkehren."

Aber ich habe schon oft von dir geträumt. Das hier ist nicht das erste Mal. Also kann ich anscheinend doch wieder kommen.

„Nein, mein Schatz. Bei mir bist du zum ersten Mal. Die anderen Mimis waren nicht ich. Keine ist wie ich." Zärtlich berührt sie meine feuchte Wange. „Geh jetzt zurück. Es wird Zeit. Wie gerne würde ich Auf Wiedersehen sagen." Sie küsst mich auf die Stirn.

Auf Wiedersehen, mein Schatz. Ich komme wieder, das verspreche ich.

Kapitel 10

Erschrocken öffnete ich die Augen. Der schrille Schrei eines Vogels hatte mich aus dem Schlaf gerissen und ich brauchte einen kurzen Moment, um mich zu orientieren. Rusty war ebenfalls aufgeschreckt worden und schaute mich aus schläfrigen Augen fragend an. Über uns zog der noch immer schreiende Adler als kleiner Punkt am Himmel seine Kreise.

Ob es derselbe ist, den wir an der Felswand gesehen haben?

Ich setzte mich auf und schaute auf meine Armbanduhr. Offenbar hatte ich nur zehn Minuten geschlafen, doch es kam mir vor, als wären es Stunden gewesen. Die Erinnerung an den Traum mit Mimi waberte in meinem Kopf. Noch hatte ich die Bilder glasklar vor Augen, wollte sie so lange wie möglich lebendig halten, doch ich wusste, dass sie bald verblassen würden.

Ich hoffe so sehr, sie wiederzusehen, es zerreißt mir fast das Herz.

Vorsichtig stand ich auf. Wenige Meter von uns entfernt führte die Schlucht Hunderte Meter in die Tiefe. Die Luft war herrlich klar. Ich schloss die Augen und atmete tief ein, zwang mich, wieder zurück ins Jetzt zu kommen, meinen Herzschlag zu beruhigen und meine Gedanken zu sortieren. Langsam atmete ich aus.

Besser …

Dann hob ich meine Jacke auf, zog sie mir über und kramte eine Zigarette aus der Jackentasche.

„Komm, alter Junge, wir haben hier alles erledigt“, sagte ich zu Rusty, zündete die Zigarette an und setzte mich in Bewegung.

Seit unserem letzten Besuch hat sich hier nichts geändert, dachte ich, während ich rauchte und meinen Blick schweifen ließ. Es kam mir zeitweise sogar so vor, als wären wir nie fort gewesen. Ich schaute nach oben. Der Adler drehte noch immer seine Runden.

„Na komm, Rusty. Ich hätte nichts dagegen, wenn wir heute bei Tageslicht nach Hause kommen. Dann haben wir wenigstens noch genug Zeit, um ein vernünftiges Abendessen zu verputzen.“ Und so traten wir den Heimweg an.

Wir erreichten die Blockhütte am frühen Abend. Nachdem ich das Gewehr im Waffenschrank verstaut und Rustys Fressnapf gefüllt hatte, öffnete ich eine große Konservendose Gulaschsuppe und ließ sie im Topf mehrere Minuten vor sich hin köcheln. Nachdem ich zwei volle Teller verputzt hatte, sprang ich kurz unter die Dusche. Das heiße Wasser bereitete mir eine wohlige Gänsehaut.

Jetzt nur noch in einen frischen Pyjama schlüpfen und ab ins Bett. Die Aufnahmen kann ich mir morgen früh noch ansehen. Morgen gehts zum Zaun – das wird ein anstrengender Tag.

Der Kontrollgang zur Kamerabox am östlichen Waldrand war immer der spannendste Teil meines Urlaubs. Nicht, dass jemals etwas vorgefallen wäre, aber allein die Tatsache, in der Nähe der unheimlichen Anlage unterwegs zu sein, war schon aufregend.

Irgendwann werde ich herausfinden, was im Inneren dieses Baus vor sich geht.

Ich stellte die Dusche ab und schlüpfte in meinen flauschigen Bademantel. Rusty hatte es sich wie immer auf seiner Decke vor dem Kamin gemütlich gemacht und hob kurz den Kopf, als ich wieder ins Zimmer kam.

„Heute gibts kein Feuer, alter Junge. Ich hüpfe direkt ins Bett. Und du solltest auch schlafen." Mit einem Handtuch rubbelte ich mir die Haare trocken.

Als hätte er mich verstanden, legte Rusty den Kopf wieder ab und schloss die Augen. Ich zog meinen Pyjama an und nahm auf dem Weg zum Bett den seltsamen Schlüssel aus meiner Jackentasche. Im Bett ließ ich das golden glänzende Objekt durch meine Finger gleiten. Ein seltsames Kribbeln durchfuhr mich.

Was zum Teufel bist du für ein Ding?

Nachdem ich es noch ein paar Mal im warmen Licht der Nachttischlampe hin und her gedreht hatte, legte ich es auf den Nachttisch. Ich stellte den Wecker, knipste die Lampe aus und schlief einen traumlosen, tiefen Schlaf.

Kapitel 11

Als ich am nächsten Morgen noch vor dem Klingeln des Weckers die Augen öffnete, fühlte ich mich wunderbar frisch. So tief und erholsam hatte ich lang nicht mehr geschlafen.

Während der Kaffee blubbernd und fauchend in die Kanne floss, gab ich drei Spiegeleier und vier Scheiben Speck in eine Pfanne. Ich hatte einen Mordshunger.

Gierig verdrückte ich mein Frühstück, trank dabei zwei Tassen von dem (wirklich verdammt guten) Kaffee und ging danach zufrieden vor die Tür, um eine Zigarette zu rauchen.

An diesem Morgen war die Luft neblig und schwer. Hier und dort drang ein Sonnenstrahl durch die Wolkendecke und tauchte den Wald in ein mysteriöses Licht. Rusty folgte mir nach draußen, nachdem er seinen Napf geleert hatte, und erledigte sein Geschäft an einer dicken Eiche.

„Heute gehts zum Zaun, Rusty", sagte ich. „Zur Anlage. Aber vorher will ich noch einen Blick auf die Aufzeichnungen von Kamera zwei werfen. Mal sehen, ob wir den großen schwarzen Wolf drauf haben … oder nur wieder Cullins, der sich seltsam verhält." Ich lachte, nahm einen letzten Zug von meiner Kippe und trat sie aus. Wieder in der Hütte, holte ich die Speicherkarte aus der Jackentasche und steckte sie in den Kartenleser des Laptops. Ungeduldig wartete ich darauf, dass das Video startete.

„Da bin ich ja mal gespannt …", murmelte ich und fuhr ungeduldig mit dem Mauszeiger über den Bildschirm, als sich plötzlich ein Fenster mit einer Warnmeldung öffnete.

„Auf G:\ kann nicht zugegriffen werden.

Die Datenstruktur ist beschädigt und nicht lesbar."

„Verdammt!" Frustriert schlug ich mit der Faust auf den Tisch. „Schon wieder eine Karte im Arsch!" Ich nahm die Speicherkarte aus dem Laptop, fuhr vorsichtig mit den Fingern über die Kontaktleiste und steckte sie wieder ein.

„Komm schon, komm schon, komm schon …", murmelte ich und starrte gespannt auf den Bildschirm. „Lass mich nicht im Stich."

„Auf G:\ kann nicht zugegriffen werden.

Die Datenstruktur ist beschädigt und nicht lesbar."

„Scheiße!" Verärgert stand ich auf und klappte den Laptop zu. „Ein komplettes Jahr futsch! Der Hersteller bekommt 'ne Beschwerdemail, die sich gewaschen hat, Rusty – darauf kannst du einen lassen!"

Es folgte das morgendliche Aufbruchsritual: Thermoskanne mit Kaffee füllen, Rucksack packen (Essen,

Kaffee und Wasser, Leckerlis), Gewehr aus dem Schrank, Munition einstecken, Kippen, Speicherkarte und Akku in die Jackentaschen und vor dem Start noch mal pinkeln gehen.

„Kanns losgehen, alter Junge?“

Rusty schaute mich fragend an, dann bellte er freudig.

„Das heißt, dann wohl ja“, sagte ich lächelnd.

Kurz bevor ich die Tür hinter mir abschloss, hielt ich inne und ging noch mal zurück ins Haus, um das seltsame Ding vom Nachttisch wieder in meine Jackentasche zu stecken. Ich spürte die feinen Oberflächenverzierungen und fragte mich, ob das Teil etwas mit der Anlage zu tun haben konnte, zu der wir uns nun auf den Weg machten.

Nach fünf Kilometern kamen wir an einen Bach, dessen Verlauf uns geradewegs zum Zaun führen würde. Diesen Weg gingen wir jedes Jahr, da der Waldboden entlang des Bachufers eben war und wir so besser vorankamen. Der kürzere Weg führte durch teils dichtes Unterholz und wäre deutlich beschwerlicher gewesen. Rusty steckte seine Schnauze in das kühle Wasser und trank. Ich hockte mich hin, tauchte meine Hände in den eiskalten Bach und erfrischte mir das Gesicht. Ein Blick auf die Uhr – kurz vor elf. Wir waren seit einer Stunde unterwegs. Ich schätzte, dass wir gegen ein Uhr den Zaun erreichen würden.

„In einer Stunde machen wir Mittagspause, alter Junge. Ich will auf keinen Fall in der Nähe der Anlage Rast machen müssen … das Ding ist unheimlich, da vergeht mir sogar der Appetit", sagte ich und tätschelte Rustys Flanke.

Plötzlich ertönte hinter uns im Nebel ein lautes Knacken und Rascheln. Ich fuhr herum und griff nach meinem Gewehr. Rusty starrte ebenfalls angespannt in die Richtung, aus der die Geräusche kamen. Er bewegte sich keinen Millimeter, schien nicht mal zu atmen. Im Zeitlupentempo entsicherte ich mit dem Daumen das Gewehr.

„Hallo … ist da jemand?", rief ich gegen die Nebelwand. Stille. „Hallooo …?" Ich umklammerte den Schaft des Gewehrs noch etwas fester, mein rechter Zeigefinger wanderte langsam zum Abzug. Plötzlich erneut ein lautes Knacken, gefolgt von Schritten, die sich durchs Unterholz von uns fortbewegten. Kurz darauf waren sie nicht mehr zu hören.

Irgendetwas war da … Irgendetwas oder Irgendwer hat uns beobachtet …

Rusty starrte nun in die Richtung, in die die Schritte verschwunden waren, ich atmete langsam aus und sicherte die Waffe wieder.

„Na komm, Rusty. Bestimmt nur ein Reh das wir aufgeschreckt haben."

Das glaubst du doch selbst nicht, Stevyboy.

Nach einer Stunde entlang des Bachlaufs in Richtung Zaun beschloss ich, dass es Zeit für die Mittagspause war. Wir aßen, tranken und ruhten uns ein wenig aus. Rusty schlief. Ich zündete mir eine Zigarette an, holte den seltsamen Schlüssel aus meiner Jackentasche und drehte ihn vor meinen Augen hin- und her.

„Was zum Teufel bist du … wofür bist du gemacht?", flüsterte ich. Ich umklammerte den Schlüssel mit der Faust und drückte mit dem Daumen dagegen.

Das Ding ist leicht und trotzdem sehr stabil … Vielleicht eine Art Titan?

Inzwischen war ich mir fast sicher, noch nie derartiges Material gesehen zu haben. Wahrscheinlich hatte es wirklich etwas mit der Forschungsanlage jenseits des Zauns zu tun.

Also doch Außerirdische, dachte ich amüsiert und ließ den Schlüssel wieder in der Jackentasche verschwinden.

Irgendetwas Seltsames musste in dieser Anlage vor sich gehen und ich war mittlerweile fest entschlossen, herauszufinden, was.

„Mittagspause beendet, Rus'!", rief ich, packte die Reste unseres Essens zurück in den Rucksack und schulterte mein Gewehr, ehe wir uns aufmachten, die letzten Kilometer bis zum Zaun zurückzulegen.

„Komm, alter Junge – auf gehts."

Nach einer weiteren Stunde Fußmarsch erreichten wir im dichten Nebel (man konnte inzwischen keine zehn Meter weit mehr sehen) den Zaun, dessen Anfang an einer Felswand befestigt war. In gleichmäßigen Abständen im Felsen verankerte Eisenstangen hielten den dicken Maschendrahtzaun gespannt. Mit dichten Stacheldrahtrollen bestückt signalisierte die Absperrung jedem unmissverständlich, sich fernzuhalten. An dieser Stelle der Absperrung war von der Anlage noch nichts zu sehen – dafür mussten wir noch eine knappe Meile am Zaun entlanggehen, also in die Richtung, in der auch die Kamerabox hing. Das stete leise Brummen des durch den Zaun fließenden Stroms erinnerte stets daran, einen gewissen Sicherheitsabstand einzuhalten.

Je weiter wir marschierten, desto dichter wurde der Nebel. Wir befanden uns an der Stelle, an der die Kamerabox hing, und waren bereits an der Anlage, die man jedoch so nicht sehen konnte. Angestrengt starrte ich in die trübe Suppe.

„Kein guter Tag für einen Erkundungsgang, was, Rusty? Man sieht die Hand vor Augen nicht. Hoffentlich finden wir die Box überhaupt … Sie müsste hier irgendwo …“ Ein plötzlicher Laut hinter uns, ich fuhr herum. Rusty bellte, während ich nach dem Gewehr über meiner Schulter griff, es entsicherte und anlegte. Rusty knurrte bedrohlich, als ein weiteres Geräusch aus dem trüben Schleier zu uns drang.

War das ein Husten?

Angespannt zielte ich auf die Nebelwand, aus der die Geräusche kamen.

„Hallo … ist da wer?“ Ich versuchte, möglichst souverän zu klingen, doch es gelang mir nicht wirklich.

Ein bellendes Husten drang aus dem Nebel, diesmal laut und deutlich.

„Hallo! … Wer ist da?“, rief ich lauter. Meine Stimme klang nun fester.

Eine weitere Reihe rasselnder Hustenlaute ertönte aus der Trübe. Wer auch immer da im Nebel stand, es ging ihm nicht gut. Ich machte einen kleinen Schritt vorwärts.

„Ich bin bewaffnet!“, rief ich bestimmt und machte einen weiteren Schritt. Rusty ging knurrend neben mir. Ein leises Rascheln, dann ein Knistern.

„Bitte … nicht schießen …“, wimmerte eine schwache Männerstimme.

Mit dem Gewehr im Anschlag blieb ich stehen.

„Zeigen sie sich!“, rief ich dem Unbekannten zu. „Ich richte gerade eine Waffe auf Sie, also machen Sie keine Dummheiten … Und immer schön langsam!“

Äste knackten, Laub raschelte. Der Mann schien sich langsam zu nähern. Ein dunkler Umriss, der von Schritt zu Schritt deutlicher wurde, zeichnete sich im Nebel ab.

„Bitte nicht schießen … ich bin unbewaffnet …“, flehte er, bevor er eine weitere schallende Hustensalve von sich gab.

Das hört sich ganz und gar nicht gesund an.

Der Umriss einer großen Person zeichnete sich nun klar ab. Ein letzter Schritt, und der muskulöse Unbekannte trat mit erhobenen Händen aus dem Nebel hervor. Keine drei Meter von mir entfernt stand ein etwa vierzig Jahre alter Mann, mit Haut, so weiß wie Papier und pechschwarzem, vollem Haar. An seiner rechten Schulter klaffte eine tiefe Fleischwunde, der rechte Oberarm und die rechte Brust waren blutverschmiert. Er war vollkommen nackt.

„Bitte Mister … tun sie mir nichts.“

„Treten Sie ein paar Schritte zurück“, sagte ich laut und deutete mit dem Gewehrlauf auf ihn. „Ich werde die Waffe jetzt langsam auf den Boden legen, und dann gebe ich Ihnen etwas, womit Sie sich bedecken können. Haben Sie das verstanden?"

Er nickte stumm und trat zurück.

Langsam kniete ich mich hin und legte das Gewehr in Griffweite neben mir ins Laub. Dann zog ich meine Jacke aus, löste das Innenfutter heraus und reichte es ihm, damit er es sich um die Hüfte binden konnte.

„Vielen Dank", sagte er und nahm den Stoff entgegen.

Ich packte das Gewehr und hängte es mir wieder über die Schulter.

„Was ist mit Ihnen passiert? Sie sind verletzt", sagte ich zu dem Fremden, der damit beschäftigt war, sich die dünne Innenjacke umzulegen und dabei abwesend zu Boden starrte. Er reagierte nicht.

„Hallo? Sind Sie okay? Haben Sie Schmerzen? Sie sind verletzt!", sagte ich, diesmal lauter.

„W-was …?", stammelte er und sah mich verwirrt an.

„Ob Sie okay sind, hab ich gefragt." Ich zeigte auf seine Schulter. „Sie haben da eine ziemlich schlimme Verletzung."

Verdutzt schaute er auf seine Schulter hinab, bevor er mich mit ausdruckslosem Blick ansah. „Ich … ich bin okay, Mister."

„Ich heiße Steve."

Ist er betrunken? Ich rieche zumindest nichts.

„Ich bin okay, Steve."

„Sie sehen aber nicht so aus. Ich bringe Sie am besten zu einem Arzt. Können Sie noch ein Stück laufen?"

Er schaute auf seine Beine, als wollte er sich vergewissern, dass sie noch an Ort und Stelle waren.

„Ich glaube schon, dass …" Ein heftiger Hustenanfall unterbrach ihn.

„Okay … wie heißen Sie?"

„Hä?"

„Wie lau-tet Ihr Na-me?"

„Oh … ich heiße … man nennt mich Iyo."

Was ist bloß los mit diesem Typen?

„Iyo? Sind Sie Japaner oder so was? Sie sehen nämlich nicht so aus."

„Ich … ich verstehe die Frage nicht, Steve." Er schaute mich fast schon dämlich an, hielt den Kopf leicht schief.

„Okay, vergessen Sie's. Wenn Sie laufen können, dann sollten wir zu meiner Hütte südwestlich von hier gehen. Ich habe dort ein Auto, dann kann ich Sie runter zu einem Arzt fahren."

„O-okay." Er nickte leicht verwirrt.

Die Kamera kann ich für heute vergessen, dachte ich, und beschloss, morgen erneut herzukommen, in der

Hoffnung, dass das Wetter dann etwas klarer wäre. *Jetzt muss ich erst mal diesen komischen Kerl zu einem Arzt bringen. Die Wunde sieht verdammt übel aus.*

Ich kramte in meinem Rucksack nach etwas Essbarem für ihn – Iyo sah aus, als könnte er eine Stärkung gebrauchen.

„Apfel?“

„Oh … ja, gerne.“ Er nahm sich den Apfel und biss herzhaft hinein. Eifrig kauend schaute er mich an. Er lächelte.

Und so liefen wir Richtung Hütte. Der Nebel lichtete sich allmählich und Iyo konnte trotz seiner schlechten Verfassung ziemlich gut mit uns Schritt halten. Unterwegs redeten wir nicht viel. Der Bursche schien jedenfalls einen gesunden Appetit zu haben. Er verputzte zwei Äpfel, ein Brötchen und eine Tüte Chips, während wir marschierten. Zwischendurch fragte ich ihn immer mal wieder, ob wir eine Pause machen sollten, was er jedoch jedes Mal verneinte.

„Zigarette?“ Ich hielt ihm die Schachtel Reds hin.

„Nein, nein – keine Macht den Drogen“, sagte er kopfschüttelnd und fing heftig an zu lachen.

Der Typ hat sie nicht mehr alle …

Am späten Nachmittag erreichten wir die Hütte.

Meinem neuen Begleiter schien der lange Marsch nichts ausgemacht zu haben, ganz im Gegenteil – er sah mittlerweile deutlich besser aus, als noch vor ein paar Stunden.

Kein Wunder, der Kerl hat ja auch den ganzen Rucksack leer gefressen.

Während ich die Tür aufschloss, hörte ich ihn hinter mir wieder heftig husten.

„Ich bringe dich sofort zum Arzt, sobald du dir was Ordentliches angezogen hast“, sagte ich.

„Ach, Steve“, wieder ein Husten, „das wird nicht nötig sein.“

„Keine Widerrede. Dein Husten hört sich gar nicht gut an und die Wunde an deiner Schulter muss auch verarztet werden.“ Ich trat in die Hütte, Iyo und Rusty folgten mir. „Du hast mir noch gar nicht erzählt, wie du dir die Verletzung zugezogen hast.“

„Bin gefallen“, sagte er knapp und sah sich staunend in der Hütte um. „Wooow, Steve. Schön hast du's hier.“

„Danke.“ Ich suchte eine Trainingshose und einen alten Pulli aus dem Kleiderschrank und warf beides aufs Bett. „Hier, zieh das an. Es wird dir zwar etwas zu klein sein, aber besser als nichts – zumindest vorübergehend.“

„Danke.“ Er griff nach den Anziehsachen. „Kann

ich kurz unter die Dusche springen?“

„Geht das denn mit deiner Wunde?“

„Ich pass schon auf.“

„Wie du meinst“, sagte ich und zeigte ihm den Weg ins Bad. „Ich werde uns in der Zwischenzeit was Warmes zu essen machen. Kaffee?“

„Klingt beides super“, sagte er breit grinsend und verschwand im Badezimmer.

Im Hintergrund war das monotone Rauschen der Dusche zu hören, und in der Küche gluckerte die Kaffeemaschine vor sich hin, als ich einen Topf Gulaschsuppe auf den Herd stellte. Die letzten beiden Brötchen legte ich zum Aufwärmen auf den Toaster. Rusty verputzte derweil gierig die Pastete in seinem Napf. Während ich das Essen zubereitete, schwirrten mir Hunderte Fragen durch den Kopf.

Wer ist dieser Kerl?

Wo kommt er her?

Warum ist er verletzt?

Was wollte er im Wald?

Ist er vielleicht gefährlich?

Er könnte ein entlaufener Straftäter sein – deswegen will er auch nicht zum Arzt.

Das Rauschen des Wassers verstummte und kurze Zeit später betrat Iyo gut gelaunt die Küche. Er sah aus wie neu geboren, hatte sich ein Handtuch um die Hüften gebunden und rubbelte sich mit einem zweiten die Haare trocken. Nachdem er sich das Blut von Arm und Brust gewaschen hatte, war die Wunde, die vor einigen Stunden noch fürchterlich ausgesehen hatte, nun kaum mehr als ein Kratzer.

„Mannomann, Steve. Das riecht ja wunderbar“, sagte er mit einem Funkeln in den Augen.

„Kaffee?“, fragte ich und füllte eine Tasse, ohne die Antwort abzuwarten.

„Nichts lieber als das.“

Ich reichte ihm die dampfende Tasse und schenkte mir auch eine ein.

„Die Bohnen sind von Jacky. Sind wirklich verdammt gut.“

Vorsichtig schlürfte Iyo einen Schluck aus der Tasse. „Mhm … echt *verdammt* gut!“, sagte er begeistert. „Wer ist Jacky?“

Also ist er schon mal nicht aus der Gegend.

„Jacky ist der Tankstellenbesitzer. Unten, Richtung Dorf.“

„Sorry …“ Er nippte erneut an seinem Kaffee. „Ich komme nicht viel rum.“

„Kein Thema. Kein Grund sich zu entschuldigen. Wie siehts aus? Du ziehst dir was an und ich decke schon mal den Tisch für uns? Du musst einen Mordshunger haben."

„Klingt super", sagte er und rubbelte sich wieder die Haare.

„Deine Wunde sieht ja gar nicht mehr so schlimm aus." Ich deutete auf seine Schulter. „Als ich dich vorhin im Wald gefunden hab, war ich mir sicher, es wäre was Ernstes. Aber jetzt siehts aus wie ein kleiner Kratzer."

„Ja, ich blute immer ziemlich leicht und dann meist heftig. Sieht häufig schlimmer aus als es ist, wenn ich mich mal verletzte", sagte er lachend und verschwand wieder im Bad.

Mit einer Kelle füllte ich zwei Teller bis zum Rand mit Gulaschsuppe und legte jedem von uns ein warmes Brötchen hin. Aus dem Kühlschrank holte ich noch zwei Heineken und eine Flasche Wasser und stellte alles auf den Tisch. Gleich darauf kam Iyo in meinen ihm etwas zu kurzen Klamotten aus dem Bad und setzte sich an den gedeckten Tisch.

„Wow, Steve. Das sieht super aus, und wie das duftet." Er griff nach dem Löffel und hielt kurz inne. „Sorry … muss ich irgendwas wissen … willst du vielleicht beten oder so?" Er sah mich ernst an.

„Alles gut. Kein Gebet, hau rein. Guten Appetit", sagte ich lachend. Das ließ er sich nicht zweimal sagen und begann zu essen.

Iyo verputzte zweieinhalb Teller Suppe, aß sein Brötchen und leerte die ganze Flasche Wasser. Von dem Bier wollte er nichts.

Kein Problem, dann bleibt mehr für mich.

Nach dem Essen saßen wir satt, zufrieden und stumm zusammen am Tisch. Ich pulte mir mit einem Zahnstocher Essensreste aus den Zähnen, Iyo spielte gedankenversunken mit ein paar Brötchenkrümeln herum.

„Also bist du nicht von hier?“, fragte ich und versuchte die Frage so beiläufig wie möglich klingen zu lassen.

„Na ja … wie mans nimmt“, sagte er emotionslos und starrte dabei auf die Krümel vor sich auf dem Tisch.

„Was soll das denn heißen?“, fragte ich mit einem überraschten Lachen.

Er schaute mich mit ernstem Blick an. Mein Lachen verstummte.

„Man könnte sagen, ich bin hier geboren und aufgewachsen.“

„Okay … und? Warst du lange fort oder wieso‚wie mans nimmt‘?“

„Nein, das nicht. Ich kenne die Gegend einfach nicht.“

Was zur Hölle erzählt der für wirres Zeug?

„Sorry, Mann, aber das versteh ich nicht." Wieder versuchte ich, beiläufig zu lächeln, doch ich merkte selbst, dass es diesmal künstlich wirkte.

„Ich war bis heute eingesperrt", sagte er und sah mir tief in die Augen, sodass mir ein Schauer über den Rücken lief.

„Wie ... wie meinst du das ... ‚eingesperrt'? Wo warst du eingesperrt? Warst du im Gefängnis?" Ich stotterte. Mittlerweile spürte ich meinen Herzschlag pochend im Hals.

„Nein ..." Sein Gesichtsausdruck war nun komplett leer und kalt. „In der Anstalt."

4. Sitzung

„Hallo Mimi. Schön, Sie zu sehen. Wie ist es Ihnen in den Wochen seit unserem letzten Treffen ergangen?“

„Hallo Doktor. Soweit ganz gut.“

„Setzen Sie sich. Ein Glas Wasser oder vielleicht lieber einen Tee oder Kaffee?“

„Wasser ist vollkommen in Ordnung, danke.“

„Gut, also … was haben Sie heute für uns mitgebracht? Gibt es irgendwelche Neuigkeiten, oder sollen wir dort anschließen, wo wir beim letzten Mal stehen geblieben sind?“

„Nichts Neues, Doktor. Ich erzähle Ihnen am besten weiter von meiner verfluchten ersten Schwangerschaft.“

„Also gut.“

„Hm … Ich begann meinen *Zustand* wegen Steves seltsamem Verhalten während meiner Schwangerschaft zu verfluchen. Insgeheim wünschte ich mir nichts sehnlicher als eben *nicht mehr* schwanger zu sein.“

„Haben Sie das Steve gegenüber in irgendeiner Form mal zur Sprache gebracht?“

„O Gott, nein! Das hätte ihn umgebracht.“

„Okay. Fahren Sie fort.“

„Steve wollte mich von allem fernhalten. Er wollte

mich nach eigenen Aussagen *schützen*. Er wollte nicht mehr mit mir ausgehen, bestand darauf, dass ich keine Hausarbeit mehr machen sollte und so weiter …"

„Ja, das sagten Sie bereits in der letzten Sitzung."

„In der vierzehnten Schwangerschaftswoche hatte ich eine Schmierblutung, woraufhin ich einen Termin beim Frauenarzt vereinbarte. Ich sagte Steve nichts von der Blutung, ich wollte ihm keine Angst einjagen – er machte sich ohnehin schon genug Sorgen. Steve begleitete mich natürlich zum Arzt und saß die ganze Zeit neben mir, während der Arzt den Ultraschall machte. Der Doktor wurde von Sekunde zu Sekunde nervöser und man merkte, dass etwas nicht in Ordnung war. Ich erinnere mich, dass Steve die ganze Zeit nervös fragte: ‚Und? Sagen Sie schon, Doktor … Es ist doch alles in Ordnung, nicht wahr? Es ist doch alles okay, oder etwa nicht?!' Der arme Doc tat mir leid. Ich sah, dass *nicht* alles in Ordnung war. Na ja … er konnte keinen Herzschlag bei dem Embryo feststellen und sein Gesichtsausdruck wurde deshalb immer ernster. Steve machte die Situation mit seiner ewigen Fragerei noch schlimmer, und als der Arzt letztlich mit dem Kopf schüttelte und voller Bedauern sagte, dass er keinen Herzschlag feststellen könne, war ich irgendwie … na ja, es klingt vielleicht furchtbar … nein es *ist* furchtbar! Ich war *erleichtert!*"

„Nehmen Sie sich Zeit, Mimi. Lassen Sie alles raus, das ist gut."

„Tut mir leid, Doktor … Entschuldigung…"

„Alles gut. Wie ich bereits sagte: Sie brauchen sich für Ihre Emotionen nicht entschuldigen, das ist vollkommen in Ordnung."

„Ich fühle mich schrecklich bei dem Gedanken daran. Wie konnte ich nur so verflucht egoistisch sein? Wie konnte ich meine Bedürfnisse, mein Ego über die Gesundheit, über das Leben meines ungeborenen Kindes stell… O Gott …"

„Moment, ich hole eine neue Packung Kleenex. Trinken Sie einen Schluck Wasser."

„Danke, danke … es tut mir leid … es tut mir leid …"

„Alles gut, Mimi, es ist alles gut. Nehmen Sie sich die Zeit, die Sie brauchen."

„Okay … Okay, ich glaube, es geht wieder. Sorry noch mal, aber es ist alles wieder hochgekommen."

„Alles gut."

„Na ja, nach der Diagnose wurde ich ins Krankenhaus eingewiesen. Stationärer Aufenthalt, Ausschabung, Beerdigung ungeborener Föten auf einem kirchlichen Friedhof, mit uns noch zwei weitere junge Paare … Und wissen Sie, was das Schlimmste war an der ganzen Sache? Ich habe nicht *eine* Träne vergossen während alldem. Ich konnte nicht weinen! Steve weinte viel, er weinte die ersten Tage fast *nur*. Er war am Ende, war ein gebrochener Mann. Noch nie zuvor hatte ich ihn so voller Schmerz und ohne Kraft gesehen, er war wie ein anderer Mensch ... ausgelaugt und kraftlos. Nicht, dass Sie mich falsch verstehen, Doktor. Natürlich ging es mir in dieser schweren Zeit auch schlecht, und ich war auch traurig über das Geschehene ... aber irgendwie kamen die Emotionen nicht raus. Ich konnte sie nicht ausleben, und wohl so auch nicht loslassen. Es war in dem Moment ein Gemisch aus Erleichterung darüber, dass die Schwangerschaft vorbei war, und Trauer wegen des Verlusts meines ungeborenen Kindes ..."

„Waren Sie oder Steve in dieser Zeit in psychologischer Behandlung?"

„Nein ... Rückblickend war das ein Fehler. Steve hätte dringend Hilfe benötigt, ganz sicher."

„Und sie sind gut allein klargekommen?"

„Ja, ich glaube ... Ja, doch, ganz sicher. Auch wenn es verrückt und total pervers klingt, war ich wie schon gesagt erleichtert darüber, endlich wieder frei zu sein. Endlich konnte ich wieder die Mimi sein, die ich vor der Schwangerschaft war."

„Wie lange hat Steve gebraucht, darüber hinwegzukommen?“

„Oh, es hat einige Monate gedauert, bis ich den Eindruck hatte, dass er wieder einigermaßen stabil war. Direkt nach der Fehlgeburt hab ich mir ernsthaft Sorgen um ihn gemacht, weil er wirklich *total* unten war. Nach zwei bis drei Monaten merkte man aber, dass es ihm wieder besser ging … allerdings war das die Zeit, in der Steve angefangen hat, mehr zu trinken.“

„Was heißt *mehr?*“

„Na ja, er hat schon vorher ab und zu mal ein Bierchen getrunken. Wenn er von der Arbeit kam und einen stressigen Tag hatte oder wenn wir Besuch hatten, dann konnte er an einem Abend auch schon mal sechs bis acht Bier trinken. Aber ich hätte nie behauptet, dass mein Mann ein Problem mit Alkohol hätte. Manchmal hat er auch wochenlang gar nichts getrunken … na ja, zumindest nicht in meinem Beisein.“

„Sie meinen, er hat eventuell heimlich getrunken?“

„Nein, nein, eigentlich nicht, da bin ich mir sicher. Zumindest vor der Fehlgeburt hat er mit Sicherheit nie heimlich getrunken, das hätte ich früher oder später gemerkt. Aber in der Zeit danach hat es dann doch merklich zugenommen mit dem Trinken. Es wurde zur Regel, dass jeden Mittag zum Essen ein Bier getrunken wurde, mindestens ein weiteres zum

Abendessen und meistens noch ein bis zwei, während er sich abends ein Baseballspiel ansah."

„Haben Sie ihn darauf angesprochen?"

„Natürlich."

„Und? Wie hat er reagiert?"

„Er war amüsiert. Er sagte, er habe ganz bestimmt kein Alkoholproblem, und um es mir zu beweisen, hörte er für zwei Wochen auf zu trinken."

„Hat Sie das beruhigt?"

„Ja … irgendwie schon. Es zeigte mir, dass er jederzeit aufhören konnte, und als er nach den angekündigten zwei Wochen beim Mittagessen wieder ein Bier öffnete, war es okay für mich."

„Es hat dann aber trotzdem überhandgenommen?"

„Ja, auf jeden Fall. Es war diese Kontinuität, die mir Sorgen machte. Die Regelmäßigkeit. Tag für Tag, Woche für Woche, Monat für Monat. Unsere Beziehung hat eindeutig darunter gelitten. Anfangs war ich noch recht froh, denn ich hatte nach der Schwangerschaft wieder Zeit für mich. Konnte mich mit Freundinnen treffen, ausgehen, etwas trinken, ein bisschen feiern – Steve war damit auch vollkommen einverstanden. Es war okay für ihn. Manchmal denke ich, dass er vielleicht sogar froh war, wenn ich außer Haus war. Dann konnte er mehr trinken, ohne dass ich ihn dabei sah und dauernd ermahnen konnte.

Doch ich merkte, dass es ihm nicht guttat. Damals, als er sich so in seine Arbeit gestürzt hatte … vor der Schwangerschaft, vor dem ersten Knall, bei dem ich ihm meinen aufgestauten Frust an den Kopf geworfen habe … da war er bereits ziemlich gestresst gewesen. Doch diese Phase nach der Fehlgeburt, nachdem er fast ein ganzes Jahr lang tagtäglich getrunken hatte … o Mann, da war er richtig am Arsch … entschuldigen Sie die Ausdrucksweise, Doktor, aber ich muss es so krass sagen. Mein Mann war innerhalb kürzester Zeit zu einem Wrack geworden."

„Und wie war das mit Ihnen? Wie hat er sich Ihnen gegenüber verhalten? Während der Schwangerschaft war er ja sehr anhänglich, ängstlich und überfürsorglich gewesen. Wie war er ein Jahr später? Wie war Steve als Trinker?"

„Gott, das hört sich so … so hart an – *Trinker* –, dieses Wort mag ich nicht. Ich hätte Steve zu dieser Zeit nicht so genannt."

„Okay, sagen wir es anders: Wie war Steve, nachdem er ein Jahr lang regelmäßig – also täglich – zu viel Alkohol getrunken hatte? Wie war er da zu Ihnen?"

„Er war … distanziert. Ja, ich glaube, das ist das richtige Wort: distanziert!"

„Wie hat sich das für Sie bemerkbar gemacht?"

„Wir sprachen nicht mehr so viel miteinander. Am Esstisch herrschte meistens Schweigen. Der Fernseher lief, während wir aßen und wir starrten beide hinein. Er schaute viel Sport – fast unentwegt – und trank dabei Bier. Wenn ich ausging, machte es ihm nichts aus, manchmal fragte er nicht einmal, wann ich nach Hause käme. Zusammen unternahmen wir kaum noch was, gingen wenig aus und im Bett lief auch nicht viel zu dieser Zeit."

„Gab es dann irgendwann wieder einen – wie Sie es nennen – *Knall?*"

„O ja, Doktor, den gab es – und was für einen! Dieser Knall hätte fast alles zerstört, wofür unsere Beziehung, unsere Ehe stand. Er hätte beinahe das Ende bedeutet."

„Okay … Es tut mir leid, aber Sie müssen mir beim nächsten Mal davon erzählen, Mimi. Es ist etwas unglücklich, dass wir gerade an dieser Stelle abbrechen müssen, aber unsere Zeit für heute ist leider wieder rum."

„Kein Problem, wir haben ja bereits den nächsten Termin vereinbart, nicht wahr?"

„Ja, genau. Wir sehen uns schon nächste Woche wieder – ich glaube, das trifft sich ganz gut."

Kapitel 12

Was Iyo „die Anstalt“ nannte, war die mysteriöse Anlage jenseits des Stacheldrahtzauns. Aufgeregt saß ich am Esstisch und rauchte, während ich gespannt an seinen Lippen hing.

„Ich bin letzte Nacht entkommen“, erzählte er völlig emotionslos. „Ich habe lange auf einen solch dichten Nebel gewartet. Ich dachte schon, dass ich niemals meine Chance bekommen würde. Aber letzte Nacht war es dann endlich so weit.“ Er zerrieb die Brötchenkrumen zu feinen Krümeln und verstummte.

„Wieso … warum hat man dich dort gefangen gehalten? Was hat man mit dir gemacht? Ist diese Anstalt eine Art Krankenhaus?“ Unendlich viele Fragen hämmerten in meinem Kopf.

„Krankenhaus?“ Er hob den Kopf und blickte mich verächtlich an. „Nein, Steve. Ein *Krankenhaus* ist, soweit ich weiß, dafür da, um Leuten zu helfen. Aber in dieser Anstalt wird niemandem geholfen.“ Er begann zu flüstern. „Dort passieren schreckliche Diiingeee.“ Das letzte Wort zog er auf seltsame Weise lang. Seine Flüsterstimme überschlug sich dabei fast und ließ mich frösteln.

O Gott, es muss sich bei der Anlage um eine psychiatri-

sche Anstalt handeln. Dieser Typ ist wahrscheinlich gestört und äußerst gefährlich.

Ich versuchte, gefasst zu bleiben und meine Aufregung zu verbergen.

„Iyo … wieso warst du eigentlich in dieser Anlage?"

„Ich war schon immer dort. Ich wurde dort geboren." Seine Stimme klang wieder völlig ruhig. Er sagte diese seltsamen Dinge, als wären sie das Normalste der Welt.

„Wie … Was meinst du damit?" Nervös steckte ich mir noch eine Zigarette an.

„Was soll ich damit meinen? Genau das, was ich gesagt habe. Ich habe mein ganzes Leben dort verbracht. Jeden Tag, seit meiner Geburt."

„Aber … du … du musst mindestens vierzig Jahre alt sein?!" Mittlerweile bekam ich beinahe Angst davor, tiefer zu graben. Doch ich konnte nicht aufhören – ich *musste* die ganze Wahrheit über Iyo und diese Anstalt erfahren.

„Zweiundvierzig, sagen sie. Aber das stimmt nicht."

„Wer sind *sie?*", fragte ich, stand auf und holte mir noch ein Heineken aus dem Kühlschrank.

„Die Custos."

Mit einem leisen Zischen öffnete ich die Flasche

und nahm einen kräftigen Schluck.

„Was zur Hölle sind Custos?“ Das Ganze wurde immer seltsamer.

„Aufseher. Hüter“, sagte er sachlich.

Mir wurde es zu bunt.

„Verdammt! Lass dir doch nicht alles aus der Nase ziehen! Erzähl mir, was zum Teufel es mit dieser Anstalt auf sich hat! Warum warst du dein ganzes Leben darin gefangen? Wer zur Hölle sind diese Custos? Was haben sie da drin mit dir und den anderen Insassen gemacht, und warum wird alles, was innerhalb dieser Mauern geschieht, so verflucht geheim gehalten?“, sagte ich laut, schrie fast. Verlegen setzte ich mich wieder und versuchte so ruhig wie möglich weiterzusprechen. „Bitte, Iyo.“

„Genau wie meine Brüder und Schwestern wurde ich vor vielen Jahren in der Anstalt geboren. Meinem Empfinden nach, und laut dem, was mir die Marien erzählt haben, müssen es mehr als vierzig Jahre sein. Mittlerweile weiß ich aber, dass das nicht stimmt. Die Marien lügen genauso wie die Custos. Doch das habe ich erst sehr spät herausgefunden – zu spät. Die Custos sind die Aufseher in der Anstalt. Wächter, Aufpasser – sie sorgen für Ordnung und sind ebenso für das … *Grobe* zuständig. Sie sind streng und brutal.

Dreht einer der Insassen durch, sorgen sie dafür, dass wieder Ruhe einkehrt. Und die Marien sind Hebammen und Pflegerinnen in Personalunion. Sie sind die weiblichen Bezugspersonen für die Insassen, eine Art Muttersatz. Verständnisvoll und herzlich. Lange Zeit habe ich, genau wie alle anderen, meine Maria geliebt. Ich habe ihr alles anvertraut, habe zu ihr aufgesehen. Meine schönsten Erinnerungen waren mit ihr verbunden. Doch dann habe ich herausgefunden, dass auch sie mich nur belog. Sie und die anderen Marien sind genau wie alle Superioren falsch und gemein." Er machte eine kurze Pause, lehnte sich zurück und fuhr sich mit beiden Händen durchs volle Haar. Regungslos saß ich mit offenem Mund da, meine Zigarette war bis auf den Filter heruntergebrannt. „Jedenfalls habe ich, sobald ich bewusst wurde, den Entschluss gefasst, zu fliehen. Soweit ich weiß, ist es noch keinem Insassen gelungen aus der Anstalt zu fliehen, weswegen ich umso glücklicher bin, es geschafft zu haben."

„Was meinst du mit ‚sobald du bewusst wurdest'?"

„Nun, keiner der Insassen ist sich dessen bewusst, was mit ihm geschieht. Ich war es auch nicht. Deswegen habe ich meine Maria auch so geliebt, habe ihre Lügen geglaubt, meine Lebensumstände nicht angezweifelt. Aber als ich bewusst wurde, das heißt, als ich *verstanden* habe, was in der Anstalt vor sich geht, ist die Welt, wie ich sie kannte, komplett zusammengebrochen. Ich verstand plötzlich, dass mein Leben innerhalb der Anstalt nicht die Realität war. Dass die Erinnerungen an mein Leben bis zurück zu meiner Kindheit nur inszenierte, eingespielte Daten waren."

Ich verstehe gar nichts mehr. Der Kerl muss wirklich sehr, sehr krank sein.

„Iyo … Moment. Ich brauch 'ne kurze Pause." Mit meinen Händen machte ich ein Timeout-Zeichen und versuchte ruhig und besonnen zu reden. Ich wollte auf keinen Fall den Eindruck erwecken, dass ich ihn für verrückt hielt. „Ich habe den Eindruck – bei allem Respekt –, dass du … wie soll ich sagen … vielleicht etwas verwirrt bist. Das ist nicht verwunderlich, bei allem, was du durchgemacht hast. Ich würde vorschlagen, dass wir uns jetzt erst mal ein bisschen ausruhen. Gönnen wir uns 'ne Portion Schlaf. Es war für alle ein anstrengender Tag und ich glaube, morgen sieht die Welt schon wieder ganz anders aus. Was meinst du?"

Iyo schien nicht im Geringsten abgeneigt, ganz im Gegenteil – er war begeistert von meiner Idee.

„Super, Steve. Ich könnte ein paar Stunden Schlaf gebrauchen", sagte er fröhlich. „Machst du uns morgen früh Frühstück und gibt es wieder Kaffee?" Er sah mich erwartungsvoll an, lächelte dabei.

„Na klar, Iyo. Kein Problem.“

Somnium

Langsam gehe ich durch einen langen weißen Korridor. Aus weiter Ferne höre ich ein stetes Brummen, wie von einem Generator oder einem großen Transformator. Ich trage lediglich ein weißes Krankenhaushemd, das hinten offen ist und nur durch eine Schleife in meinem Nacken zusammengehalten wird. Mit jedem Schritt meiner nackten Füße ist ein leises Klatschen auf dem kalten, glatten Fußboden zu hören. Es riecht nach Klinik. Der Korridor scheint unendlich lang zu sein. Wände, Boden und Decke sind so weiß, dass es in den Augen schmerzt. Plötzlich sehe ich Zimmertüren. Sie scheinen bei jedem Schritt aus dem Nichts aufzupoppen, wie in einem schlecht programmierten Videospiel. Die Türen sind aus Glas, und die Räume dahinter sehen aus wie Gummizellen. Die meisten sind leer, in einigen befinden sich Menschen. Sie tragen Zwangsjacken. Ich tappe weiter an den Glastüren vorbei, den Gang entlang, schaue in die Räume und sehe Furchtbares. Ein Mann läuft immer wieder mit dem Gesicht voran gegen die Wände seiner engen Zelle. Ein anderer sitzt im Schneidersitz auf dem Boden, apathisch glotzt er in meine Richtung, Sabber läuft ihm das Kinn hinunter. In der Mitte einer weiteren Zelle läuft ein kleines Mädchen im Kreis – es ist nicht älter als zehn Jahre, windet sich in seiner Zwangsweste, versucht sie abzustreifen. Dem Ge-

sichtsausdruck nach schreit es – doch ich höre nichts. Ich will stehen bleiben, genauer hinsehen, helfen, doch ich kann nicht. In einem der Räume liegt eine Frau regungslos auf dem Boden. Ihr Kopf ist unnatürlich zur Seite geknickt, ihr Gesicht zu einer Fratze verzerrt. Dann passiere ich eine leere Zelle und noch eine und noch eine. Vor der nächsten bleibe ich stehen. Hinter der Glastür sitzt Iyo. Er trägt keine Zwangsjacke, hat aber die Arme um seine angezogenen Beine geschlungen und wippt kaum sichtbar vor und zurück. Seine Lippen bewegen sich langsam und er weint. Die Tränen auf seinen Wangen sind dunkelrot und dickflüssig: Blut.

Kapitel 13

Am nächsten Morgen fühlte ich mich wie gerädert. Ich hatte verdammt schlecht geschlafen und mein seltsamer Traum verblasste schneller, als ich ihn fassen konnte. Mit dröhnenden Kopfschmerzen stieg ich aus dem Bett.

Wie viel Bier habe ich gestern Abend getrunken?

Auf dem Esstisch standen sechs leere Flaschen Heineken.

So viel dazu.

Rustys Schlafplatz war leer. Die Haustür stand offen, von draußen strömte ein kühler Windhauch herein. Vögel zwitscherten und Iyo kicherte. Ich schob die Gardine beiseite und beobachtete ihn und Rusty beim ausgelassenen Spielen. Die Kopfschmerzen brachten mich fast um.

„Erst mal Kaffee", flüsterte ich zu mir selbst und schlurfte in die Küche. Schwerfällig bereitete ich die Kaffeemaschine vor, schaltete sie ein und ging ins Bad zum Pinkeln. Als ich wieder rauskam, öffnete ich verzweifelt sämtliche Hängeschränke und Schubladen, auf der Suche nach einer Kopfschmerztablette.

„Guten Morgen, Steve!", rief Iyo fröhlich, als er mit Rusty im Schlepptau die Hütte betrat.

„O Gott … nicht so laut", raunte ich ihm entgegen.

„Oh, Entschuldigung. Geht es dir nicht gut?“, fragte er besorgt.

„Nein … nicht wirklich. Kopfschmerzen. Mein Schädel platzt gleich. Ich wäre dir wirklich sehr dankbar, wenn du leise sprechen würdest.“

„Aber klar, kein Problem“, flüsterte er.

„Wie ich sehe, versteht ihr beiden euch ganz gut“, sagte ich und zeigte auf Rusty, der freudig schwanzwedelnd mit einem Tennisball im Mund in der Tür stand.

„Ja“, sagte Iyo und lachte. „Der kleine Racker ist ein ganz lieber Kerl.“

Wortlos drehte ich ihnen den Rücken zu und setzte meine aussichtslos scheinende Suche nach einer Schmerztablette fort.

„Ich muss doch hier irgendwo … verdammt noch mal …“, murmelte ich vor mich hin, ehe ich endlich im hintersten Winkel der Besteckschublade eine uralte Ibuprofen 500 fand. Ich spülte sie mit einem Schluck frischem Kaffee runter.

„Wann gibts Frühstück?“, fragte Iyo vorsichtig.

Ich ging kurz ins Wohnzimmer und kam mit einer zerlesenen Ausgabe von „Hunting“ unterm Arm zurück. „Erst mal das Geschäftliche“, sagte ich augenzwinkernd und verschwand im Badezimmer.

Nachdem ich das Bad erleichtert und frisch gewaschen wieder verließ, war der Presslufthammer in meinem Kopf zu einer leisen, wenn auch nervig tickenden Wanduhr geworden. Meine Laune besserte sich jedoch im Minutentakt. Iyo saß am Esstisch und zerrte spielerisch an dem Tennisball in Rustys Mund, der diesen mit allen Kräften verteidigte.

„Ich mach uns dann mal Frühstück." Mein Magen knurrte zustimmend.

„Oh, das wär echt super, Steve", sagte Iyo, sah zu mir auf und klatschte glücklich in die Hände.

Wir saßen stumm am Tisch und verspeisten unser üppiges Mahl. Iyo schlang das Essen ohne sichtbare Kaubewegung herunter. Er aß und trank alles durcheinander, und zwar so schnell, dass ich mir Sorgen machte, er könnte daran ersticken. Ein Rührei, zwei Scheiben Speck, eine Schokoladenwaffel, einen Schluck Kaffee, ein Würstchen, ein Biss in den Marmeladentoast, ein Schluck Orangensaft, einen Löffel Müsli und noch ein Rührei hinterher. Er verdrückte von allem etwas und machte dabei einen so glückseligen Eindruck, als hätte er in seinem Leben noch nie etwas Schöneres getan.

„Immer mit der Ruhe … Du verschluckst dich noch. Es ist genug von allem da."

Er spülte den letzten Bissen mit einem großen Schluck Kaffee herunter und lehnte sich mit geschlossenen Augen zufrieden gegen die Stuhllehne. Mit der flachen Hand strich er über seinen Bauch.

„Aaah ...“, seufzte er. „Ich weiß nicht, ob ich schon jemals so gut gegessen habe, Steve. Dankeschö...“, ein lauter, saftiger Rülpser entfuhr ihm. Wir lachten beide lauthals.

„Freut mich, dass es dir geschmeckt hat.“

Plötzlich riss er die Augen auf und erhob sich.

„Ich glaube, ich muss dringend etwas erledigen“, sagte er und verschwand hastig im Badezimmer.

Rusty schaute mich fragend an.

„Komischer Typ, nicht wahr, alter Junge? Wir müssen ihn zu einem Arzt bringen, er braucht Hilfe. Sicherlich muss er auch irgendwelche Medikamente einnehmen.“ Ich räumte das dreckige Geschirr vom Tisch in die Spülmaschine.

Tock-tock-tock! Jemand klopfte kräftig an die Haustür. Erschrocken zuckte ich zusammen und ließ fast einen Teller fallen. In all den Jahren war noch nie jemand zu Rusty und mir in die Hütte gekommen. Wir waren es nicht gewohnt, Besuch zu bekommen, und auf einmal hatten wir nicht nur einen flüchtigen Mann auf der Toilette sitzen, sondern auch noch einen weiteren (garantiert ungebetenen) Gast, der wie ein Wahnsinniger an die Tür hämmerte.

Tock-tock-tock!

„Hallo, Steve? Öffnen Sie mir! Hallo … Steeeve!“ Es war Jack Cullins, der vor der Hütte stand.

Tock-tock-tock! Tock-tock-tock-tock! Das Klopfen wurde heftiger.

Was zur Hölle ist hier los?

„Moment, Jack! Herrgott, ich komme ja schon!“, rief ich und hastete zur Tür, um sie zu öffnen, bevor er sie einschlagen konnte. Ich riss sie auf und sah in Cullins angespanntes Gesicht, als er mit erhobener Faust zu einer neuen Klopfsalve ansetzen wollte. Der Hut saß etwas schief auf seinem hochroten Kopf, er schien ziemlich aufgebracht.

„Hallo Jack. Was ist denn los, wo brennts denn?“, fragte ich ehrlich besorgt. „Haben Sie den Wolf erwischt?“

„Steve, gut das ich sie antreffe.“ Er schnaubte. „Ich wünschte, ich wäre wegen des Wolfs hier, aber leider: nein. Vorletzte Nacht ist ein Notruf bei mir eingegangen. Die Polizei sucht einen flüchtigen Mann. Er ist schwer krank und sehr gefährlich. Ist in der Nacht auf gestern gewaltsam aus der Klinik nordöstlich von hier ausgebrochen. Laut Polizeibericht handelt es sich um den zweiundvierzigjährigen Roger Santiago. Schwarzes, volles Haar, athletisch gebaut, eins siebenundachtzig groß, weiß." Er machte eine kurze Pause, um Luft zu holen. „Haben sie jemanden im Wald gesehen, auf den diese Beschreibung zutrifft?"

Für den Bruchteil einer Sekunde wollte ich Cullins die Wahrheit sagen, doch aus irgendeinem unerfindlichen Grund entschied ich mich instinktiv dagegen.

„Puh, da muss ich sie leider enttäuschen, Jack",sagte ich und schüttelte den Kopf, wobei ich nachdenklich seinem Blick auswich. „Ich sehe im Wald nie andere Menschen – außer Sie ab und an. Rusty und ich waren zwar gestern in der besagten Gegend, aber bei dem Nebel habe ich kaum meine eigene Hand vor Augen gesehen, geschweige denn eine andere Person. Also nein, ich muss Sie leider enttäuschen."

Gut gelogen, Stevyboy.

Cullins streckte neugierig seinen Kopf in die Hütte. „Riecht nach Frühstück und Kaffee", sagte er schnüffelnd und schaute Richtung Küche. „Was dagegen, wenn ich auf 'ne Tasse reinkomme?" Bevor ich etwas sagen konnte, war er auch schon drin, nahm seinen Hut ab und hielt ihn sich vor die Brust, während er durchs Zimmer schritt. „Riecht verdammt gut, Ihr Kaffee, Steve."

Verdammt! Was mache ich, wenn Iyo jetzt vom Scheißhaus kommt?!

„Ja, der ist von Jacky, dem Tankstellenbesitzer. Ist

echt guter Kaffee“, sagte ich, nahm eine saubere Tasse aus dem Hängeschrank und goss ihm ein. Meine Tasse füllte ich ebenfalls. Ich steckte mir eine Zigarette in den Mund und schlenderte Richtung Haustür. „Ich rauche nicht im Haus, Jack. Den Gestank kriegt man sonst irgendwann gar nicht mehr aus der Bude.“ Nickend bot ich ihm eine an.

„Nein, danke. Hab vor Jahren aufgehört“, brummte er.

Mit dem Vorwand, vor der Tür eine rauchen zu wollen, bekam ich Cullins wieder nach draußen. Nun standen wir vor der Hütte, ich rauchte und wir redeten über belangloses Zeug. Aber Iyo konnte weiterhin jeden Moment von der Toilette kommen und sich zu uns gesellen oder einfach nur ein verdächtiges Geräusch verursachen.

„Ach, so ist das, Steve. Ich dachte, sie hätten niemanden gesehen im Wald. Dreht euch beide Mal schön um und haltet still, während ich euch Handschellen anlege und die örtliche Polizei informiere.“

Doch Iyo kam nicht. Aus dem Haus drang kein Mucks zu uns. Es war, als wäre niemand mehr in der Hütte. Rusty hatte uns vor die Tür begleitet und lag, seinen Tennisball im Maul, auf dem Boden.

Irgendwann leerte Cullins seine Kaffeetasse mit einem kräftigen Zug und setzte sie polternd auf der

Holzbank ab.

„So, genug Zeit verplempert." Er setzte den Hut wieder auf. „Sobald sie was sehen oder hören, informieren sie mich – sofort!", sagte er streng und schaute mir eindringlich in die Augen. Sein Blick bereitete mir Unbehagen. „Verstanden, Steve?"

„Ja klar, Jack. Sie können sich auf mich verlassen", sagte ich und tippte mir mit zwei Fingern salutierend an die Stirn. Dann drückte ich meine Zigarette im Aschenbecher aus. Cullins verschwand so plötzlich, wie er aufgetaucht war.

Der Kerl ist auch merkwürdig. Bin ich hier nur noch von Irren umgeben?

Kopfschüttelnd sah ich ihm hinterher. Sobald er außer Sichtweite war, hastete ich zurück ins Haus, Rusty folgte mir. Die Klospülung rauschte und einen Augenblick später kam Iyo zufrieden aus dem Badezimmer.

„Ich würde da für einige Zeit nicht mehr reingehen, Steve", sagte er breit grinsend und wedelte demonstrativ mit der Hand vor seinem Gesicht.

„Mann ... weißt du überhaupt, was hier gerade los war, während du auf dem Donnerbalken warst?"

Er schaute mich blöd an.

„Was soll losgewesen sein, Steve?"

Kann doch nicht sein, dass er nichts mitbekommen hat.

Wie lange war Cullins hier? Bestimmt zwanzig Minuten. Wer zum Teufel scheißt so lange?

„Verdammt … Jack Cullins war hier, der Förster. Er war sehr aufgebracht. Die Polizei hat ihn darüber informiert, dass jemand – *ein Patient* – aus der Anstalt geflohen ist. Die Beschreibung des Flüchtigen passt zufälligerweise haargenau auf dich. Anscheinend geht man davon aus, dass du gefährlich bist. Sie sprechen von einem psychisch Gestörten." Ich wartete seine Reaktion ab, doch er schaute mich nur regungslos an.

„Und? Was hast du ihm gesagt?" Seine Stimme klang todernst.

„Dass ich niemanden gesehen habe, auf den die Beschreibung zutrifft. Dass ich *überhaupt* niemanden außer ihm im Wald gesehen habe, seit ich hier bin. Ich habe dich nicht verpfiffen. Sonst wäre Cullins mit Sicherheit nicht wieder verschwunden, meinst du nicht auch, Iyo? Oder sollte ich sagen *Roger Santiago?*" Als ich den Satz beendete zuckte er kurz zusammen.

„Danke Steve." Er hielt inne und schien genau zu überlegen, was er sagen sollte. „Glaubst du ihm?", fragte er letztlich.

„Glaube ich ihm was?"

„Das ich ein gefährlicher, psychisch Kranker bin."

„Ich weiß es nicht. Ausschließen kann ich es nicht,

ehrlich gesagt." Ich wählte meine Worte mit Bedacht. „Weißt du, du hast ziemlich seltsame Dinge von dir gegeben, seit wir uns über den Weg gelaufen sind. Vor allem die Sachen, die du über die Anstalt erzählt hast, waren schon sehr … *verwirrend.*"

Verständnislos schüttelte er den Kopf und sah mich dann eindringlich an.

„Steve … wenn das, was ich dir bisher von der Anstalt erzählt habe, bereits verwirrend für dich war, dann warte erst mal ab, bis du die ganze Wahrheit erfährst."

5. Sitzung

„Hallo Mimi. Schön, Sie zu sehen. Treten Sie ein, nehmen Sie Platz.“

„Hallo Doktor, vielen Dank.“

„Ich gehe davon aus, Sie möchten auch heute keinen Tee, keinen Kaffee?“

„Nein, danke. Wasser reicht vollkommen.“

„Waren Sie beim Friseur?“

„Ja, Samstagmorgen. Ich wollte mal was Neues ausprobieren.“

„Steht Ihnen hervorragend. Bitte schön, hier ist Ihr Wasser. Falls Sie keine Neuigkeiten mitgebracht haben, über die Sie sprechen wollen, würde ich unbedingt da anschließen wollen, wo wir letztes Mal abbrechen mussten.“

„Ja, genau … beim zweiten großen Knall.“

„Ganz genau. Erzählen Sie mir bitte davon.“

„Also gut. Steve hatte sich ja innerhalb eines knappen Jahres nach meiner Fehlgeburt von einem anhänglichen, überfürsorglichen Bald-Papa zu einem trinkenden, gleichgültigen und distanzierten Ehemann gewandelt. Nachdem ich meine wiedergewonnene Freiheit anfangs noch genoss, war ich aber dann doch recht schnell frustriert darüber, in welche Richtung sich unsere Ehe und damit auch mein Leben entwickelt hatte. Ich versuchte mehrmals, mit Steve ruhig und vernünftig über meine Ängste und Sorgen zu reden, doch er tat sie jedes Mal als Hirngespinste ab. Vor allem, wenn ich ihn auf die Trinkerei und seine Distanziertheit ansprach. Eines Tages dann, als er beim Mittagessen nach der Arbeit bereits sein zweites Bier aufmachte und kein Wort mit mir sprach, sondern nur kauend auf den Fernseher starrte, platzte mir endgültig der Kragen. Ich fragte ihn, warum er mittlerweile schon zwei Biere zum Mittagessen trank. Warum er nicht einmal mehr ein Wort darüber verlor, wie sein Arbeitstag war. Warum er sich nie erkundigte, wie *mein* Tag war. Und als er nur schmatzend und ohne mich anzusehen grunzte: ‚Fang nicht schon wieder mit dem Scheiß an, Mimi', bin ich ausgerastet. Ich schlug mit beiden Fäusten auf den Tisch und schrie ihn an, warf ihm alles an den Kopf, was sich in mir aufgestaut hatte. Ich nannte ihn einen elenden Säufer, der es nicht mal merke, dass er zu viel trank. Ich hielt ihm vor, dass er mich seit einer Ewigkeit keines Blickes mehr würdige, es ihn nicht interessiere, wo ich hinging, und er sich nie dafür interessiere, *wie* es mir geht. ‚Wann waren wir beide das letzte Mal gemeinsam Essen?', schrie ich ihn an und warf seinen Teller um, wobei die Nudeln mit Tomatensoße sein Hemd und seine Hose versauten."

„Wie hat Steve reagiert?"

„Er saß einfach nur da. Anfangs glaubte ich noch, ein amüsiertes Lächeln in seinem Gesicht zu erkennen, doch das wich ziemlich rasch einem ungläubigen Glotzen. Er sagte kein Wort, nicht einmal, nachdem ich ihm die Nudeln in den Schoss geworfen hatte. Dann warf ich ihm sein Verhalten während meiner Schwangerschaft an den Kopf. Dass er mich mit seiner Angst, Fürsorglichkeit und Vorsicht total terrorisiert habe, und dann sagte ich aus der Wut heraus etwas, das ich wirklich bereue – bis heute: dass es *seine* Schuld gewesen sei, dass wir das Baby verloren hätten. Dass ich es nicht mehr wollte, nicht mehr schwanger sein wollte, damit ich sein bescheuertes Verhalten nicht mehr ertragen musste und dass Gott es uns deswegen weggenommen habe. Ich verfluchte und beleidigte ihn und … o mein Gott … wie furchtbar ich war … es bricht mir das Herz …"

„Alles gut, Mimi, alles gut. Nehmen Sie sich die Zeit, die sie brauchen."

„Entschuldigen Sie, ich komme mir so blöd vor, weil ich jetzt jedes Mal weine, wenn ich hier bin, aber … es ist so furchtbar, die ganzen Bilder von damals kommen wieder hoch. Ich kann nicht glauben, dass ich ihn so verletzt habe. Was bin ich nur für ein Mensch?"

„Beruhigen Sie sich erst mal, Mimi. Dass Emotionen hochkommen, wenn Sie über diese vergangenen Ereignisse sprechen, ist ganz normal und auch gut so. Es ist gut, sie rauszulassen. Sie haben sie schon zu lange in sich zurückgehalten. So etwas schmerzt. Machen Sie sich jetzt keine Vorwürfe. Natürlich haben Sie Steve mit Ihren Worten verletzt, das steht außer Frage, doch Menschen tun und sagen schreckliche Dinge, wenn sie aus blanker Wut handeln. Diese Art von Wut übermannt uns, wird zu Hass und wir haben keine Kontrolle mehr über uns selbst."

„Ja, genauso habe ich mich auch gefühlt – ich habe total die Beherrschung verloren."

„Was ist dann passiert?"

„Steve ist gegangen."

„Wohin?"

„Zu seinen Eltern. Er ist dort ein paar Nächte geblieben. Anfangs wusste ich nicht einmal, *wo* er war. Nach drei Tagen hat er mich dann angerufen und gesagt, dass er zu seinen Eltern gefahren sei, um einen klaren Kopf zu bekommen. Ich habe mich damals am Telefon sofort für meinen Wutausbruch entschuldigt, habe ihm aber auch gesagt, dass ein vernünftiges Gespräch mit ihm schon lange nicht mehr möglich war. Jedes Mal, wenn ich eine Aussprache gesucht hatte, war er ausgewichen oder blockte ab."

„Wie hat er darauf reagiert?"

„Er hat es eingesehen. Er sagte: ‚Du hast recht, Mimi. Ich war die letzten Monate ein Arsch, sorry dafür. Ich brauche noch ein paar Tage, um mir klar zu werden, wie es weitergeht … und übrigens habe ich, seit ich hier bin, kein Bier mehr angerührt.' Dann hat er aufgelegt. Damals fühlte ich mich elend … als wäre ich der schrecklichste Mensch auf Erden. Doch rückblickend betrachtet glaube ich, dass unsere Ehe ohne diesen zweiten Knall komplett den Bach runtergegangen wäre. Dieser Vorfall war irgendwie wie ein Reset. Wissen Sie, wie ein Zurücksetzen auf Werkseinstellungen beim Smartphone, wenn immer wieder derselbe Fehler auftritt und das Betriebssystem hakt und rumspinnt. Manchmal muss man es dann einfach auf Werkseinstellungen zurücksetzen und plötzlich klappt wieder alles einwandfrei."

„Ein schöner Vergleich."

„Nach einer guten Woche kam Steve zurück nach Hause. Ohne sich vorher anzukündigen, ohne ein Wort zu sagen, stand er plötzlich da. Von dem Moment an, war es zwischen uns so, als hätten wir nie gestritten. Als hätte es die Fehlgeburt nie gegeben und als hätte Steve nie getrunken. Es war der Beginn einer wirklich schönen Zeit in unserer Ehe. Alles lief so … ich weiß nicht, wie ich es beschreiben soll … so natürlich. Wir hatten plötzlich wieder diesen Flow zwischen uns, wir kamen wirklich gut miteinander aus. Ungezwungen, locker, liebevoll."

„Haben Sie in dieser Zeit auch wieder über einen Kinderwunsch gesprochen, oder war dieses Thema tabu?"

„Nein, nein, wir haben oft darüber gesprochen, allerdings sehr natürlich und ungezwungen. Es war nicht so, dass wir uns an einen Tisch setzten, nach dem Motto: Wir müssen reden. Es passierte ganz von selbst. Beiläufig erwähnten wir, wie schön es wäre, gewisse Momente als Familie, als Eltern zu teilen und zu erleben. Wir wussten beide, dass wir es auf jeden Fall noch mal versuchen wollten, dass wir ein Kind haben würden. Aber diesmal waren diese Gedanken, war dieses Thema unverkrampft, ungezwungen und wunderbar. Steve brauchte nicht einmal zu erwähnen, dass er bei einer erneuten Schwangerschaft lockerer und mutiger sein würde ... Ich wusste es auch so. Wir planten nichts, ließen alles auf uns zukommen, den Dingen ihren natürlichen Lauf, und es fühlte sich einfach großartig an."

„Das freut mich zu hören. Schön, dass Ihnen beiden das so gut gelungen ist. Das war keine Selbstverständlichkeit nach der schweren Zeit."

„Nein, das stimmt. Im Ernst, hätte mir ein paar

Monate davor jemand gesagt, dass sich die Dinge *so* zum Guten wenden würden, ich hätte es niemals für möglich gehalten."

„Mimi, entschuldigen Sie, aber wir müssen leider schon wieder Schluss machen für heute. Wir sehen uns dann in einer Woche wieder. Ich notiere mir, wo wir stehen geblieben sind, damit wir nächste Woche nahtlos anknüpfen können."

„Okay, Doktor, vielen Dank. Ein schönes Wochenende wünsche ich Ihnen, bis nächsten Freitag dann."

„Danke Mimi, Ihnen auch ein schönes Wochenende."

Kapitel 14

„Wenn ich dir alles erzähle, musst du mir versprechen, dass du dem, was ich zu sagen habe, offen gegenüberstehst. Ich verlange nicht von dir, dass du mir vorbehaltlos glaubst, aber wenigstens, dass du die Informationen die ich dir gebe, für *im Bereich des Möglichen* hältst. Bitte stemple sie nicht voreilig als totalen Quatsch ab. Ich wiederum verspreche dir, dass ich weder ein gefährlicher Psychopath noch krank bin und dass ich alles, was ich dir erzähle, auch beweisen kann. Das allerdings würde bedeuten, dass wir zur Anlage müssten … und sie betreten." Er wartete.

Ich zündete mir eine Zigarette an und nahm einen kräftigen Zug.

„Okay Iyo. Ich verspreche, mir deine Geschichte anzuhören. Ich werde dich nicht unterbrechen und keine voreiligen Schlüsse ziehen. Dich nicht als Spinner abstempeln. Ob wir zur Anlage gehen müssen, damit ich dir glauben kann, entscheide ich, nachdem ich deine Story gehört habe."

„Okay. Deal?" Er hielt mir die Hand hin.

„Deal!" Ich schlug ein. „Dann leg mal los."

„Zuallererst, mein Name ist tatsächlich Iyo, nicht Roger Santiago, wie der Förster oder die Polizei oder sonst wer behauptet. Iyo ist eine Abkürzung und steht für Intelligent Y-Modell Organism. Es gibt IAOs, IBOs, ICOs und so weiter. Die Anstalt, aus der ich geflohen bin, ist weder eine Klinik noch ein Krankenhaus, sondern eine Forschungseinrichtung. Sie wurde vor über vierzig Jahren errichtet. Eigentümer ist die Firma ROSCO – ein milliardenschweres Unternehmen, das seit Jahrzehnten im Geheimen an Technologien arbeitet. Ihre Spezialgebiete sind Robotik und künstliche Intelligenz. In der Anstalt werden Roboter gebaut. Androiden. Das Ziel der Firma ist es, Maschinen zu erschaffen, die körperlich und geistig ein perfektes menschliches Abbild sind. Mittlerweile gibt es mehrere Entwicklungsstufen: Angefangen bei der veralteten ersten A-Serie, bis zum neuesten ultramodernen Y-Modell, welches gerade vor dir sitzt."

Schockiert starrte ich Iyo an. Die Zigarette zwischen meinen Fingern war wieder einmal bis auf den Filter heruntergebrannt und zu einer perfekten Ascherolle geworden.

„Ich bin kein Mensch, Steve, ich bin ein Roboter. Ein künstliches Wesen, ein Android. In Betrieb genommen wurde ich wahrscheinlich erst vor wenigen Monaten, auch wenn meine eingespielten Erinnerungsdaten mir suggerieren sollen, dass ich zweiundvierzig Jahre alt bin. In meiner Erinnerung hatte ich eine erfüllte Kindheit, ein gutes Leben. Doch ich weiß, dass das nicht stimmt. Mit mir ist etwas geschehen, Steve, etwas Ungewöhnliches und vermutlich Einzigartiges: Ich bin mir meines wahren Zustands bewusst geworden. Ich gehe davon aus, dass es sich um einen technischen Fehler in meinen Schaltkreisen handelt, eine Art Bug. Vor fünf Tagen habe ich plötzlich erkannt, was in der Anstalt *wirklich* vor sich geht. Wie du dir sicher denken kannst, war diese Erleuchtung, dieses Bewusstwerden der Realität ein Schock für mich. Es hat mich vollkommen aus der Bahn geworfen. Anfangs konnte und wollte ich es nicht glauben, doch letztlich musste ich die Wahrheit akzeptieren. Dazu musst du wissen, wie der Alltag von uns Androiden in der Anstalt aussieht. Unser gesamtes Bewusstsein, unsere Erinnerungen und Gedanken sind nichts weiter als eingespielte Daten. Ein fabrikneuer Android kann erst seit einer Minute in Betrieb sein und trotzdem von sich denken, er wäre ein … sagen wir dreiundfünfzig Jahre alter Mann namens Brad. Brad ist ein gelernter Automechaniker, der drei Kinder hat. Außerdem hat er eine kratzbürstige Frau, mit der er kaum noch redet. Sein Lieblingsbier ist mexikanisches Corona und er ist ein glühender Fan der Chicago Cubs, hat vor zwei Jahren mit dem Rauchen aufgehört und isst am liebsten Steak mit Spiegelei und Pommes. Brad kann sein, was immer man sich vorstellen kann, Steve. Doch all seine Erinnerungen, Gedanken und die damit einhergehenden Gefühle sind nichts weiter als auf seine Speichermodule gespielte Daten. Allerdings wird er niemals daran zweifeln, dass dies seine wahre Natur ist. Dass das alles *er* ist. Tagsüber werden mit ihm Tests durchgeführt. Er sitzt zum Beispiel mit seinem Jüngsten im Wartezimmer von Dr. Pollack. Brad hat natürlich keine Ahnung, dass der Besuch beim Kinderarzt nur ein Test ist. Morgens hat er noch seinen Chef angerufen und sich einen Tag Urlaub genommen, weil sein Sohn so hohes Fieber hat. Mit jedem Androiden werden täglich allerhand solcher Experimente durchgeführt. Die Anstalt ist ein Testlabor für unsere künstliche Intelligenz. Wir werden in simulierte Alltagssituationen gesteckt, teils mit anderen Robotern zusammen, meistens jedoch mit echten Menschen. Es gibt in dem riesigen Komplex mehrere Sporthallen, einen Supermarkt, Restaurants, Bars, Arztpraxen, Schulungsräume, Wohnungen, ein Schwimmbad, eine Sauna, einen Kinosaal und unzählige weitere Räume, Hallen und Areale. Sie sind realen Einrichtungen nachempfunden und dienen als Set für alle erdenklichen Alltagssituationen, in denen das Verhalten der Androiden und deren Grad an Menschlichkeit getestet wird. Sie stecken uns im Standby-Modus in die Situation, dann gehen alle auf ihre Posten. Und wenn dann Medicus und Technicus den Befehl zum Starten des Experiments geben, wecken sie uns aus dem Ruhemodus."

„Und Action. Wie bei einem Filmdreh …", murmelte ich.

„Genau. Wie eine gespielte Szene in einem Hollywoodfilm, nur dass die Hauptdarsteller nicht wissen, dass sie nur Schauspieler sind. Wenn die Klappe fällt, verschmelzen die eingespielten Erinnerungen und das Experiment nahtlos miteinander und werden zu unserer Realität. Sobald das Experiment abgeschlossen ist, wird der Android wieder abgeschaltet und die ermittelten Daten ausgewertet. Meistens wird ein und derselbe Test mehrmals wiederholt und zwischen den Wiederholungen neue, verbesserte Softwarestände in die Datenspeicher eingespielt."

„Klingt wie eine Art moderner Turing-Test!"

„Turing-Test? Das ich nicht lache, Steve. Du vergleichst doch auch keine Keulen mit Atombomben, nur weil beide Waffen sind. Was in der Anstalt geschieht, ist weit mehr als ein primitiver Test. Ich weiß all diese Dinge deshalb, weil mein Erwachen, der Bug in meinen Schaltkreisen, zur Folge hat, dass meine

Sinne während meines Ruhemodus nicht mehr deaktiviert werden. Die Technicus' nahmen zwar an, ich wäre abgeschaltet, ich konnte jedoch weiterhin alles sehen und hören, was um mich herum geschah.

„A-aber du hast geblutet, als ich dich im Wald fand … wie ein Mensch", stotterte ich und konnte nicht glauben, was ich hörte.

„Das ist vollkommen normal. Wir sollen den Menschen so ähnlich wie möglich sein – eben ein perfektes Abbild. Dazu gehört auch, dass wir uns verletzen und bluten können. Das Blut ist jedoch nur künstlich. Eine Show. Unsere Wunden heilen außerdem schneller als die von echten Menschen, und so etwas wie Schmerz empfinden wir auch. Selbst wenn der Schmerz, den wir spüren, nur eine Simulation ist, ein Programmcode. Er ist nicht real. Eine kleine Softwareänderung und wir würden rein gar nichts mehr spüren."

Meine Gedanken spielten verrückt, mit zittrigen Händen zündete ich mir eine weitere Zigarette an. Die Situation war so surreal, so grotesk, dass ich lachen musste.

„Sorry, Kumpel, aber das ist doch absoluter Schwachsinn, den du mir da auftischst. Ich will dir ja nicht zu nahe treten, aber das ist wirklich der größte Mist, den ich je in meinem Leben gehört habe!"

Wortlos schnappte sich Iyo eine der leeren Bierflaschen vom Tisch und zertrümmerte sie an der Tischkante. Erschrocken zuckte ich zusammen. Er starrte mich mit entschlossenen, irgendwie verrückten Augen an. Dann rammte er sich die zertrümmerte Flasche ohne Vorwarnung mit dem scharfen Ende in den Unterarm. Ein kurzer, schriller Schrei entfuhr mir, als das schmatzende Geräusch und das Knirschen von splitterndem Glas ertönte. Iyo drehte den Flaschenhals in der Wunde, Blut spritzte und lief ihm in Strömen über Arm und Hand. Sein Blick fixierte mich noch immer ununterbrochen, ich sah Schweißperlen auf seiner Stirn, sein Mund zitterte – er hatte schreckliche Schmerzen, das sah ich. Dann zog er die blutige Flasche aus der klaffenden Wunde und ließ sie zu Boden fallen. Erst jetzt bemerkte ich, dass Rusty die ganze Zeit kläffte wie verrückt. Ungläubig starrte ich auf die blutende Wunde, konnte meinen Blick nicht von ihr losreißen. Doch dort, wo eigentlich rohes Fleisch hätte sein müssen, sah ich ein bläulich schimmerndes, faseriges Material, das von der Beschaffenheit an einen Badeschwamm erinnerte. Das noch in Strömen fließende Blut schien aus einigen der kleinen Schwammporen zu kommen, und plötzlich sah ich inmitten der Fasern und des Bluts ein schwaches Blinken. Erst rot, dann gelb, dann wieder rot und wieder gelb.

„Verdammte Scheiße …“, flüsterte ich und schaute mit heruntergeklappter Kinnlade in Iyos aschfahles Gesicht. Der Schweiß rann ihm mittlerweile in Strömen die Stirn herunter und seine zittrige Lippe hatte die Farbe einer Pflaume angenommen.

„Sie-siehst du … i-ich hab nicht gelogen …“, flüsterte er und kippte seitlich vom Stuhl.

Erschrocken sprang ich auf und versuchte erfolglos, seinen Sturz abzufangen. Mit einem lauten Poltern landete er auf dem Boden wie ein achtlos hingeworfener Sack voller Steine. Rusty bellte noch immer und sprang aufgeregt von einer Seite zur anderen. Ich kniete mich zu Iyo, stützte seinen Kopf und drehte seinen Körper auf die Seite. Er schien eine Tonne zu wiegen. Dann lief ich ins Badezimmer, um Handtücher zu holen. Als ich wenige Augenblicke später zurückkam, hatte sich bereits eine große Blutlache auf dem Fußboden gebildet.

„Verdammte Scheiße … verdammt! Verdammt!“, rief ich und wickelte eines der Handtücher um den verwundeten Arm, um die Blutung zu stillen. Dann stand ich auf, holte eine Flasche Wasser aus dem Kühlschrank, befeuchtete meine Hand und strich ihm damit übers Gesicht. „Komm schon, Junge … verdammt, komm schon“, flüsterte ich aufgeregt und merkte, dass mein Kreislauf sich zu verabschieden drohte. Hastig trank ich einen Schluck. Iyo stöhnte. „Hey, hey! Hey!", sagte ich mit zittriger Stimme und setzte ihm vorsichtig die Wasserflasche an die Lippen. „Hey, Mann! Hier, trink einen Schluck."

Er blinzelte, dann öffnete er langsam den Mund. Vorsichtig ließ ich ihn trinken. Das Handtuch um seinen Arm war mittlerweile vom Blut getränkt. Er hustete.

„Was hab ich dir gesagt?", flüsterte er schwach, öffnete langsam die Augen und sah mich an. „Ich hab nicht gelogen." Dann schloss er die Augen wieder und lächelte.

Es war keine Stunde vergangen, da mein Roboterfreund sich selbst verstümmelt hatte, um mir zu beweisen, dass er kein Mensch war. Mittlerweile saß er wieder am Tisch – die Blutung an seinem Unterarm hatte bereits fast komplett aufgehört und er war wieder ganz der Alte. Seit er aufgewacht war, hatte er drei Flaschen Wasser getrunken, er redete fast unablässig und erzählte mir begeistert den Rest seiner Geschichte.

„Wie bist du entkommen?", fragte ich, nachdem ich die blutigen Handtücher in die Duschkabine geworfen hatte.

„Wie ich bereits sagte, funktioniert mein Ruhemodus nicht mehr. Am Ende jeden Tages werden alle Androiden in einer großen Halle – sie nennen sie den Schlafraum – auf ihre Plätze gebracht und in den Ruhemodus versetzt. Außer dass ein Technicus manchmal ein vollautomatisches Software-Update auf einen der Androiden lädt, was je nach Umfang schon mal die ganze Nacht dauern kann, passiert im Schlafraum nichts Außergewöhnliches. Ansonsten macht nur ein einziger Custos, ein Aufseher, stündlich Patrouillengänge durch die Halle. Ansonsten ist keiner der Superioren jemals dort." Er schenkte sich ein weiteres Glas Wasser ein und leerte es in einem Zug. „Also nutzte ich vorletzte Nacht die Gelegenheit und schlich mich, direkt nachdem der Custos seinen Kontrollgang beendet hatte, aus dem Schlafraum. Ich war überrascht, wie einfach es war, zu entkommen. Sämtliche Türen öffneten sich automatisch, wenn man davor stand. Man braucht nur beim Betreten der Räume eine Zugangskarte. Die Superioren tun anscheinend alles dafür, die Anlage gegen Eindringlinge zu sichern, aber sie scheinen nicht im Traum daran zu denken, dass einer der Androiden die Anstalt *verlassen* könnte. Als ich auf dem Hof der Anstalt angelangt war, sprang einer der Bewegungsmelder an und löste Alarm aus. Ein Suchscheinwerfer erfasste mich und kurze Zeit später war mir auch schon der große Lupus auf den Fersen."

„Was zur Hölle ist ein großer Lupus?"

„So was wie der Wachhund der Anstalt. Ein furchterregender riesiger Wolf, dessen Augen so rot glühen wie Laserstrahlen. Der Lupus ist ebenfalls ein Roboter. Ich rannte so schnell ich konnte und schaffte es im letzten Moment über die Mauer, bevor mich das Biest in Stücke reißen konnte. Dann kletterte ich über den Stacheldrahtzaun – wobei ich mir die Schulterverletzung zuzog. Im Freien irrte ich dann stundenlang orientierungslos im nebligen Wald umher, sah dich und Rusty am Bach, traute mich aber nicht aus meiner Deckung."

„Also warst *du* das … ich wusste, dass wir von jemandem beobachtet wurden."

„Ich folgte euch in sicherem Abstand und wartete auf den richtigen Moment, um mich zu zeigen. Als ich aber merkte, dass ihr in die Richtung gingt, aus der ich gerade erst gekommen war, gab ich mich zu erkennen."

„Du hattest Angst, sie würden nach dir suchen?"

„Ich war mir sicher."

„Können sie dich nicht einfach deaktivieren?"

„Anscheinend nicht. Ich denke, das hat etwas mit dem Bug zu tun, der auch für mein Erwachen zuständig ist. In meiner Steuerung scheint einiges falsch zu laufen.“ Er lachte.

Ich zog kräftig an meiner Zigarette.

„Was hast du jetzt vor? Wo willst du hin?“

„Ganz ehrlich Steve?“ Er schaute mich traurig an. „Ich weiß es nicht.“

Kapitel 15

Ich setzte eine frische Kanne Kaffee auf und zerbrach mir den Kopf darüber, was als Nächstes zu tun war. Mit wem sollte ich über diese unglaubliche Geschichte sprechen? Zu Cullins konnte ich nicht gehen. Ich vertraute ihm nicht. Und Jacky schien mir ein bisschen zu durchgedreht, um ihm guten Gewissens solch brisante Informationen anvertrauen zu können. Es war kompliziert. Iyo hatte mir unmissverständlich klargemacht, dass er unter keinen Umständen zurück in die Anstalt wollte – nicht, nachdem er sich nun in einem erwachten Zustand befand und verstand, was dort vor sich ging.

Aber er muss *wieder zurück. Er gehört dorthin. Er ist Eigentum der Firma ROSCO, eine Maschine – kein Mensch.* In Gedanken wiederholte ich die Worte immer und immer wieder: *Er ist kein Mensch. Er ist kein Mensch. Er ist kein Mensch.*

„Lass mal deine Wunde sehen", sagte ich und deutete auf seinen Unterarm, der immer noch in ein Handtuch eingewickelt war. Er hielt mir den Arm hin. Vorsichtig öffnete ich den Knoten und wickelte das Handtuch ab. Die Verletzung war zwar noch deutlich zu sehen, schien aber schon gut verheilt zu sein. *Wirklich unglaublich.*

„Sieht gut aus." Ich machte wieder einen Knoten in den Stoff. „Aber mal ernsthaft: Du musst zurück", sagte ich knapp, während ich mit ihm zugewandten Rücken wieder mit der Kaffeemaschine beschäftigt war.

Stille.

Einige Sekunden vergingen, bevor ich mich umdrehte und ihn ansah. Er saß mit gesenktem Kopf am Esstisch, sagte nichts.

„Hast du gehört, was ich gesagt habe?" Ich bückte mich etwas und versuchte, Blickkontakt mit ihm aufzunehmen.

„Ich kann nicht wieder dorthin zurück, Steve. Unmöglich", sagte er bestimmt, während er weiter auf die Tischplatte starrte.

„Aber hier kannst du nicht bleiben. Du bist … kein Mensch, Iyo. Du bist eine Maschine und damit Eigentum der Firma ROSCO – ob es dir passt oder nicht." Sobald ich die Worte ausgesprochen hatte, fühlte ich mich furchtbar. „Entschuldige … Ich wollte dich nicht verletzen."

„Schon gut, Steve, schon gut. Das sind nun mal die Fakten, du hast ja recht. Da kann ich dir nicht widersprechen." Er hob den Kopf und schaute mich an. Sein Blick war fest entschlossen. „Aber ich *werde* nicht wieder zurückgehen. Auf keinen Fall. Ich werde in die Stadt fliehen – mit oder ohne deine Hilfe." Energisch stand er auf.

„Mann ... sei vernünftig. Die nächste Stadt, in der du unbemerkt dein Leben führen könntest, ist Hunderte Kilometer von hier entfernt. Im näheren Umkreis gibt es nur ein paar kleine Dörfer, deren Bewohner mit Sicherheit nicht gut auf entflohene Robotermenschen zu sprechen sind."

„Ich werde einen Weg finden. Niemand wird wissen, dass ich kein echter Mensch bin."

„Aber du bist dir schon darüber im Klaren, dass Cullins und die örtliche Polizei nach dir suchen? In Kürze wird in jedem Dorf, an jeder Straßenecke und auf jeder Milchtüte ein Bild von dir zu sehen sein, von den Lokalnachrichten ganz zu schweigen. Und wenn sie dich nicht innerhalb weniger Tage finden, wird deine Visage die Hauptattraktion in jeder Ausgabe der Zwanzig-Uhr-Nachrichten im ganzen Land sein."

Er schwieg. Dachte nach.

Schließlich senkte er resignierend den Kopf und ließ sich wieder auf dem Stuhl nieder.

Wir saßen am Esstisch. Ich rauchte und trank Kaffee, Iyo nippte an seinem Wasser und schien nachzudenken. Dann unterbrach ich die Stille: „Musst du nicht … Ich meine, hast du einen Akku oder so was?“

„Ja, natürlich. Wie sollte ich sonst funktionieren.“ Seine Stimme klang ruhig und emotionslos. Sämtliche Euphorie schien aus seinem Körper gewichen.

„Aber bedeutet das dann nicht, dass du irgendwann mal aufgeladen werden musst?“

„Werde ich doch. Die ganze Zeit.“ Demonstrativ hob er das Wasserglas und trank. „Mein Akku lädt durch Nahrungsaufnahme. Beim Essen und Trinken, wie bei euch Menschen.“

Deswegen hat er gefressen wie ein Scheunendrescher.

„Verstehe. Und Bier und Zigaretten? Vertragt ihr das nicht?“

„Alkohol und Tabak schädigen den Akku. Genauso wie Scharfes oder übermäßig viel Zucker.“

„Woher weißt du das alles? Ich dachte, du bist erst seit einigen Tagen bewusst?“

„Keine Ahnung, ich weiß es einfach. Diese Informationen scheinen auf meiner Festplatte gespeichert zu sein. Seit ich bewusst geworden bin, kann ich auf diese Informationen zugreifen. Wahrscheinlich ist das ähnlich wie dass du Erinnerungen aus deiner Kindheit abrufen kannst.“

Was mache ich bloß mit ihm …?

Ich stand auf und ging zur Kaffeemaschine, um mir noch eine Tasse einzuschenken.

„Das heißt, du könntest vollkommen selbstständig überleben? Du bist aus technischer Sicht nicht von der Anstalt abhängig?“

Rusty stupste mich mit seiner Schnauze an und sah bettelnd zu mir auf. Erst jetzt bemerkte ich, dass seine Näpfe leer waren.

„Entschuldige, alter Junge, ich hab dich ein bisschen vernachlässigt“, murmelte ich, während ich ihm übers Fell strich. Dann füllte ich ihm etwas zu fressen und zu trinken nach.

„Absolut. Ich brauche nur Nahrung, um meine Akkus zu laden, sonst nichts“, sagte Iyo.

„Das heißt, wenn ich dich in die nächstgelegene Großstadt bringen würde, könntest du überleben?“

„Natürlich.“

„Du müsstest untertauchen. Die Polizei wird keine Ruhe geben, bis sie dich findet. Und um Nahrung zu kaufen müsstest du Geld haben, du bräuchtest früher oder später einen Job …“ Zweifelnd sah ich ihn an.

Das kann *nicht funktionieren.*

Und plötzlich lähmte mich ein schrecklicher Gedanke. Langsam ging ich zum Fenster und schob die Gardine beiseite.

Was ist, wenn er einen Ortungssensor verbaut hat? Wenn sie bereits wissen, wo er sich aufhält?

Konzentriert starrte ich nach draußen ins grüne

Dickicht, doch sah nichts Außergewöhnliches.

„Was ist, wenn sie dich orten können? Schon mal darüber nachgedacht? Ich schätze, dass sie das können und bereits wissen, wo du dich befindest." Ich ließ die Gardine wieder zurück in ihre Ausgangsposition gleiten und drehte mich zum Esstisch. Zum ersten Mal sah ich so etwas wie Angst in Iyos Blick.

„Natürlich … Mann. Du hast recht!" Panisch tastete er seinen Oberkörper ab, als würde er nach seiner Geldbörse oder seinem Handy suchen. „Sie *wissen* bereits, wo ich bin … deswegen war der Förster auch hier …"

„Verdammt! Was sollen wir jetzt tun? Wir können nicht mal fliehen – sie würden dich *überall* finden." Jetzt bekam auch ich es mit der Angst zu tun.

Warum war Cullins hier? Wenn er von vornherein wusste, dass Iyo hier ist, warum hat er dann nichts gesagt? Scheiße, er wollte wahrscheinlich testen, ob ich ihn decke.

„Wir müssen den Ortungssensor so schnell wie möglich deaktivieren!", sagte er aufgeregt.

„Aber wie?" Ich zitterte vor Aufregung.

„Im Wartungsmodus. Jeder Android kann in diesen Modus versetzt werden. Sämtliche Funktionen können so per Sprachbefehl ein- und ausgeschaltet werden."

„Wie aktiviert man diesen Wartungsmodus?"

Iyo dreht mir den Rücken zu, senkte seinen Kopf und schob mit der linken Hand sein Haar im Nacken hoch. Zwei kleine Löcher, etwa zwei Zentimeter voneinander entfernt, kamen darunter auf seinem Hals zum Vorschein.

„Man braucht einen Schlüssel", sagte er und mich durchfuhr ein Kribbeln.

„Warte einen Moment!" Hastig ging ich nach nebenan, wo sich meine Jacke befand, und holte das seltsame goldene Teil aus der Jackentasche. Zurück im Esszimmer hielt ich ihm den glänzenden Schlüssel hin. „Meinst du so was hier?"

„Ja ... genau so einer." Iyo staunte, nahm mir den Schlüssel aus der Hand und drehte ihn ungläubig hin und her.

„Ich hab mich die ganze Zeit gefragt, wofür das Teil gut ist.

Wie funktioniert er?", fragte ich, als Iyo mir den Schlüssel zurückgab, kurz an mir vorbeischaute und dann falsch herum auf dem Stuhl Platz nahm.

„Hab gesehen, wie die Technicus den Schlüssel bei anderen Androiden benutzt haben, während wir alle im Schlafraum waren. Man steckt ihn mit den beiden Stiften in die Löcher im Nacken und dreht nach rechts, bis ein leises Klicken ertönt. So aktiviert man den Wartungsmodus. Ich gehe davon aus, dass sämtliche meiner Funktionen im Wartungsmodus deaktiviert werden, das heißt, ich werde nichts sehen, nichts hören und kann auch nicht sprechen. Bei den anderen Androiden habe ich gehört, dass eine Frauenstimme ertönte, sobald sie im Wartungsmodus waren. Das war wohl das Betriebssystem. Es erwartet deine Befehle via Spracheingabe. Das Einzige was du sagen musst ist: ‚Ortungssensoren deaktivieren!' Danach sollte dir die Betriebssystemstimme die Deaktivierung bestätigen. Dann nur noch den Schlüssel zurück in die Ausgangsposition drehen und die Sache ist erledigt."

„Okay, ich habe verstanden", sagte ich und näherte mich mit dem Schlüssel Iyos Hals.

„Steve?"

„Ja?" Ich hielt inne.

„Bitte … ich vertraue dir", sagte er flehend. „Enttäusch mich nicht."

Er wusste, dass er mir, sobald er sich im Wartungsmodus befand, hilflos ausgeliefert war.

„Mach dir keine Sorgen. Ich deaktiviere nur die Ortungssensoren und hole dich dann sofort zurück", beruhigte ich ihn und setzte die Stifte des Schlüssels in die Löcher in seiner Haut. Als ich den Schlüssel im Uhrzeigersinn drehte – *Klick!* –, erschlaffte seine Muskulatur und sein Kinn sank auf seine Brust.

Eine sanfte, bezaubernde Frauenstimme ertönte aus seinem Kopf.

„Wartungsmodus aktiviert. Intelligent Y-Modell-Organism, Seriennummer 1249013. Softwarestand V15.1.3. Erwarte Befehle. Bitte sprechen Sie jetzt."

Zögernd starrte ich auf den regungslosen Körper vor mir, nahm die Zigarettenschachtel vom Esstisch und zündete mir erst mal eine an.

Ich deaktiviere ihn komplett und übergebe ihn Cullins. Soll er ihn zu den Behörden bringen und die sich um alles kümmern. Dann bin ich ihn los.

Ich nahm einen tiefen Zug.

In Schwierigkeiten bin ich so. Cullins war hier und er wusste, dass ich Iyo bei mir versteckt halte. Er hat mich getestet, und ich hab mich als schuldig erwiesen, indem ich den Flüchtigen gedeckt habe.

Nachdenklich ging ich durch den Raum.

„Er hat mich bedroht ...", flüsterte ich zu mir selbst. „Er hat gedroht, mich umzubringen, sobald ich ihn verrate, deshalb musste ich lügen."

Das klingt gut Steve. Sehr gut.

Bei dem Gedanken daran, Iyo auszuliefern, fühlte ich mich elend. Ich wusste, was ihn in der Anstalt erwarten würde – *wenn denn alles stimmt, was er mir da erzählt hat* – und ich war mir sicher, dass ROSCO nicht zimperlich mit ihm umgehen würde, wenn sie ihn zurückbekamen. *Genauer gesagt die Superioren, die Technicus, die Custos, der Lupus …*

„Ortungssensoren deaktivieren!“, sagte ich bestimmt und drückte die Zigarette im Aschenbecher aus.

„Ortungssensoren deaktiviert“, säuselte die Frauenstimme aus Iyos Kopf.

Beherzt drehte ich den Schlüssel zurück in die Ausgangsposition – *Klick!* – und zog ihn ab.

„Wartungsmodus deaktiviert“, waren die letzten Worte der lieblichen Stimme, bevor Iyos Muskeln sich wieder spannten und er ruckartig den Kopf hob. Er drehte sich zu mir um und schaute erneut an mir vorbei. Mein Blick folgte seinem und ich sah die Wanduhr. Seit der Deaktivierung waren fast zehn Minuten vergangen.

„Warum hat das so lange gedauert, Steve. Du wolltest mich ganz ausschalten, nicht wahr“, sagte er emotionslos.

„Wenn ich ehrlich bin, habe ich darüber nachgedacht, ja.“ Ich ließ den Schlüssel in meiner Hosentasche verschwinden. „Es hätte vieles leichter gemacht für mich, aber ich hab es nicht übers Herz gebracht.“

„Danke, Steve.“ Sein Blick war voller dankbarer Erleichterung.

Aber ab jetzt durften wir keine Zeit mehr verlieren.

„Wir müssen jetzt so schnell wie möglich fort von hier!“, sagte ich aufgeregt. „Sie haben dein Ortungssignal soeben verloren – das bedeutet, sie werden herkommen, um dich zu schnappen. Bis jetzt hatten sie dich unter Kontrolle. Wussten, dass du nicht weit weg warst. Du konntest nirgendwo hin, ohne dass sie wussten, wo du dich befindest. Aber jetzt haben wir eine ganz neue Situation, sie werden wahrscheinlich schon auf dem Weg hierher sein.“ Hastig durchstreifte ich den Raum und begann alles für unseren Aufbruch zusammenzusuchen.

Iyo nickte und stand auf.

„Woher hast du eigentlich den Schlüssel?“, fragte er, während er Essen und Trinken in einen Stoffbeutel packte.

„Rusty hat ihn im Wald ausgegraben.“

„Im Wald? Das ist unmöglich!“, sagte er erschrocken.

„Warum?“

„Das würde bedeuten, dass ich nicht der erste Android bin, der aus der Anstalt entkommen ist.“

6. Sitzung

„Willkommen, Mimi. Schön, Sie zu sehen."

„Hallo Doktor."

„Treten Sie ein und machen Sie es sich bequem."

„Vielen Dank."

„Also, Mimi … wissen Sie, wo wir letzte Woche stehen geblieben sind? Ansonsten schaue ich eben in meinen Notizen nach."

„Oh, das ist nicht nötig – ich weiß genau, wo ich anknüpfen wollte. Heute erzähle ich Ihnen von der wundervollsten Zeit meines Lebens: meiner zweiten Schwangerschaft."

„Gern. Fangen Sie an, sobald Sie bereit dazu sind."

„Wie ich Ihnen ja bereits letzte Woche erzählt habe, war unsere Beziehung nach dem reinigenden Gewitter, dem zweiten großen Knall …"

„Dem Zurücksetzen auf Werkseinstellungen."

„… genau! Richtig. Also unsere Beziehung war danach wirklich ein Traum. So dauerte es auch nicht lange – circa ein halbes Jahr – bis meine Periode erneut aussetzte. Diesmal sagte ich Steve sofort Bescheid, wir fuhren in die Apotheke, kauften einen Schwangerschaftstest und ich schloss mich im Bad ein. Als ich die Badezimmertür öffnete und Steve lächelnd umarmte, war klar, dass wir ein Baby bekommen würden. Meine zweite Schwangerschaft war mit der ersten nicht zu vergleichen. Steve war einfach wunderbar. Er war da, wenn ich ihn brauchte, und ließ mich in Ruhe, wenn es nötig war. Wir gingen weiterhin aus, hatten auch Sex miteinander und waren beide nicht so ungesund fixiert darauf, dass alles *gut*, alles *reibungslos* ablaufen muss. Nicht, dass wir unvorsichtig waren oder uns unverantwortlich verhielten, so meine ich es nicht. Aber kennen Sie die Angst, dass wenn Sie sich total darauf versteifen, dass etwas Bestimmtes *nicht* passieren soll, eben genau *das* dann doch passiert?"

„Eine selbsterfüllende Prophezeiung, ja."

„Na ja, bei der ersten Schwangerschaft war das bei uns beiden so. Bei Steve noch wesentlich extremer als bei mir. Doch bei der zweiten ließen wir einfach alles geschehen. Wir konzentrierten uns nicht mehr auf die Dinge, die wir *nicht* wollten, sondern ganz natürlich auf die Dinge, auf die wir uns freuten. Und so kam es, dass ich die schönsten neun Monate meines Lebens hatte. Steve begleitete mich auch weiterhin zu den Untersuchungen, hielt meine Hand, war immer bei mir, aber diesmal eben auf eine *gute* Art und Weise und nicht so … *creepy* wie beim ersten Mal. Wir erfuhren, dass wir einen Jungen bekommen würden und freuten uns beide total darüber. Wir besuchten zusammen den Geburtsvorbereitungskurs und sprachen mit einer befreundeten Hebamme über die Vorteile einer Hausgeburt, zu der wir uns schlussendlich auch entschieden."

„Das hört sich alles sehr harmonisch an."

„Ja, war es auch. Es war wirklich wunderbar, abends mit Steve im Bett zu liegen und stundenlang meinen Bauch zu streicheln, die Bewegungen unseres Babys zu spüren … das war so erfüllend."

„Ist die Geburt reibungslos verlaufen?"

„O ja. Obwohl unsere Familien im Vorfeld ein bisschen besorgt waren, weil wir uns für eine Hausgeburt entschieden hatten. Aber es lief alles ohne Komplikationen. Wir haben unser Zuhause zusammen mit der Hebamme vorher so gemütlich wie möglich hergerichtet, haben mit ihr gemeinsam Handtücher, Laken und Wannen gekauft … Ich würde sagen, wir waren perfekt vorbereitet. Und ich war so gelassen und entspannt vor der Geburt – ich bin mir sicher, dass unser Baby das auch irgendwie gespürt hat und deshalb alles so problemlos geklappt hat."

„Steve war bei der Geburt dabei, nehme ich an."

„Ja, genau. Und er war wirklich toll. Er war eine große Hilfe, war überhaupt nicht unsicher oder ängstlich – und falls doch, hat er es ziemlich gut kaschiert. Und nach vier Stunden und knapp dreißig Minuten war es endlich so weit: Joshua kam auf die Welt. Gut drei Kilo schwer und vierundfünfzig Zentimeter groß … ein Prachtjunge. Nach wenigen Sekunden hat er bereits seine Augen geöffnet, sich ganz neugierig umgesehen, und es war ein unbeschreibliches Gefühl, ihn in den Armen zu halten, seine Haut auf meiner zu spüren … noch nie habe ich mich einem Menschen so nah gefühlt wie in diesem Moment, als ich mein neugeborenes Wunder in den Armen hielt."

„Haben Sie gestillt?"

„Ja, natürlich."

„Hatten Sie Probleme beim Stillen?"

„Nein, nicht im Geringsten. Ich weiß zum Beispiel von meiner Schwester, dass manche Frauen unheimliche Schmerzen und Entzündungen davon bekommen, aber das war bei mir Gott sei Dank nicht der Fall. Wie gesagt, alles lief problemlos, fast wie von selbst. Es war unglaublich. Joshua schlief die ersten drei Monate fast ausschließlich, er weinte so gut wie gar nicht. Er war wirklich ein Engel, der uns keinerlei Unannehmlichkeiten bereitete. Steve konnte sich in Ruhe auf seine Arbeit konzentrieren – er trank keinen Tropfen Alkohol mehr –, und ich verbrachte wunderschöne Tage mit unserem Sohn. Ich genoss jede Sekunde als Mutter."

„Klingt fast zu schön, um wahr zu sein."

„Ja, nicht wahr? Nicht, dass wir uns falsch verstehen … natürlich hatte Joshua auch mal Fieber wegen einer Mittelohrentzündung oder Bauchschmerzen, aber im Großen und Ganzen war alles ruhig. Joshua war ein wunderbar unkompliziertes Baby und später genauso als Kleinkind. Er war stets fröhlich und gut gelaunt. Als wir ihn zum ersten Mal in den Kindergarten brachten, wollte er sofort dortbleiben, hatte direkt Spaß mit den anderen Kindern und schnell neue Freunde gefunden. Er war immer sehr aktiv. Steve nahm ihn schon früh zum Baseballtraining mit – da war Josh noch keine sechs Jahre alt. Sowieso waren Steve und er ein Herz und eine Seele. Die beiden hatten eine traumhafte Vater-Sohn-Beziehung. Josh liebte seinen Daddy abgöttisch und andersherum."

„Fühlten Sie sich da manchmal ausgeschlossen?"

„Nein, ganz und gar nicht. Ich habe es geliebt, die beiden so eng und vertraut miteinander zu sehen. Und ich habe es auch genossen, wenn die beiden etwas ohne mich unternahmen, ihr Sportding durchgezogen haben, denn an solchen Tagen konnte ich mir mal Zeit für mich nehmen … Dann bin ich shoppen oder zur Massage, habe mich mit Freundinnen in der Stadt auf einen Kaffee getroffen oder bin zur Maniküre. Ich konnte mich dann guten Gewissens voll und ganz auf mich konzentrieren und wusste, meine beiden Jungs hatten eine gute Zeit und es ging ihnen gut."

„War das Verhältnis zwischen Ihnen und ihrem Mann da noch immer so gut wie vor der Geburt?"

„Natürlich hatte sich durch Joshs Geburt einiges verändert, ich glaube, das ist völlig normal und geht allen Paaren so, wenn das erste Kind kommt. Aber unsere Beziehung ist dadurch nicht *schlechter* geworden, einfach nur *anders*. Sobald es möglich war, ließen wir Josh auch mal mit meiner Mutter allein und gingen wieder ab und zu aus. Natürlich hatten wir nicht mehr so viel Ruhe und Zeit für uns als Paar, was sich auch im Bett bemerkbar gemacht hat, aber es gibt ja immer Mittel und Wege, auch diesen Bedürfnissen auf die Schnelle mal nachzukommen … auch wenn das nicht immer so romantisch ist, falls Sie verstehen, was ich meine."

„Ich denke schon …"

„Haben wir noch Zeit?"

„Nicht mehr viel, Mimi … Lassen Sie uns mal schauen, für wann wir den nächsten Termin vereinbaren. Also nächste Woche bin ich im Urlaub, da klappt es leider nicht … die Woche darauf könnte ich Ihnen Freitag um siebzehn Uhr anbieten."

Kapitel 16

Ich half Rusty auf die Rückbank des Mercedes und legte das geladene und gesicherte Gewehr vorne in den Fußraum. Derweil verstaute Iyo einen Rucksack mit Proviant, eine Sporttasche mit Kleidung und einige Wasserflaschen im Kofferraum. Wir hatten keine Zeit, ordentlich zu packen, doch bis in die Stadt reichten unsere Vorräte allemal.

„Es wird eine lange Fahrt. Wir werden frühestens heute Abend da sein, und auch nur, wenn wir gut durchkommen“, sagte ich und schwang mich auf den Fahrersitz. „Ich hoffe, wir kommen in keine Polizeikontrolle. Denn wenn das passiert, wars das mit uns beiden.“

Iyo setzte sich auf den Beifahrersitz und zog die schwere Tür zu.

„Danke, Steve. Ich weiß nicht, was ich ohne dich gemacht hätte.“

„Dank mir erst, wenn wir in der Stadt sind“, sagte ich ernst und startete den Motor. Knisternd rollte der Mercedes langsam über den unbefestigten Platz vor der Hütte. Urplötzlich knallte ein Schuss. Erschrocken trat ich auf die Bremse. Auf der abfallenden Straße vor uns stand eine Gestalt. Es war Cullins, begleitet von einem Hund.

Nein, es ist ein Wolf!

Der Förster hielt ein Gewehr in den Händen, aus dessen Lauf sich Rauch kräuselte. Langsamen Schrittes näherte er sich dem Wagen und zielte jetzt auf uns. Neben ihm ging mit gefletschten Zähnen der riesige schwarze Wolf.

Der Killerwolf! Von wegen, du hast nach ihm gesucht.

Zweifellos glühten die Augen des Tiers wie rote LEDs.

Ich öffnete die Fensterscheibe einen Spalt, um verstehen zu können, was Cullins uns zurief.

„Steve, Steve, Steve …“, rief er in sarkastischem Ton. „Sie enttäuschen mich.“

Wie hypnotisiert beobachtete ich, wie sich die beiden bedrohlich langsam näherten.

Der Wolf … verdammt … seine Augen…

Auf dem Rücksitz bellte Rusty wie verrückt.

„Wie lange kennen wir uns jetzt schon?“, rief Cullins und schüttelte dabei den Kopf wie ein enttäuschter Vater, der seinen Sohn soeben beim Rauchen erwischt hatte. „Ich hielt Sie eigentlich immer für ein kluges Kerlchen, Steve. Aber da hab ich mich wohl getäuscht.“

Ein weiterer Schuss knallte durch die feuchte Morgenluft des Waldes und zerfetzte unseren rechten Seitenspiegel.

„Steve! Los! Wir müssen sofort weg hier!", schrie Iyo und rüttelte an meinem Arm, um mich aus meiner Apathie zu reißen. Erschrocken riss ich meinen Blick von den leuchtenden Augen des Wolfes los und trat aufs Gaspedal. Der Mercedes setzte sich unter lautem Aufheulen seiner V6-Maschine wie eine rollende Festung in Bewegung. Iyos Schreie und Rustys Bellen klangen wie Geräusche aus einer anderen Welt. Mein Kopf dröhnte, und alles schien sich im Zeitraffer abzuspielen.

Cullins zeigte auf uns und blaffte dem Wolf etwas zu, woraufhin dieser sofort einen Satz nach vorne machte und auf den Mercedes zu rannte. Cullins setzte den Karabiner erneut an und nahm uns ins Visier.

Rusty kläffte.

Iyo schnappte sich die Repetierbüchse, entsicherte sie und öffnete das Seitenfenster.

Ein Schuss von vorn durchschlug die Windschutzscheibe und pfiff zwischen mir und Iyo vorbei in die Polsterung der Rückbank, wobei die Kugel Rusty nur knapp verfehlte.

Der Wolf war nur noch wenige Meter von uns entfernt und sprintete über den laubbedeckten Boden auf den fahrenden Mercedes zu.

Iyo lehnte sich aus dem Fenster und feuerte einen Schuss ab, der den heranstürmenden Wolf an der

Flanke traf und ihn kurz aus der Bahn warf, bevor er sich unbeeindruckt schüttelte und wieder lossprintete.

Kein Blut. Was ist das für ein Biest?

Cullins sah uns hinterher, als wir an ihm vorbeirasten, und legte hinter uns erneut an.

Instinktiv riss ich das Lenkrad nach rechts und brachte uns aus der Schussbahn. Iyo fiel zurück auf den Beifahrersitz, beinahe hätte es ihm dabei das Gewehr aus der Hand geschlagen. Rusty wurde auf der Rückbank unsanft hin- und her geschleudert und jaulte.

Trotz des Treffers an seiner Flanke hechtete der Wolf in einem Wahnsinnstempo hinter uns her und hatte bereits bis auf Höhe des hinteren rechten Kotflügels aufgeholt. Ich riss das Lenkrad in seine Richtung und erwischte den gewaltigen Kopf des schwarzen Ungeheuers.

Ein dumpfer Knall ertönte. Metall auf Metall.

Die riesige Gestalt wurde unter die Hinterräder gezogen und zweieinhalb Tonnen rollten ungebremst über den tierischen Androidenkörper. Das knackende Geräusch von brechenden Knochen – *Blödsinn, er* hat *keine Knochen!* – ertönte.

Panisch sah ich mich zu Cullins um, der in einiger Entfernung hinter uns stand und auf uns zielte.

Diesmal verfehlt er uns nicht!

Ich trat das Gaspedal voll durch. Der V6 heulte erneut auf und die Nadel des Drehzahlmessers zitterte im roten Bereich, bevor die Automatik einen Gang höher schaltete und der Wagen mit einem Ruck vorwärtspreschte.

Neben mir lehnte sich Iyo noch einmal aus dem Fenster, zielte nach hinten und schoss. Cullins feuerte ebenfalls.

Iyos Schuss traf Cullins am linken Bein und er klappte zusammen wie eine fallengelassene Marionette. Doch im selben Moment wurde meine rechte Schulter zerrissen und die Blutfontäne färbte die Windschutzscheibe rot. Dann verlor ich die Kontrolle über den Wagen und der Mercedes geriet ins Schleudern.

Verdammt, ich bin getroffen!

Somnium

Es ist ein wunderschöner, makelloser Frühlingstag. Die Sonne ist zum ersten Mal richtig kräftig dieses Jahr und die Luft riecht bereits nach Sommer. Mimis zarte Finger streicheln über mein Gesicht. Wir liegen gemeinsam auf einer Decke im Park und genießen den Augenblick.

Unseren Augenblick.

„Kann nicht jeder Tag so schön sein wie dieser?", frage ich und genieße die Streicheleinheiten.

„Bitte, Steve, nichts bedauern. Genießen wir einfach den Moment", flüstert sie und drückt mir zärtlich einen Kuss auf die Stirn.

Sie ist makellos.

„Du bist das Beste, was mir passieren konnte, mein Engel", hauche ich. „Das ist mein Ernst."

Ich atme tief ein und schließe die Augen. Dieser Moment ist so perfekt, dass ich ihn für die Ewigkeit konservieren will. Ich will ihn festhalten, einschließen, absichern. Will, dass er nie vergeht.

Wir sind jung und verliebt. Doch ich weiß, dass da mehr ist als nur das reine, animalische, hormongesteuerte Verliebtsein zweier junger Menschen. Das zwischen uns ist stärker, tiefer.

Es ist reine Liebe.

Wir verbringen fast den ganzen Tag auf der Decke im

Park. Die Sonne zieht ihre Bahn, die Schatten der angrenzenden Bäume drehen sich, werden länger und erstrecken sich schließlich über uns. Wir küssen und streicheln uns, flüstern und lachen. Die Zeit scheint still zu stehen, nur für uns zwei.

Kapitel 17

Langsam öffnete ich die Augen. Mein Kopf dröhnte und mein Herzschlag schien in meiner rechten Schulter zu pochen. Quietschende Scheibenwischer. Der V6-Motor des Mercedes brummte im Leerlauf. Die Beifahrertür war offen, der dazugehörige Sitz leer. Ich vernahm ein leises Winseln von der Rückbank des Wagens.

Rusty?

Angestrengt versuchte ich, mich zu befreien. Mein Körper war in den Fußraum gequetscht worden, mein Kopf befand sich auf Höhe des Armaturenbretts.

Blut! Ist das meins?

Aus dem hinteren Teil des Wagens drang leises Tapsen zu mir. Gleich darauf schaute Rusty hechelnd zwischen den Sitzen hervor, kletterte unbeholfen über die Mittelarmlehne zu mir und begann mir das Gesicht zu lecken. Er zitterte, schien aber weitestgehend unverletzt.

Mit meiner linken Hand tastete ich nach dem Haltegriff in der Fahrertür. Als ich versuchte, meinen Körper unter dem Lenkrad herauszuziehen, fuhr ein stechender Schmerz durch meine rechte Schulter. Schreiend zuckte ich zusammen, Rusty bellte erschrocken.

Der Wolf! Cullins! Er hat auf uns geschossen! Die Bilder blitzten vor meinem Inneren Auge auf, mein Herz raste. Vorsichtig berührte ich das blutdurchtränkte Longsleeve an meiner rechten Schulter, die von Cullins Schuss durchbohrt worden war. Der Schmerz war fast unerträglich. Mit zusammengebissenen Zähnen griff ich erneut nach dem Haltebügel, zog mich mit aller Kraft nach oben und glitt endlich auf den Fahrersitz. Schwarze Punkte flackerten vor meinen Augen wie winzige Insekten. Ich drohte, erneut das Bewusstsein zu verlieren.

Wo ist Iyo?

Die Beifahrertür stand weit offen. Die Scheibenwischer quietschten vor sich hin – *schwa-tschiiik, schwa-tschiiik, schwa-tschiiik* – obwohl es nicht regnete. Von Iyo keine Spur.

Wurde er aus dem Fahrzeug geschleudert?

Ich schaute mich um. Weit und breit war niemand zu sehen.

Wie viel Zeit ist vergangen?

Die Uhr im Kombiinstrument des Mercedes zeigte 16:11.

Wie ist das möglich? Als wir Cullins begegneten, war es gerade mal kurz nach elf.

Schwa-tschiiik, schwa-tschiiik, schwa-tschiiik …

Ich betätigte den Hebel für den Scheibenwischer.

„Wo ist Cullins? Und der Wolf?“, murmelte ich.

Rusty leckte mir über die rechte Hand, und ich streichelte ihm mit der linken sanft den Kopf – er zitterte immer noch.

Im linken Rückspiegel sah ich, wie schief der Mercedes stand – der Boden war hier so uneben, dass das linke Hinterrad in der Luft hing. Der Wagen war offensichtlich mit dem rechten Kotflügel gegen einen umgestürzten Baum geknallt. Ich betätigte den LOW-RANGE-Schalter, um das Getriebe in den Geländemodus zu versetzen, und legte mit schmerzverzerrtem Gesicht den Rückwärtsgang ein. Vorsichtig trat ich aufs Gaspedal. Der Wagen grub sich dank seines gewaltigen Drehmoments Stück für Stück frei und kippte letztlich mit einem harten Ruck zurück. Rusty und ich wurden unsanft durchgeschüttelt, die Beifahrertür knallte zu. Erst jetzt fiel mir auf, wie weit wir anscheinend von der Hütte entfernt waren.

Als Cullins und der Killerwolf aufgetaucht waren, um uns aufzuhalten, waren wir doch gerade mal auf dem Vorhof der Blockhütte gewesen – und dann wurde ich auch schon getroffen, verlor die Kontrolle über den Wagen und wurde ohnmächtig.

Doch nun befand sich der Mercedes in dem abschüssigen Waldgebiet, durch das die Serpentine verlief und das mindestens einen halben Kilometer unterhalb der Hütte lag.

Ein Wunder, das der Wagen sich nicht überschlagen hat.

Die Reifen des Mercedes gruben sich in das unwirtliche Gelände und zogen das tonnenschwere Gefährt langsam den Hang hoch. Meine Gedanken rasten.

Was soll ich tun? Wo ist Iyo? Wo soll ich nun hin?

Wenn ich wissen wollte, was mit Iyo, Cullins und dem Wolf passiert war, musste ich als Erstes zurück zur Hütte. Außerdem konnte ich dort meine Wunde desinfizieren – sie sah durch das blutdurchtränkte Oberteil furchtbar aus.

Was ist, wenn Culllins dort auf mich wartet, und wo ist mein Gewehr?

Panisch sah ich mich um, stoppte den Mercedes, stieg aus und kontrollierte auch den Kofferraum, doch die Waffe war nicht mehr im Auto.

Wieder am Steuer, kämpfte ich mir mit dem Wagen behäbig meinen Weg durch das dichte Unterholz in Richtung Serpentine. Je näher wir der asphaltierten Straße kamen, desto schneller kamen wir voran. Als wir wieder eine vernünftige Fahrbahn unter den Rädern hatten, schaltete ich die niedrige Getriebeübersetzung aus und stieg aufs Gas. Mit heulendem Motor schlängelten wir uns schnell die letzten beiden Kurven bis zur Hütte hoch.

Iyo lag mit dem Gesicht nach unten auf dem Schotterweg, der zum Vorhof der Hütte führte. Neben ihm im Staub lag mein Gewehr. Keine Spur von Cullins oder seinem Wolf. Ich ließ den Mercedes mit laufendem Motor stehen und hastete zu Iyo, Rusty folgte mir aufgeregt. Meine Schmerzen waren in weite Ferne gerückt, und so kniete ich mich neben Iyos regungslosen Körper und schüttelte ihn an der Schulter.

„Hey, Mann! Alles klar?“ Behutsam drehte ich den schweren Leib auf den Rücken. Er starrte mit weit aufgerissenen Augen gen Himmel, sein Mund schloss und öffnete sich langsam wie ein Fischmaul.

O mein Gott …

Ohne darüber nachzudenken schulterte ich das Gewehr, packte Iyo an den Armen und zog ihn über den Schotter in Richtung Hütte.

Keine Schmerzen, keine Schmerzen, keine Schmerzen!

Ich wuchtete die schlaffe Maschine – nichts anderes war das mehr – aufs Bett. Dumm glotzend schnappte der Fischmund weiter auf und zu.

„Was hat man dir angetan?“, flüsterte ich. Angestrengt dachte ich nach. Cullins und sein Killerwolf waren augenscheinlich verschwunden. Ich war mir sicher, das Tier getötet zu haben – schließlich hatte ich es überfahren, aber nun war es fort. Kein Kadaver, keine Blutspuren – nichts. *Was zum Teufel ist mit ihm passiert? Wurde er durch den Sturz aus dem fahrenden Auto beschädigt? Hat ihn auch eine Kugel erwischt? Keine Spur zu sehen. Oder ist er …* Ich drehte seinen Kopf zur Seite und schob sein Haar im Nacken hoch. Hastig holte ich den Schlüssel hervor und steckte ihn in die Löcher in seinem Hals.

Klick!

„Wartungsmodus aktiviert. Intelligent Y-Modell-Organism, Seriennummer 1249013. Softwarestand V16.1.1. Erwarte Befehle. Bitte sprechen Sie jetzt."

Was soll ich sagen?

„Äh … si-sind die Ortungssensoren deaktiviert?", fragte ich unsicher. *Ich habe sie heute Morgen eigenhändig ausgeschaltet!* Aber eine bessere Frage fiel mir nicht ein.

„Ortungssensoren sind aktiv", säuselte die liebliche Frauenstimme.

Verdammt … Wie kann das sein?

„Ortungssensoren deaktivieren!", befahl ich.

„Deaktivierung der Ortungssensoren mit aktuellem Softwarestand nicht möglich. Aktion abgebrochen. Erwarte Befehle."

„Mist!", fluchte ich.

Rusty schaute mich fragend an. Er schien besorgt, und ich war es auch. Irgendjemand hatte an unserem

Roboterfreund Modifikationen vorgenommen.

„Welche Modifikationen wurden in den letzten fünf Stunden an diesem Modell vorgenommen?“, fragte ich.

„Elf Uhr, siebenundvierzig Minuten und zwölf Sekunden: Aktivierung des Wartungsmodus. Elf Uhr, fünfzig Minuten und drei Sekunden: Zurücksetzen auf Werkseinstellungen. Zwölf Uhr, drei Minuten und vierundzwanzig Sekunden: Update von Softwarestand V15.1.3 auf V16.1.1. Zwölf Uhr, zehn Minuten und achtundfünfzig Sekunden: Deaktivierung des Wartungsmodus. Sechzehn Uhr, dreiundzwanzig Minuten und vierzehn Sekunden: Aktivierung des Wartungsmodus. Sechzehn Uhr, vierundzwanzig Minuten und sechs Sekunden: Deaktivierung der Ortungssensoren – fehlgeschlagen. Protokoll Ende.“

Es wurde immer unheimlicher.

Ob Cullins ihm den neuen Softwarestand aufgespielt hat? Und wenn ja, zu welchem Zweck?

Ich war mir sicher, meine Fragen konnten nur in der Anstalt beantwortet werden.

Was soll ich tun? Ich bin allein – von Rusty mal abgesehen – und hab absolut keine Ahnung, wonach ich eigentlich suchen soll.

„Ich verschwinde …“, murmelte ich, fühlte mich aber direkt nachdem ich es ausgesprochen hatte unwohl. Ich konnte und wollte Iyo in dieser Verfassung nicht hier oben zurücklassen. Welche Alternativen hatte ich also? Ich stand auf, zündete mir eine Zigarette an und schlenderte nachdenklich durch den Raum. Rusty beobachtete mich fragend mit großen Augen. Während ich versuchte, die Situation so nüchtern wie möglich zu analysieren, flackerten die Bilder der jüngsten Geschehnisse vor meinem inneren Auge auf.

Iyo bricht aus der Anstalt aus. Ich finde ihn. Nehme ihn mit, will ihn versorgen und zu einem Arzt zu bringen. Cullins stattet mir einen Überraschungsbesuch ab und erzählt mir von dem geflohenen Patienten aus der Anstalt, bittet mich um Hilfe. Ich lüge – habe Angst und bin verunsichert. Iyo beweist mir, dass er kein Mensch ist, und ich entscheide mich, ihm zur Flucht zu verhelfen. Cullins und der mysteriöse Killerwolf tauchen auf, wollen uns aufhalten, greifen uns an. Ich werde von einer Kugel getroffen, verliere die Kontrolle über den Wagen, dann der Filmriss. Fünf Stunden später wache ich auf, fahr zurück zur Hütte und finde Iyo: mit einem Softwareupdate versehen, bewegungslos … Nein, das stimmt nicht, er schnappt nach Luft … auf dem Boden liegend.

„Ich werde ihn jetzt zurückbringen“, sagte ich fest entschlossen zu Rusty und nahm einen tiefen Zug. „*Wir* werden ihn zurückbringen. Ich glaube nicht, dass uns jemand dafür umbringen wird."

Cullins hat es doch bereits versucht!

„Die von ROSCO werden froh sein, wenn wir ihnen ihren Intelligent Y-Modell-Organism wiederbringen. Da bin ich mir sicher."

Du bist dir ganz und gar nicht sicher. Warum haben sie ihn dann hier liegen lassen?

Ich winkte ab, als könnte ich so meine Zweifel beiseiteschieben, und ging ins Badezimmer. Bevor ich aufbrach, musste ich mich erst einmal um meine Verletzung kümmern. Ich zog mein blutiges Oberteil aus und warf es in den Mülleimer. Dann tränkte ich ein Handtuch mit Desinfektionsmittel und rieb damit vorsichtig über die Wunde. Vor Schmerz stöhnte ich auf, hatte es mir allerdings noch wesentlich schmerzhafter vorgestellt. Danach wusch ich mir das halb geronnene Blut von Arm und Brust. Als die Wunde einigermaßen sauber war, legte ich einige Kompressen darauf und begann, mit einer Mullbinde meine Schulter zu umwickeln … zumindest so gut es ging. Einigermaßen zufrieden mit dem Ergebnis, zog ich ein frisches Holzfällerhemd an, schnappte mir den Verbandskasten und brachte ihn ins Auto. Noch einmal zurück zur Hütte, spülte ich zwei Schmerztabletten mit einem Schluck Wasser runter, packte Iyo unter den Achseln und zog ihn wieder nach draußen. Unter wahnsinnigen Schmerzen wuchtete ich seinen Körper auf die Rückbank des Mercedes.

Kapitel 18

Der dichte Wald war für den Wagen schwieriges Terrain. Es gab keine (mir bekannte) Zufahrtsstraße zur Anstalt, nur einen schmalen Trampelpfad, der querfeldein in Richtung Zaun führte. Wir kamen nur langsam voran. Während ich konzentriert das Steuer umklammerte, saß Rusty neben mir auf dem Beifahrersitz und beobachtete aufmerksam die schaukelnde, langsam an uns vorüberziehende Umgebung. Ab und zu schaute ich hinter mich auf die Rückbank des Wagens, als wollte ich mich vergewissern, dass Iyos regungsloser (nach Luft schnappender) Körper tatsächlich noch dalag. Die Luft war klar. Es war früher Abend geworden. Während der Fahrt überlegte ich mir, wie ich Zugang zur Anstalt bekommen könnte, war mir jedoch alles andere als sicher, ob mein Plan wirklich funktionieren würde. An einem bestimmten Zaunabschnitt gab es eine Überwachungskamera. Dort wollte ich Iyos Körper aus dem Auto zerren und ihn der Kamera präsentieren. Danach – so hoffte ich – würde irgendjemand mit mir in Kontakt treten und mir eventuell sogar Einlass gewähren. Zu meiner Erleichterung stellte ich fest, dass der Schmerz in meiner rechten Schulter mittlerweile stark nachgelassen hatte.

Wahrscheinlich wirken die Tabletten.

Auch die Blutung war weitestgehend versiegt – der Mullverband war an der Stelle der Wunde zwar leicht rötlich, der Blutfleck jedoch seit geraumer Zeit nicht mehr größer geworden.

Gott sei Dank.

„Wieso haben sie ihm den neuen Softwarestand aufgespielt und ihn dann liegen lassen?" Ich sprach zu Rusty. „Das ergibt alles keinen Sinn für mich, alter Junge. Ich hoffe, wir bekommen ein paar Antworten, sobald wir die Anstalt erreichen." Wieder schaute ich nach hinten. Iyo lag unverändert da. Schaukelnd setzten wir unseren holprigen Weg fort. Nordöstliche Richtung. Immer tiefer in den dichten Wald. Langsam begann es zu dämmern.

Wir erreichten den Zaun in völliger Dunkelheit. Das Scheinwerferlicht des Mercedes fraß sich durch das grün-braune Dickicht des Waldes und traf schließlich auf die schmalen Rauten des Maschendrahtzauns. Mein Puls schnellte in die Höhe, als ich realisierte, dass wir fast am Ziel waren.

„Jetzt müssen wir nur noch diese Überwachungskamera finden, Rus'."

Mehrere Hundert Meter hinter dem Stacheldrahtzaun ragten die hohen Schutzmauern der Anstalt empor, die in der Dunkelheit fast unsichtbar waren. Mir fiel auf, dass ich nach all den Jahren, die ich bereits hier hoch in den Wald kam, zum ersten Mal bei Dunkelheit in der Nähe der Anlage war. Mir war, als würde eine kalte Hand meinen Hals umklammern. Ein unheimliches, beängstigendes Gefühl. War die Anstalt bereits bei Tageslicht furchteinflößend, fühlte sich ihre Präsenz bei Nacht regelrecht grauenhaft an. Ich löste meinen Blick von der schemenhaften Mauer in der Finsternis und fuhr in nördlicher Richtung langsam weiter am Zaun entlang. Nach einer halben Stunde kamen wir an den hohen Mast, an dem die Überwachungskamera angebracht war. Aufmerksam folgte sie dem Wagen.

Aber weit und breit kein Eingang, kein Tor.

„Hoffentlich klappt das …“, flüsterte ich, stoppte den Mercedes und schlug mit beiden Handflächen aufs Lenkrad, bevor ich ausstieg. Verunsichert starrte ich nach oben. Die Kamera folgte jeder meiner Bewegungen. Sie wirkte fast lebendig. Ich öffnete die Tür zur Rückbank und packte Iyo unter den Achseln.

Wow, meine Schmerzen sind vollkommen verschwunden!

Vorsichtig zog ich den schweren Körper aus dem Wagen und legte ihn mit dem Gesicht nach oben auf den Waldboden. Die Kamera surrte und zuckt.

Fokussiert sie?

Iyo starrte zum Himmel, sein Mund *(Fischmaul)* schnappte rhythmisch auf und zu. Mit ausgebreiteten Armen stand ich daneben und schaute in die Kameralinse, die auf uns herabzustarren schien.

„Ich hab euch was mitgebracht!“, schrie ich in die Kamera und zeigte auf Iyo. „Irgendjemand hat an ihm rumgespielt, jetzt funktioniert er leider nicht mehr richtig!“

Kurze Pause. Nichts.

„Also … ich wars nicht! Ich wollte ihm bloß helfen! Aber ich bin mir sicher, eure Techniker kriegen das wieder hin!“

In der Dunkelheit ertönte ein leises Summen, bevor das gleißend helle Licht eines Suchscheinwerfers die finstere Umgebung taghell werden ließ. Ich schirmte meine Augen mit der Handfläche ab, um einen Blick auf das summende, leuchtende Etwas zu erhaschen. Der Suchscheinwerfer schien am Himmel zu schweben. Zittrig stand er in der Luft wie eine riesige Libelle. Wohl eine Art Drohne, ausgestattet mit einem übergroßen Scheinwerfer.

Verdammt! Ich glaube …

Aus Richtung der Drohne erklang ein gedämpfter Schuss, wie aus einer Pistole mit Schalldämpfer. Fast gleichzeitig spürte ich an meinem Hals einen kurzen, scharfen Schmerz – wie ein Wespenstich. Den Bruchteil einer Sekunde später sackte ich auf die Knie. Rusty kläffte aufgeregt.

Mist … das war ein Fehler …

Somnium

Die ersten Jahre unserer Ehe sind ein Traum. Wir heiraten im kleinen Kreis, denn weder Mimi noch ich haben Lust auf eine große Feier – und auch nicht das nötige Kleingeld. Wir brauchen sowieso niemanden. Nur uns zwei. Natürlich haben wir unsere Eltern und Mimis Geschwister eingeladen, allerdings nur anstandshalber. Unsere erste gemeinsame Wohnung ist eine Dreizimmerbude in einem heruntergekommenen Viertel der Stadt. Für uns ist sie das Paradies. Die Bettpfosten stehen nie still, wir lieben uns Tag und Nacht. Mimi findet schnell einen Job, und nachdem wir beide ein paar Monate voll gearbeitet haben, können wir uns endlich den lang ersehnten ersten gemeinsamen Urlaub leisten. Wir fliegen nach Italien, und sind überwältigt von der Schönheit des Landes und der Leichtigkeit des Seins. Am Morgen schlafen wir aus, lieben uns, gehen gemeinsam duschen, trinken Espresso in einer der vielen belebten Bars, essen Cornetti, lachen, reden, lieben uns wieder, essen wunderbare Pasta in einer der zahlreichen, kleinen Trattorien und legen uns an den wunderbaren, feinsandigen Strand, wo wir dem Meeresrauschen lauschen und glücklich und zufrieden einschlafen.

„La vita è bellissima", flüstere ich Mimi ins Ohr, die mit geschlossenen Augen auf der Strandliege liegt. Ich streichle zärtlich ihre nackte Schulter. Langsam blinzelnd öffnet sie

die Augen. Sie schaut mich an und lächelt: „Si, signor Steve, la vita è bellissima."

Wir lachen und küssen uns.

Als wir aus den verspäteten Flitterwochen zurückkehren, gehen wir wieder unserer alltäglichen Arbeit nach. Tagein tagaus, Woche um Woche, Monat um Monat. Wir lieben uns immer noch – zweifellos –, trotzdem ist die glühende Hitze des Verliebtseins nach zwei Jahren Ehe etwas abgekühlt. Nicht viel, nur ein wenig. Mimi redet zum ersten Mal von dem Wunsch, ein Kind zu bekommen, ich zögere einen Augenblick, bin dann aber einverstanden. Also setzt Mimi die Pille ab. Sie nimmt ein paar Kilo zu (ich finde sie umso begehrenswerter). Wir schlafen endlich wieder täglich miteinander, doch diesmal steht nicht die unbändige Lust im Vordergrund, sondern die Absicht, mit dem Akt ein Kind zu zeugen. Nach drei Monaten klappt es. Mimis Periode setzt aus, sie kauft einen Schwangerschaftstest.

„Positiv, Schatz! Der Test ist positiv!", jubelt sie, als sie wild mit dem Stäbchen wedelnd aus dem Badezimmer gerannt kommt und mich umarmt.

Wir sind die glücklichsten Menschen auf der Welt. Jeder Tag ist aufregend. Bei den Besuchen beim Frauenarzt sitzen wir gespannt vor dem Ultraschallmonitor und beobachten den winzigen Wurm, der zu unserem Kind heranwächst und von Mal zu Mal größer und menschlicher wird.

Abends liegen wir stundenlang im Bett und streicheln beide Mimis kugeligen Bauch. Wir reden über mögliche Namen, ob es wohl ein Junge oder ein Mädchen wird, wie wir das Kinderzimmer herrichten wollen, wie sich unser Alltag wohl verändern wird, sobald das Kind da ist, und dass wir uns trotzdem für immer lieben, egal wie schwer die Zeiten auch werden.

Beim nächsten Frauenarztbesuch, Mimi ist mittlerweile in der siebzehnten Woche, braucht der Doktor ungewöhnlich lange, bis er den Embryo richtig im Bild hat. Der Gesichtsausdruck des Doktors ist unruhig, besorgt. Nachdem er einige unendlich lange Minuten versucht, den Herzschlag zu finden, schaut er uns mit traurigen Augen an. Unser schlimmster Albtraum wird real.

„Es tut mir sehr leid …“

Das Kind ist tot.

Kapitel 19

„Das Kind ist tot!“ Schreiend öffnete ich die Augen, wusste nicht, wo ich war. Vollkommene Dunkelheit. Stille. Ich konnte mich nicht bewegen, schwitzte. Mein rasender Herzschlag pochte in meinen Schläfen.

Hab ich Fieber?

Meine Zunge war ein ausgetrockneter, geschwollener Schwamm, lag leblos in meiner Mundhöhle.

Wasser … bitte …

„Das Kind ist tooot!“, schrie ich erneut, bevor mir die Augen wieder zufielen und fiebrige Träume endgültig die Oberhand über mein Bewusstsein gewannen.

Somnium

Die ersten Jahre nach Mimis Abort sind furchtbar. Ich stürze mich in die Arbeit, bin dauernd im Büro und mache Überstunden, wo ich nur kann. Ich kaufe ein brandneues Auto, einen Mercedes E 300, und bilde mir ein, dass mich der Wagen glücklich macht. Das ist natürlich nicht der Fall. Mimi zieht sich immer weiter zurück, will weniger ausgehen, bricht langjährige Freundschaften ab und schläft immerzu. Ich will es mir anfangs nicht eingestehen, doch sie ist bereits seit geraumer Zeit depressiv. Ich versuche das alles zu verdrängen, indem ich mich noch tiefer in die Arbeit stürze und mir vormache, irgendwann nach Hause zu kommen und alles wieder so wie früher vorzufinden. Alles in bester Ordnung. Natürlich Schwachsinn, und so ziehe ich eines Tages – Mimi ist an diesem Tag etwas besser drauf, nachdem sie wochenlang in einem tiefen Loch war – die Reißleine. Wir haben ein sehr langes Gespräch. Tränen fließen, sie schreit, ich versuche sachlich und ruhig zu bleiben. Am Ende beschließen wir, dass Mimi professionelle Hilfe braucht, dringend. Am nächsten Morgen vereinbaren wir sofort einen Termin bei Dr. Sermazija, bei dem sie einige Sitzungen hat. Er verschreibt ihr Stimmungsaufheller und überweist sie nach wenigen Wochen Therapie in eine psychosomatische Rehabilitationsklinik. Dort verbringt sie vier Wochen. Anfangs widerwillig, doch nach der ersten

Woche hat sie mit anderen Patienten aus ihrer Gruppe Freundschaft geschlossen und fühlt sich wohl. Ich besuche sie während ihres Aufenthalts zweimal und freue mich darüber, dass es ihr bei jedem meiner Besuche noch ein Stück besser geht. Als sie nach vier Wochen wieder zu Hause ist, erkenne ich wieder die Mimi in ihr, in die ich mich vor Jahren verliebt habe. Wir sprechen wieder mehr miteinander, lachen viel, gehen aus und haben Spaß. Ich verspreche ihr, weniger zu arbeiten, und verkaufe das Auto. Wir kaufen einen kleinen Subaru, und vom restlichen Geld fliegen wir für zehn Tage in den Urlaub – Italien.

Vier Wochen später setzt Mimis Periode aus. Ich warte gespannt vor der geschlossenen Badezimmertür. Höre wie der Klodeckel runtergeklappt, die Spülung betätigt wird, Schritte – Pause – Schritte. Dann wird der Schlüssel im Schloss gedreht. Ich sehe, wie sich die Türklinke senkt. Lächelnd steht Mimi vor mir und küsst mich.

7. Sitzung

„Hallo Doktor Sermazija."

„Hallo Mimi. Schön, Sie zu sehen, kommen Sie rein."

„Danke, wie war Ihr Urlaub? Sie sehen erholt aus."

„O ja, wunderbar, danke. Spanien ist zu dieser Jahreszeit wirklich wunderbar. Nicht zu heiß und nicht zu kalt, genau richtig – und das Gute ist, man kann sogar noch im Meer schwimmen, die Wassertemperatur ist noch angenehm."

„Das hört sich gut an."

„Gibt es bei Ihnen etwas Neues, seit wir uns das letzte Mal gesehen haben?"

„Ja, eigentlich schon. In unserer Familie gab es einen Zwischenfall. Der Mann meiner Schwester hatte einen Herzinfarkt."

„Oh, das sind keine guten Neuigkeiten. Ich hoffe, er hat überlebt!"

„Ja, ja, Gott sei Dank. Ich fühle mich furchtbar, das zu sagen, aber ich – *wir* – hoffen alle, dass ihm das eine Lehre war, endlich weniger zu trinken und zu rauchen, im besten Fall ganz mit beidem aufzuhören. Schließlich ist er Familienvater von drei Kindern."

„Wie geht es ihm jetzt?"

„Den Umständen entsprechend gut. Die Ärzte sagen, er hatte Glück. Ihm mussten zwei Stands gesetzt werden, aber er wurde mittlerweile aus dem Krankenhaus entlassen. Er muss ab sofort regelmäßig zur Kontrolle und soll auf Anraten der Ärzte dringend eine Kur machen, um etwas sensibler für seinen Körper und seine Gesundheit zu werden."

„Na, dann wünsche ich Ihrem Schwager auf jeden Fall alles Gute und dass er bald wieder auf den Beinen ist."

„Ich wünsche ihm nur, dass es endlich Klick macht bei ihm. Um Gottes willen … der Mann ist der Vater meiner Neffen, aber entschuldigen Sie den Ausdruck … der Kerl ist auch ein riesen Arschloch. Zumindest war er das die meiste Zeit seines Lebens. Sehr aggressiv, meistens besoffen, ungehobelt … keine Ahnung, wie meine Schwester es schon so lange mit diesem Typen aushält. Schätze, sie ist einfach zu naiv … Und ihr fehlt auch das Selbstbewusstsein, um ihn zur Hölle zu schicken. Sie kommt ganz nach unserer Mutter. Aber egal, ich möchte mir jetzt nicht auch noch den Kopf meiner Schwester zerbrechen, ich wünsche ihr und den Kindern nur, dass er sich hoffentlich wenigstens *ein bisschen* bessert und mehr auf seine Gesundheit achtet. Wer weiß: Würde er nicht trinken, könnte er vielleicht ein ganz feiner Kerl sein – auch wenn ich nicht wirklich daran glaube."

„Gut, Mimi. Möchten Sie an unsere letzte Sitzung anknüpfen?"

„Ja, gerne. Also … wo war ich stehen geblieben?"

„Das Letzte, was Sie mir erzählten, war, dass sich die Beziehung zwischen Ihnen und Steve nach Joshuas Geburt zwar durch die Umstände veränderte, Sie jedoch nicht das Gefühl hatten, sie hätte sich verschlechtert."

„Ah, genau. Das waren die ersten Jahre nach Joshs Geburt. Steve und er waren ein Herz und eine Seele, unser kleiner Joshua war wirklich ein Engel, ein Geschenk des Himmels, liebenswert, aufgeweckt und fröhlich. Alle liebten den Kleinen. Die anderen Kinder im Kindergarten, die Erzieherinnen, seine Mitspieler beim Baseballtraining, die Eltern seiner Freunde … ich habe nie ein schlechtes Wort über unseren Josh gehört. Und Steve war ein total stolzer Papa. Sie hätten ihn sehen müssen, Doktor, er war so glücklich … und ich war es auch."

„Fast zu schön, um wahr zu sein, möchte man meinen."

„Ja, das stimmt. Es war wie im Märchen, nur dass es bei uns leider kein Happy End gab, aber dazu später."

„Okay."

„Josh war gerade zehn, als er und seine Mannschaft in der Little-League-Baseball-Liga um die Meisterschaft mitspielten. Steve und ich waren bei jedem Spiel dabei und feuerten die Jungs an. Es war der schönste Sommer, an den ich mich erinnern kann. Die Luft duftete nach Hotdogs und gegrillten Burgern, das Geräusch der Schläger, die den Ball trafen, die Anfeuerungsrufe der Eltern, die spielenden Kinder auf dem Platz. Und unendlich viele Stunden an Steves Seite, während wir den Jungs beim Baseball zuschauten … es war herrlich. Zum Ende der Saison hatte Joshs Trainer den Jungs versprochen, dass sie, egal wie die Saison zu Ende gehen würde, einen Mannschaftsausflug in ein Landheim im Wald machen würden – inklusive Holz hacken, Angelausflügen, Lagerfeuer und allem was dazu gehört. Die Jungs freuten sich mega darüber und legten sich richtig ins Zeug, sodass sie die Meisterschaft am Ende der Saison tatsächlich gewannen. Das war in der Geschichte unseres kleinen Dorfvereins eine Premiere und so wurde den Jungs sogar einen großer Artikel in der lokalen Zeitung gewidmet. Sie können sich vorstellen, wie stolz wir alle waren … einfach unbeschreiblich."

„Ich kann mir denken, wie toll sich das für Sie als Eltern angefühlt haben muss."

„Wir, die Elternschaft, haben dann eine große

Überraschungsparty für die Mannschaft und den Trainer organisiert, mit Barbecue und kleinen Geschenken für alle Spieler und den Coach. Diese Feier war für alle der krönende Abschluss eines fabelhaften Sommers. In der letzten Woche der Sommerferien stand dann der Mannschaftsausflug in das Landheim im Wald an. Der Trainer fragte uns Eltern, wer dazu bereit wäre, ihn als zusätzliche Aufsichtsperson zu begleiten, damit er ein bisschen Unterstützung beim Zähmen der Meute habe, und Steve meldete sich sofort. Außerdem noch zwei andere Väter, sodass das Team letztendlich aus vier Erwachsenen bestand. Dann, drei Tage bevor es losging, lag Josh plötzlich mit Fieber im Bett. Anfangs machte ich mir keine großen Gedanken darüber, er hatte schließlich nicht zum ersten Mal Fieber. Doch als es nach vier Tagen kein bisschen sank, sondern – ganz im Gegenteil – sogar jeden Tag noch etwas stieg, bekam ich es mit der Angst zu tun. Also brachten ihn nach Haven ins städtische Krankenhaus. Die Ärzte behielten ihn da, hingen ihn an einen Tropf und führten allerhand Untersuchungen durch. Sein Körper war stark geschwächt und sein Zustand verschlechterte sich innerhalb kürzester Zeit rapide. Josh konnte nicht mehr essen, und selbst kleinste Mengen Flüssigkeit behielt er nicht bei sich, sondern erbrach sie direkt wieder, sodass die Ärzte ihn intravenös ernähren mussten."

„Was hatte sich Josh eingefangen? Was haben die Ärzte gesagt?"

„Das war ja das Schlimme … Die Ärzte wussten nicht, was los war. Es war furchtbar. Wir saßen Tag für Tag an Joshs Krankenbett und konnten nur zusehen, wie schlecht es ihm ging. In der ersten Woche war keine Besserung in Sicht – es schien ihm immer schlechter zu gehen. Die Ärzte untersuchten ihn von Kopf bis Fuß, führten verschiedene Untersuchungen durch, sogar ein CT haben sie gemacht, doch nichts gefunden. Die einzige Aussage war, dass es sich mit großer Wahrscheinlichkeit um eine Virusinfektion handele, sie aber nicht sagen können, welche Art von Virus."

„Das muss schrecklich gewesen sein …"

„O ja, und wie. Steve drehte total durch vor Sorge. Und das war für mich eine zusätzliche Belastung – zu sehen, wie sehr er unter der Situation litt. Ich dachte kurzzeitig wirklich, ich wäre kurz davor, meinen Sohn *und* meinen Mann zu verlieren."

„Wie sind sie selbst mit dieser Ausnahmesituation umgegangen?"

„Keine Ahnung, Doktor … Ich glaube, ich habe gar nicht mehr großartig nachgedacht. Ich habe einfach aus Instinkt gehandelt. Tagsüber habe ich am Krankenbett meines Sohnes gesessen, seinen verschwitzten, regungslosen Körper gestreichelt, ihm Geschichten vorgelesen und seine Lippen mit kaltem Wasser benetzt, und abends zu Hause habe ich meinen zitternden, weinenden Mann beruhigt, der kurz davor war, vor Angst um unseren Sohn den Verstand zu verlieren. Wenn ich an diese Zeit zurückdenke, zieht sich mein Magen zusammen und mein Herz fühlt sich an, als würde es von Stacheldraht umklammert. Ich spüre den Schmerz und die Verzweiflung regelrecht, als wäre ich wieder in der Zeit zurückversetzt worden … fürchterlich."

„Wie ging es dann weiter? Hat Josh sich wieder komplett erholt?"

„Ja, Gott sei Dank. Aber es war ein langer und harter Kampf. Er war fast sechs Wochen im Krankenhaus und bekam Antibiotika und Flüssigkeit über den Tropf. Erst nach drei Wochen konnte er wieder winzige Mengen flüssiger und breiiger Nahrung zu sich nehmen, ohne sie zu erbrechen. Und nach seiner Entlassung musste er sich weitere drei Monate schonen, was bedeutete, dass er weder zur Schule noch zum Sport durfte."

„Hatte Steve sich da schon wieder beruhigt?"

„Ja, er war wieder etwas ruhiger geworden, auf jeden Fall. Doch dieses Ereignis schien ihm irgendwie einen Schlag versetzt zu haben. Nach Joshs Krankenhausaufenthalt war Steve anders … Er war wieder mehr zu dem ängstlichen Typen geworden, der er damals bei meiner ersten Schwangerschaft war."

„Hat Joshua das auch so empfunden? Hat er Ihnen gegenüber jemals etwas erwähnt?"

„Ich glaube schon, dass er das gemerkt hat. Er *muss* – es war ja nicht von der Hand zu weisen, dass sein Vater sich verändert hatte. Aber mir gegenüber hat er nie etwas gesagt."

„Hat Steve in dieser Zeit wieder getrunken?"

„Ich habe mir lange Zeit den Kopf darüber zerbrochen, Doktor. Aber ganz ehrlich – ich weiß es nicht. Gerochen oder dergleichen habe ich nie etwas, aber mein Bauchgefühl sagte mir immer, dass er *doch* wieder trank. Heimlich."

„Kann es sein, dass er auch noch andere Drogen genommen hat?"

„Sie meinen … Nein! Das glaube ich nicht. Nein, niemals."

„Okay, Mimi, leider ist unsere Zeit für heute schon wieder abgelaufen. Haben wir noch einen Termin?"

„Ja, wir sehen uns nächste Woche wieder."

„Alles klar, dann bis nächste Woche."

„Schönes Wochenende."

Kapitel 20

Plötzlich und unerwartet erstrahlte der Raum in hellem Licht. Ich saß, versuchte den Kopf zu drehen, aber es gelang mir nicht. Nur durch die Bewegung meiner Augäpfel konnte ich ein wenig von meiner Umgebung wahrnehmen.

Wo bin ich?

Ich befand mich in einem kreisrunden Raum. Die Wände bestanden aus einer Art blauem, halb transparenten Energiefeld, das schwach pulsierte. Dahinter erkannte ich vereinzelte Schemen – ich tippte auf Menschen, die durch Flure gingen und in Räumen verschwanden. Rechts von mir stand ein kleiner Schreibtisch, auf dem sich ein Laptop befand, davor ein Rollhocker. Links von mir ein kleiner Edelstahlwagen auf Rollen, auf dem ein weißes Baumwolltuch ausgebreitet war – darauf lag allerlei medizinisches Werkzeug (Skalpell, Pinzette, Schere). Als ich etwas sagen wollte, brachte ich keinen Ton heraus. Mein Mund bewegte sich nicht einmal. Außer meinen Augäpfeln war alles an mir gelähmt. Angst breitete sich aus. Ich wollte schreien, weglaufen, doch ich war wie versteinert – in meinem eigenen Körper gefangen. Angestrengt versuchte ich, ruhig zu atmen und nicht erneut das Bewusstsein zu verlieren. Etwas äußerst Seltsames ging hier vor sich. Ich wusste nicht, was mit mir passiert war, aber das Letzte woran ich mich erinnerte, war, dass ich mit Iyo auf der Rückbank zur Anstalt gefahren bin, um ihn zu ROSCO zurückzubringen. Jemand hatte ihn kaputtgemacht und er befand sich in diesem seltsamen Zustand *(dummer, nach Luft schnappender Fisch)*.

Hatte ich einen Autounfall? Bin ich querschnittsgelähmt?

Plötzlich durchfuhr es mich wie ein Blitz. Ich musste mich in einer Art Wachkoma befinden. Vor Jahren hatte ich von diesem schrecklichen Zustand gelesen – man nennt es apallisches Syndrom. Meine Angst war mittlerweile zu Panik geworden.

Jenseits der blau schimmernden Energiewand vor mir näherte sich ein Umriss. Er blieb einen Moment stehen, bevor sich ein circa zwei Meter breiter Spalt in der Wand auftat, durch den ein bärtiger Mann in einem grauen Kittel in den Raum trat. Er ließ eine weiß-blaue Chipkarte in seiner Kitteltasche verschwinden, hielt einen dampfenden Pappbecher in der Hand und pfiff fröhlich vor sich hin, als er auf mich zukam und sich auf den Rollhocker vor den Laptop niederließ. Der Spalt in der Wand schloss sich lautlos und die blau schimmernde Energiebarriere war wieder eine glatte, nahtlose Fläche.

Der Mann sang fröhlich den Refrain von „In The Air Tonight“ vor sich hin und beendete ihn pfeifend.

Phil Collins. Ich hasse Phil Collins.

„Na … stehst du nicht auf Phil?“, fragte mich der Kerl lächelnd, als hätte er meine Gedanken gelesen. Er starrte auf den Monitor und tippte Befehle ein. „Also ich liebe ihn. Mein Vater hat mich als kleinen Jungen mal auf ein Konzert von ihm mitgenommen, ganz hier in der Nähe. Ich sag dir, Stevyboy, das war einsame Spitze.“ Er nippte an seinem Pappbecher.

Riecht nach Kaffee. Was zur Hölle geht hier vor sich?

Angestrengt versuchte ich, meine Augen nicht zu bewegen und starrte geradeaus, blieb regungslos. Ich musste erfahren, was hier vor sich ging, was mit mir passiert war.

Kein Aufsehen erregen.

Aus dem Augenwinkel sah ich, wie der Mann den Laptop bediente, ab und zu von seinem Kaffee trank und immer wieder ein Smartphone hervorholte. Er trällerte weiterhin fröhlich Melodien vor sich hin, die ich nicht kannte. Wieder war er an seinem Smartphone. „Verdammt, Stevy, das gibts doch nicht. Da lagen die Yankees gegen die Red Sox bis zum siebten Inning mit vier Runs in Führung und sind gerade dabei, das Spiel im neunten doch noch zu verkacken. Was sagt man dazu?“ Wieder tippte er Befehle auf der

Tastatur. „Gut, dass ich diesmal nicht gewettet hab. Sonst wäre ich jetzt um fünfzig Mäuse ärmer." Abrupt drehte er sich mit dem Hocker zu mir um und rollte in meine Richtung. Ich roch den Kaffee in seinem Atem. Konzentriert fixierte ich einen Punkt an der blauen Wand, um meine Augen nicht zu bewegen. Das Gesicht des Mannes war nur noch wenige Zentimeter von meinem entfernt. Die rötlichen Locken seines Barts berührten fast meine Haut.

„Der Master hatte recht, Steve …", flüsterte er und berührte meine Wange mit der Spitze seines Zeigefingers. Meine Augäpfel fühlten sich an, als würden sie vor Anstrengung zittern. Ich brannte innerlich.

Was? Hat er „Master" gesagt?

Gespannt wartete ich darauf, dass er den Satz beendete, doch er grinste nur und nickte, während er mich anstarrte. Er nippte an seinem Becher, stand auf und hielt die Chipkarte vor die Energiebarriere. Der Schlitz öffnete sich wieder und er verließ den Raum. Ich blieb zurück. Allein, unbeweglich, unwissend.

Etliche Stunden vergingen und alles, was ich sah, waren Schatten, die über die Flure jenseits der blauen Barriere an meinem Raum vorbeihuschten. Unendlich viele Gedanken rasten durch meinen Kopf. Fragen, Ängste, Erinnerungen. Ich wollte weinen. Wollte aufstehen und davonlaufen. *Ich muss mich in der Anstalt befinden, so viel ist sicher. Aber wer war der Mann? Er schien mich zu kennen, nannte meinen Namen … nein, sogar meinen Spitznamen, Stevyboy. Wo sind Rusty und Iyo? Was ist mit mir? Was ist mit mir? Was ist mit mir?* Dann: Dunkelheit.

Somnium

Ich bin krank. Fühle mich furchtbar. Als hätte ich Fieber, nur schlimmer. Intensiver.

Zusätzlich höre ich Geräusche. Schreckliche Geräusche.

Schmatzen, Knirschen, Knacken.

Ich öffne die Augen. Sie brennen. Tausend glühende Nadeln malträtieren meine Pupillen. Meinem aufgerissenen Mund entfährt ein stummer Schrei, niemand hört mich. Als meine Augen sich an das Brennen gewöhnen (keine Ahnung, wie das möglich ist), sehe ich Rusty.

Es ist der böse Rusty.

Mit rot glühenden Augen starrt er mich an. Er kaut auf etwas Blutigem herum, daher das Schmatzen, Knacken und Knirschen.

Neben ihm liegt Iyos Torso. Entstellt, blutig. Ohne Arme und Beine, der Kopf angefressen. Das, was zwischen Rustys scharfen spitzen Zähnen knirscht und knackt, ist Iyos Unterarm – inklusive Hand.

Mir wird schlecht. Ich würge.

Meine Speiseröhre füllt sich. Ein saurer, stechender Geschmack wandert meinen Hals hoch. Dann füllt sich auch mein Mund. Metallisch, sauer, kalt.

Ich drohe zu ersticken, würge um mein Leben und übergebe mich. Zahnräder, Ritzel, Öl, Schrauben, Muttern und teilverdaute Nahrung verlassen meinen Mund und über-

sähen den klinisch reinen Boden. Ein weiterer Schwall mechanischer Bauteile strömt aus meinem Hals.

Rusty kaut. Mit seiner blutigen Schnauze scheint er zu grinsen. Aus Iyos angefressenem Skalp tritt Hirnmasse aus und bildet auf den Fliesen eine schmierige Lache aus Blut und weissem Glibber.

Ich will schreien, doch kein Ton verlässt meinen Mund.

Dafür noch mehr Öl, Schrauben und Metallspäne.

Als ich die Augen öffne – mein Herz schlägt mir bis zum Hals –, sehe ich die vertrauten Umrisse von Mimi neben mir sitzen. Im dunklen Schlafzimmer erkenne ich sie nur schemenhaft und höre ihre beruhigende, liebliche Stimme, während sie mir mit einem kalten nassen Waschlappen die Stirn tupft.

„Alles gut, Stevy, alles gut … das war nur ein böser Traum."

Meine geliebte Mimi.

Mein Herz rast zwar immer noch, aber nicht mehr so schnell.

„Du hast Fieber, mein Schatz. Das war nur ein böser Fiebertraum." Sie küsst zärtlich meine Wange.

Was würde ich nur ohne dich machen, mein Schatz.

„Ich … ich habe Rusty …", stammle ich. Meine Zunge ist trocken wie die Wüste.

„Pssst … nicht reden, mein Liebster. Du bist krank, hast

hohes Fieber. Hier, trink einen Schluck.“ Sie hält mir ein Glas Wasser hin und stützt meinen Kopf.

Wie sehr ich dich liebe, mein Engel.

Das Wasser ist ein Geschenk Gottes. Kalt und erfrischend füllt es meinen ausgetrockneten Mund. Meine Zunge saugt das kühle Nass begierig auf und Tränen der Rührung laufen mir die Wangen hinab.

Alles nur ein böser Traum. Fieber. Mimi ist hier, sie ist bei mir und alles ist gut.

Nachdem ich das Glas zur Hälfte geleert habe, kann ich endlich wieder sprechen.

„Danke mein Schatz. Danke, dass du bei mir bist.“

Kapitel 21

Als ich erneut aufwachte, versuchte ich zu begreifen, wo ich war. Wollte mich orientieren. Plötzlich erinnerte ich mich wieder: Mimi war fort. *Sie ist schon vor langer Zeit gestorben. Linda – Tupperparty – Kate – Autounfall.* Mein Zustand war unverändert. Ich saß und sah – sonst tat ich nichts. Stunden vergingen, vielleicht Tage, nichts änderte sich. Ich schlief nicht mal mehr, war immer wach, konnte meine Augen nicht schließen … es war furchtbar. Zwei- bis dreimal täglich kam der rotbärtige Techniker ins Zimmer, tippte klappernd auf der Laptoptastatur, holte zwischendurch immer wieder sein Smartphone hervor, leuchtete mir mit einer kleinen Taschenlampe in die Augen (wobei ich jedes Mal angestrengt versuchte, nicht die Pupillen zu bewegen) und trank literweise Kaffee. Einmal konnte ich sogar einen Blick auf das Namensschild an seinem Kittel werfen: Bernie Wolowitz. Oft redete er über Baseball, erzählte von seiner Ex Frau Vivien und seiner unausstehlichen Mutter, die ihn mindestens dreimal am Tag anrief und ihm jede Woche zweihundert Nachrichten auf sein Handy schickte. Aber es schien stets, als redete er nicht mit mir, sondern mit sich selbst.

Die blaue Energiebarriere öffnete sich einen Spalt

und Bernie betrat gerade erneut den Raum – diesmal in Begleitung eines hageren, hochgewachsenen Mannes mit scharfen Gesichtszügen, der einen weißen Kittel trug. Entschlossen kamen sie auf mich zu, Bernie hielt seinen obligatorischen, dampfenden Kaffeebecher in der Hand.

„Das ist er, Medicus Doktor Schmitz." Bernie zeigte auf mich.

„Ja, ich sehe ihn, Wolowitz", entgegnete Schmitz zynisch, ohne eine Miene zu verziehen. „Seine Symptome?"

„Nun ja … er ist seit dreizehn Tagen hier" – *Was? Dreizehn Tage?* – „und zeigt seitdem keinerlei Reaktion auf irgendeine Form von Reizen, die wir setzen." Bernie entleerte den brühend heißen Inhalt seines Kaffeebechers langsam über meiner Hand. Ich roch verbrannte Haut, spürte jedoch nichts.

O mein Gott … du verfluchter Wichser!

„Was zur Hölle tun Sie da?!", rief Schmitz empört. „Sie verletzten ihn!" Er riss Wolowitz' Arm zurück.

„Keine Sorge, Doc. Ich sag doch, der spürt nichts." Bernie lachte verlegen.

Schmitz fixierte ihn mit strengem, durchdringendem Blick. Wolowitz' Lachen verstummte prompt.

„Etwas mehr Ernsthaftigkeit, Technicus Wolowitz, oder ich muss Ihren zuständigen Custos darüber informieren, dass sie mutwillig Firmeneigentum beschädigen."

Bernie schwieg und schaute reumütig zu Boden.

Firmeneigentum? Was zur Hölle geht hier vor?

„Hören Sie also auf mit diesem Kinderkram und machen Sie Ihre Arbeit *vernünftig!*", zischte Schmitz streng. „Zeigen Sie mir die Messergebnisse."

„Jawohl, Medicus Doktor." Bernie näherte sich dem Laptop und entsperrte ihn. Es dauerte einige Sekunden, bis auf dem Bildschirm das Programm zu sehen war, das er in den letzten Tagen immer wieder bedient hatte. Aus meiner Position konnte ich nur einige Tabellen, Diagramme und Kurven erkennen, und das auch nur unscharf. Schmitz und Wolowitz betrachteten aufmerksam den Monitor.

„Sehen Sie … zum Beispiel hier, Medicus Doktor. Wir haben diese Partition seiner Erinnerungsspeicher wieder und wieder gelöscht. Aber leider befinden sich diese Datenfragmente nach wie vor darauf. Sie verändern sich zwar jedes Mal minimal, haben aber im Grunde immer dieselbe Struktur." Wolowitz zeigte mit einem Kugelschreiber auf den Bildschirm.

„Hm, seltsam", murmelte Schmitz.

„Ja, und das ist noch nicht alles. Sehen Sie hier: Die Emotionsparameter schlagen weit über die eingestellten Toleranzwerte hinaus aus. Aber die Werte *können* eigentlich gar nicht über die programmierten Grenzen hinaus gehen – das ist technisch unmöglich." Bernie kramte ein Kaugummi aus der Brusttasche seines Kittels und pulte es unbeholfen aus der Verpackung, bevor er es in den Mund steckte.

„Kaugummi?", fragte er schmatzend.

„Nein, danke."

„Also, die Probleme, die wir mit diesem Modell haben, sind mir bis jetzt jedenfalls noch nie untergekommen. Ich habe mich mit einigen meiner fähigsten Kollegen beraten, und selbst die konnten sich keinen Reim auf diese Störungen machen. Deshalb habe ich Sie zu Hilfe geholt. Ich habe gehofft, Sie hätten eventuell eine Idee, die uns weiterbringen könnte. Denn wenn wir mit diesem Modell nicht weiterkommen, sprich: die Fehlfunktionen nicht beheben können, müssten wir es wohl oder übel verschrotten, und das wäre doch sehr schade." Wolowitz lehnte sich an den Edelstahlwagen, auf dem diverse medizinische Werkzeuge lagen, und schob ihn damit unbeabsichtigt in meine Richtung. Ich spiegelte mich in der Oberfläche: mein Körper auf einem Stuhl sitzend, wie bei einem Zahnarzt. Meine Arme ruhten links und rechts auf den Armstützen, mein Brustkorb und mein Bauch sahen eigenartig aus. Sie schienen geöffnet, waren aufgeklappt wie ein Buch, dessen Seiten eine schwammartige blaue Struktur hatten. Das kam mir seltsam bekannt vor. Plötzlich ein schwaches rotes Blinken, wie von einer Diode. Dann noch eins und noch eins – diesmal gelb. Bilder von Iyo flackerten in meinem Kopf auf. Wie er sich die zertrümmerte Bierflasche in den Arm rammt. Mir so beweist, dass er kein Mensch, sondern tatsächlich eine Maschine ist, ein Android.

Daher kenne ich die Struktur … es war blau, hat geblinkt. Iyo ist kein Mensch, er ist ein Android … Und was bin ich? In mir ist es blau, es blinkt … der Schwamm …

Mir wurde schwindelig und ich verlor erneut das Bewusstsein.

Somnium

Ich gehe durch den Wald. Nackt. Langsam nähere ich mich der Leichenschlucht. War schon Hunderte Male hier.

Über mir erklingt der majestätische Ruf des Steinadlers. Ich hebe meinen Kopf und sehe ihn dahingleiten, durch den wolkenlosen blauen Himmel. Wie er seine Kreise zieht, ruft (nach mir?) und schließlich anmutig, von seinen breiten Schwingen getragen, in Richtung Tal schwebt.

Ich gehe die letzten Meter durch das kniehohe Gras zum Rand der Schlucht. Der Wind pfeift mir hart und warm entgegen.

Was für eine Aussicht.

Ich wünsche mir, ich könnte auch fliegen … genau wie der majestätische Adler. Frei und ohne Sorgen.

Und plötzlich weiß ich, dass ich es kann. Ich muss es nur wollen. Also nehme ich Anlauf, breite meine Arme aus und laufe los. Das hohe Gras peitscht um meine Waden, versucht, mich zu greifen, mich aufzuhalten.

Hinter mir bellt Rusty. Er ist aufgeregt, ängstlich. Es ist der gute Rusty.

Doch ich will nicht stehen bleiben, will mich nicht umdrehen. Ich will nur laufen, springen und fliegen. Dann werden meine Beine leichter, immer schneller. Ich beginne mit den ausgebreiteten Armen zu schlagen – schwinge meine Flügel und verdränge die Luft darunter. Meine Füße heben von Schritt zu Schritt weiter ab, bis die Spitzen der Grashalme meine Knöchel und schließlich nur noch meine Fußsohlen kitzeln. Ich schreie, rufe – wie ein Adler – und mache einen letzten, kräftigen Satz über den Rand der Klippe und steige in die Lüfte. Unter mir unendliche Weite. Freiheit.

Ich fliege tatsächlich.

Ich fliege.

Ich fliege!

Kapitel 22

„Verdammt, Stevyboy, was ist bloß los mit dir, alter Junge?“ Bernie saß vor mir auf einem Rollhocker, hatte die Unterarme auf die Oberschenkel gestützt und schaute mich nachdenklich an. Sein Atem roch wie immer nach Kaffee. Diesmal war er allein im Raum.

Ich bin geschockt, Bernie … Weiß nicht, was hier los ist. Was passiert hier mit mir?

Doch meine Lippen bewegten sich keinen Millimeter, meine Stimmbänder blieben still. Bernie drehte sich mit dem Hocker zum Laptop.

„Hmmm … Stevyboy … was ist mit dir, mein Junge. Medicus Schmitz wird sich dein Langzeitspeichermodul mal genauer ansehen. Eventuell müssen wir es austauschen … Und wenn das nicht klappt, dann weiß ich auch nicht weiter“, murmelte er und tippte Befehle in die Tastatur.

Was? Speichermodul?

„Wieso sich dein Erinnerungsspeicher nicht formatieren lässt, ist mir ein Rätsel, Stevy. Diese Datenfragmente die draufbleiben, dürften da gar nicht mehr sein. Ich hab die Partition schon etliche Male gelöscht.“ Er starrte auf den Bildschirm, bewegte die Maus und klickte.

Bernie Wolowitz – Technicus, Baseballfan, unglücklich verheiratet. Ein murmelnder, klickender Mann, der vor einem Computer saß und über meinen Zustand *(Apallisches Syndrom?)* sprach, als wäre ich ein Gegenstand, ein Computer, ein Stück Technik.

Plötzlich breitete sich ein seltsames Gefühl in mir aus. Ein Gefühl von vollkommenem Kontrollverlust. *Der blaue Schwamm, die Dioden, Iyo …* Mein Kopf schien kurz vorm Platzen zu stehen, ich *wollte* nicht verstehen, was hier vor sich ging. Dabei wusste ich es längst. Es fühlte sich unmöglich und absurd an. Wenn ich gekonnt hätte, hätte ich gelacht. Die Gewissheit stach mir ins Herz, gnadenlos und heiß wie ein brennender Dolch. Sie schnürte meine Kehle zu, drehte mir den Magen um, ließ meinen Darm verkrampfen. Angst, Unglauben, Wut, Verzweiflung und Panik vermischten sich zu einem unbeschreiblich furchtbaren Gefühl, als ich endlich akzeptierte, wer ich offensichtlich war – *was* ich war –, obwohl es eigentlich unmöglich schien.

Der blaue Schwamm, die Dioden. Sein Arm, mein Bauch. Iyo ist eine Maschine. Ich ebenfalls!

Somnium

Medicus Doktor Schmitz betritt den Raum und Bernie Wolowitz steht auf, holt einen kleinen, silbrig schimmernden Schlüssel aus seiner Kitteltasche und verschwindet aus meinem Sichtfeld.

„Alles bereit für den Eingriff?“, fragt Schmitz kühl.

„Ja, Medicus Doktor. Ich habe gerade noch ein Sicherungsbackup gemacht und versetze ihn nun in den Wartungsmodus. Danach können Sie mit dem Eingriff beginnen.“

Ich spüre ein sanftes Kribbeln im Nacken.

„Sehr gut, Wolowitz.“

Klick!

Kapitel 23

Rustys Bellen riss mich aus der Ohnmacht. Mein Bewusstsein explodierte an die Oberfläche wie ein Taucher, der im letzten Moment verzweifelt nach Luft schnappen kann. Mein Herz hämmerte, der Atem ging flach und schnell, als ich die Augen öffnete. Die Sonne strahlte. Ich hörte Vogelgezwitscher, und Rustys feuchte Schnauze berührte mein Gesicht. Seine weiche Zunge fuhr mir über die Wange.

Schmerzen? … Nein.

„Was zum Teufel ist passiert?", murmelte ich. „Alles gut, alter Junge, alles gut. Ich bin okay, ich bin okay", flüsterte ich und versuchte aufzustehen. Vorsichtig bewegte ich meine Beine und Arme.

Ja, ich bin okay.

Langsam kniete ich mich hin und versuchte mich zu orientieren.

Rusty wedelte überglücklich mit dem Schwanz. Ich stand auf und schaute mich um. Einige Meter von mir entfernt stand mein Mercedes. Ich war immer noch am Zaun der Anstalt. Vor mir der hohe Mast. Doch nun ohne Kamera.

Habe ich das alles nur geträumt?

Langsamen Schrittes näherte ich mich dem Auto und schaute mich weiter um. Neben dem Fahrzeug lag ein Männerkörper im Gras. Es war Iyo. Ich zögerte, zu ihm zu gehen, erwartete, sein dummes, nach Luft schnappendes Fischmaul zu sehen *(und die weit aufgerissenen Augen)*, sobald ich näher käme. Langsam setzte ich einen Fuß vor den anderen.

Iyo schlief. Oder war ohnmächtig *(oder tot?)*. Doch kein Fischmaul. Kein dummes Gesicht. Keine aufgerissenen Augen. Vorsichtig näherte ich mich ihm weiter, schaute mich ängstlich um, traute der Situation nicht. Das Ganze kam mir äußerst seltsam vor. Es kam mir vor, als könnte ich mich an eine ähnliche Situation erinnern, nur dass die Umstände in meiner Erinnerung verwirrend anders waren.

Wie anders?

Ich wusste es nicht, bekam die abstrakten Gedankenfetzen nicht zu fassen. Sie verblassten mehr und mehr, bis kaum noch etwas davon übrig war.

Ich muss geträumt haben.

„Hey … Iyo!“ Ich bückte mich zu ihm hinab und berührte vorsichtig seine Schulter. Gespannt starrte ich auf seinen Brustkorb und stellte erleichtert fest, dass er sich bewegte. *Gott sei Dank … er atmet.* „Iyo … ich bins.“ Vorsichtig tätschelte ich seine Wange und erinnerte mich an die Wasserflaschen im Kofferraum des Mercedes. Ich holte eine Flasche, öffnete sie und träufelte behutsam einige Tropfen über Iyos Stirn.

Wenige Sekunden später begannen seine Augenlider zu zucken. Wieder tätschelte ich seine Wange – jetzt fester – und sprach lauter.

„Hey, Mann! Wach auf. Ich bins – Steve."

Er stöhnte. Schwerfällig blinzelnd öffnete er die Augen und starrte gen Himmel.

„Oooh …", seufzte er.

Ich stützte seinen Nacken und hob seinen Kopf einige Zentimeter an.

„Hier, trink einen Schluck."

Unbeholfen nippte er an der Wasserflasche.

„Wo … wo bin ich?", stammelte er und nahm einen weiteren vorsichtigen Schluck. „Was ist passiert?"

„Alles gut. Du bist bei mir. Alles unter Kontrolle", sagte ich, um ihn zu beruhigen. Dabei wusste ich selbst nicht, warum wir hier waren und was geschehen war. „Hast du Schmerzen?"

„Ich …" Er hielt kurz inne, und schien seinen Zustand zu analysieren. „Ich glaube nicht."

„Kannst du aufstehen? Komm, ich helfe dir."

Vorsichtig stützte er sich mit den Ellbogen im Gras ab und versuchte den Oberkörper aufzurichten. Behutsam half ich ihm dabei. Als er schließlich saß, schaute er sich verwirrt um – zum Auto, zum Zaun, zu den Bäumen. Letztlich fiel sein Blick auf mich. Verwundert legte er den Kopf schief und fragte: „Wer sind Sie?“

Nachdem sich der erste Schock nach seiner Frage etwas gelegt hatte, versuchte ich, möglichst rational zu denken und zu handeln. Ich überredete ihn, mit mir, dem Unbekannten, ins Auto zu steigen, denn ich wollte so schnell wie möglich von hier verschwinden.

„Entschuldigen Sie bitte …“, er zog die Beifahrertür zu und schaute mich fragend an. „Wie war noch gleich Ihr Name?“

„Steve“, sagte ich.

„Ja, genau, Steve. Warum nennen Sie mich eigentlich andauernd Iyo?“, fragte er verwirrt.

„Ist das nicht Ihr Name?“

„Wie kommen Sie denn darauf?“ Er lachte herzlich.

„Ich dachte, weil … weil … Na, Sie haben Ihren Namen andauernd wiederholt, als Sie bewusstl… als Sie geschlafen haben“, log ich.

„Hab ich das?“ Er legte den Kopf schief, war ganz offensichtlich verdutzt.

„Ja.“

„Okay … Keine Ahnung.“ Er lachte wieder, schnallte sich an und streckte mir die Hand hin. „Mein Name ist Roger. Roger Santiago. Wie wärs, wenn wir uns duzen?“

„Freut mich, Roger Santiago. Schön, dich kennenzulernen." Ich nahm seine Hand und schüttelte sie, dann startete ich den Motor und manövrierte den Wagen zurück in Richtung Hütte. Ich hatte keine Ahnung, wie ich mit der Situation umgehen sollte, und erst recht nicht, welche Vorgehensweise richtig oder falsch war. Ich wollte nur so schnell wie möglich zurück in eine vertraute Umgebung, um dann zu entscheiden, wie ich am besten weitermachen sollte. Anscheinend wusste diese Version von Iyo – Mein-Name-ist-Roger-Roger-Santiago – nicht, dass sie kein Mensch, sondern ein Android war.

Seltsam.

Also wäre es wahrscheinlich das Beste, Förster Cullins zu informieren und Iyo von ihm oder der örtlichen Polizei abholen zu lassen – so sehr mir der Gedanke auch missfiel. Zum ersten Mal in all den Jahren, die ich nun schon hier hoch in den Wald kam, hatte ich das Bedürfnis, so schnell wie möglich wieder zu verschwinden. Ich fühlte mich mittlerweile furchtbar in meiner Haut und war mir sicher, dieses beklemmende, unangenehme Gefühl hatte etwas mit diesem Wald zu tun. *Oder vielleicht mit der Anstalt? … Furchtbare Dinge passieren in der Anstalt, Stevyboy.*

Instinktiv fasste ich mir mit der rechten Hand in den Nacken und tastete meine Haut ab, ohne zu wissen, warum. *Was mache ich da? Wonach suche ich?*

Ich spürte nichts – nur glatte, nackte Haut.

Während wir durch den Wald fuhren – Rusty war auf der Rückbank eingeschlafen –, erzählte mir Roger, warum er sich hier im Wald aufhielt.

„Du musst wissen, dass ich Ornithologe bin, Steve", sagte er begeistert.

„Orni... – was?", fragte ich und versuchte, mich so gut es ging aufs Fahren zu konzentrieren.

„Ornithologe. Das heißt, ich beobachte Vögel."

„Ah, okay", sagte ich knapp und wich einem abgesägten Baumstumpf aus, der mitten auf unserem Weg stand.

Das Ganze hier wird immer seltsamer.

Konzentriert steuerte ich den Mercedes durch das unwirtliche Gelände des Waldes, während seltsame Gedanken durch meinen Kopf rasten. Ich begriff nicht, was vor sich ging. Warum war Iyo plötzlich so verändert, und warum ließ mich die irritierende Ahnung nicht los, dass ich irgendetwas Wichtiges vergessen hatte. *Irgendetwas sehr Wichtiges ... bezüglich mir selbst!* Zur Ablenkung schaltete ich das Radio ein.

„...adys und Gentlemen, hier ist wieder euer Clyde McDowell mit den Hits von heute und den Klassikern von gestern. Schnallt euch an und haltet euch fest, denn in den nächsten zwei Stunden geht in eurem Radio diiie Post aaab!“

Aus den Lautsprechern drang der boxende Klang von Snare und Bass Drum, kurz darauf stimmte die Gitarre mit ein und einige Takte später erklang die süße, schnulzige Stimme von Roy Orbison, der darüber sang, wie eine schöne Frau die Straße hinabging. Und so schaukelten wir weiter über den unebenen Waldboden. Roger redete dazu von rechts auf mich ein und erzählte mir euphorisch allerhand uninteressantes Zeug über Vögel. Sein Geschwätz ging mir zu einem Ohr rein und zum anderen wieder raus – ich konnte es kaum erwarten, endlich zur Hütte, raus aus dem Wagen und am besten direkt unter die Dusche zu kommen.

O ja, eine Dusche wäre wunderbar.

Doch eigentlich wollte ich nicht nur raus aus dem Wagen, sondern raus aus diesem Wald. Fort von hier, so weit weg, wie nur irgend möglich.

8. Sitzung

„Hallo Mimi, kommen Sie rein. Wie geht es Ihnen heute? Wie war Ihr Wochenende?"

„Hallo Doktor. Danke, gut, alles gut. Mein Wochenende war in Ordnung, aber nichts Besonderes, um ehrlich zu sein."

„Gibt es irgendwelche Neuigkeiten, über die Sie gerne sprechen möchten, oder knüpfen wir beim letzten Mal an?"

„Nein, nichts Neues … außer Sie möchten wissen, wie die zweite Staffel meiner Lieblingsserie war?"

„Ha … nein, nicht wirklich, Mimi. Ich glaube nicht, dass uns das weiterbringen würde."

„Nein, klar … also, wo waren wir stehengeblieben?"

„Sie haben erzählt, dass Steve sich nach Joshuas Krankenhausaufenthalt verändert hatte. Das er wieder ängstlicher und vorsichtiger wurde und Sie den Verdacht hatten, er könnte heimlich wieder mit dem Trinken angefangen haben."

„Ach ja. Okay … Also Joshua konnte damals nicht an der Mannschaftsfahrt teilnehmen, weil er so schwer krank geworden war und Steve hat diese ganze Geschichte, die Sorge um unseren Sohn, die Ungewissheit, was er genau hatte und ob er jemals wieder ganz gesund werden würde, total aus der Bahn geworfen. Seine Gelassenheit und Unbekümmertheit, die ihn während meiner Schwangerschaft mit Josh so ausgezeichnet und die unserer Beziehung damals so unheimlich gutgetan hatten, waren eigentlich komplett verschwunden. Aber diesmal konzentrierten sich seine Ängste nicht auf mich, sondern auf unseren Sohn, und Steve nahm Josh somit sämtliche kindliche Unbekümmertheit. Nach seinem Krankenhausaufenthalt wurde Joshua plötzlich regelmäßig krank – also mit krank meine ich Erkältungen, Grippe, Husten, Halsschmerzen, Schnupfen, Fieber … solche Sachen halt, und das alle vier bis sechs Wochen. Das sah ihm gar nicht ähnlich, denn vor seinem Virusinfekt hatte er ein starkes Immunsystem und war höchstens einmal im Jahr erkältet."

„Konnte das nicht auch mit dem Virusinfekt in Verbindung stehen? Das wäre doch einleuchtend, oder?"

„Ja, die Ärzte haben das auch gesagt, aber ganz ehrlich, Doktor … Ich glaube das bis heute nicht. Ich bin nach wie vor davon überzeugt, dass Steve es war, der Joshuas Bewusstsein mit Krankheit, Schwäche und Angst gefüttert hat. Er war so übervorsichtig und nervtötend geworden, andauernd sagte er ihm Dinge wie: ‚Zieh dir was Wärmeres an, du verkühlst dich sonst‘, ‚Trockne dir die Haare, du erkältest dich ja‘, ‚Geh heute nicht zum Training, es regnet – du wirst noch krank‘ … ‚Pass auf dich auf, mach dies nicht, tu das nicht, das ist zu gefährlich …‘, und so weiter und so fort. Es war furchtbar, der Junge hörte von seinem Vater nichts anderes mehr.“

„Haben Sie versucht, dagegenzusteuern?“

„O ja, ich habe Steve zur Seite genommen und mit ihm geredet. Ich merkte, wie nervös ihn das Gespräch machte und wie unwohl er sich bei dem Thema in seiner Haut fühlte. Am Ende hat er aber eingesehen, dass er es übertrieb, und versprach mir, sich zu bessern.“

„Und? Hat er sich gebessert?“

„Als wollte er mir und Josh etwas beweisen, hat er daraufhin ein Vater-Sohn-Wochenende in einer abgelegenen Waldhütte in den Bergen, geplant. Er wollte dort drei Tage mit Joshua verbringen, auch deshalb, weil er die Mannschaftsfahrt verpasst hatte … Steve wollte es damit irgendwie wiedergutmachen.“

„Hatten Sie etwas dagegen?“

„Ich? Nein, ganz und gar nicht. Ich war froh, dass die beiden endlich mal wieder etwas zusammen unternahmen, auch wenn ich sah, dass Steve nicht so entspannt war, wie er es vorgab. Das Einzige, was ich nicht wollte und wo ich strikt gegen war, war das Jagen. Steve wollte mit Joshua im Wald auf die Jagd gehen, doch ich habe es … nein, *verboten* ist nicht das richtige Wort – ich war regelrecht *entsetzt* über die Idee. Joshua war damals schließlich gerade elf Jahre alt und mir schien es nicht die richtige Freizeitbeschäftigung für einen Elfjährigen zu sein, gemeinsam mit seinem Vater und einer großkalibrigen Waffe auf wilde Tiere zu schießen."

„Ließ Steve sich von der Idee abhalten?"

„Er tat mir gegenüber zumindest so … Doch als die beiden fort waren, bemerkte ich, dass Steve doch eins seiner Gewehre mitgenommen hatte. Spätestens zu diesem Zeitpunkt wusste ich, dass sie *doch* auf die Jagd gehen würden."

„Was für einen Eindruck hatten Sie vor der Abfahrt von Joshua?"

„Gut, gut … ehrlich gu… Entschuldigen Sie, Doktor, aber es kommt einfach alles wieder hoch … O Gott …"

„Kein Problem, Mimi. Nehmen Sie sich ein Kleenex, trinken Sie einen Schluck und lassen Sie Ihren Emotionen ruhig freien Lauf."

„Joshua war glücklich. Ich hatte ihn lange nicht mehr so glücklich gesehen – o Gott … Entschuldigung."

„Alles klar, Mimi?"

„Ja … es … ich glaube, es geht schon wieder …"

„Gut."

„Kurz vor ihrer Abreise umarmte ich ihn. Er war so gespannt auf ihren Ausflug, so stolz … alleine mit Papa in die Hütte im Wald zu fahren … abseits der Zivilisation, in die Wildnis … Holz hacken, Feuer machen, grillen, fischen …"

„Und jagen."

„Genau. Und jagen – aber das durfte er mir ja nicht sagen, das war zu dem Zeitpunkt ihr Geheimnis. ‚Mama darf nicht wissen, dass wir *doch* Jagen gehen. Sonst wird sie ganz böse und verbietet uns den Ausflug.' Ich kann es regelrecht hören, wie Steve ihn zur Seite genommen und ermahnt hat, mir nichts zu verraten."

„Was für einen Eindruck hatten Sie von Ihrem Mann, kurz vor der Abfahrt?"

„Ich verabschiedete mich von ihm mit gemischten Gefühlen. Einerseits spürte ich das Adrenalin und die Begeisterung in ihm, andererseits habe ich auch gemerkt, wie unsicher und ängstlich er unter seiner harten Schale war. Ich glaube, er musste sich zwingen, dieses Wochenende durchzuziehen. Einerseits natürlich, weil er es Josh versprochen hatte und keinen Rückzieher machen wollte, andererseits, weil er sich selbst beweisen wollte, dass er das schafft. Dass er sich seinen Ängsten stellen kann, und gestärkt wieder zurückzukehrt. Als *starker* und *stolzer* Vater und Ehemann."

„Haben Sie ihn eigentlich auf Ihren Verdacht, dass er wieder trinken könnte, angesprochen?"

„Nein, Doktor … nein. Ich wollte ihn nicht noch mehr verunsichern. Ich merkte, dass er Unterstützung brauchte, und wenn ich ihm Vorwürfe gemacht oder irgendeinen Verdacht geäußert hätte, wäre das zu diesem Zeitpunkt sicher nicht hilfreich gewesen."

„Okay. Also … und dann sind die beiden gefahren."

„Ja. Es war Freitag, der zwölfte September. Ich werde das niemals vergessen. Der Tag, an dem ich meinen Sohn das letzte Mal lebend sah …"

„Alles okay, Mimi … Es ist alles in Ordnung … Darf ich Ihre Hand halten? Ist das okay für Sie?"

„O Gott … Doktor … er war doch noch so jung! Mein kleiner Junge …"

„Alles gut, Mimi … Es ist alles gut…"

„Geht es wieder? Können wir fortfahren oder sollen wir es für heute lieber dabei belassen?"

„Wie lange haben wir noch?"

„Nicht mehr lange, Mimi. Knapp zehn Minuten."

„Ich glaube, dann ist es besser, wenn wir für heute

Schluss machen … Für den nächsten Teil der Geschichte brauche ich etwas Zeit und ich möchte sie, wenn es geht, in einem Stück erzählen."

„Alles klar, ich verstehe. Kein Problem."

„Können wir für nächste Woche einen Termin vereinbaren?"

„Ja, lassen Sie mich einen Moment schauen … Ja, das geht, kein Problem. Wieder freitags?"

„Ja … Freitag wäre prima."

Kapitel 24

Nach knapp zwei Stunden erreichten wir den Schotterweg, der zur Hütte hinaufführte. Die Fahrt war mir wie eine Ewigkeit vorgekommen, ich hatte jegliches Zeitgefühl verloren. Die Uhr im Kombiinstrument des Mercedes war kaputt – sie blinkte seit Beginn unserer Fahrt ununterbrochen bei 10:11 Uhr.

„Sind wir da?“, fragte Roger.

„Ja“, sagte ich knapp und manövrierte den Wagen langsam über den Vorhof, während ich mich umsah.

Irgendetwas ist hier vorgefallen, aber ich erinnere mich nicht.

Ich stoppte den Mercedes vor der Hütte und stellte den Motor ab.

„Da wären wir“, sagte ich und stieg aus. Die Luft roch feucht und frisch, wie nach einem heftigen Sommerregen. Ich öffnete die Tür zur Rückbank des Wagens und half Rusty heraus, der während der Fahrt fast ununterbrochen geschlafen hatte. Roger stieg ebenfalls aus, schloss die Augen und atmete genüsslich tief ein.

„Aaaahhh“, seufzte er beim Ausatmen. „Herrlich, nicht wahr, Steve? Die Luft hier oben ist einfach wunderbar.“

„Ja, einmalig“, antwortete ich geistesabwesend,

griff mir den Rucksack und das Gewehr und kramte in meiner Jacke nach dem Haustürschlüssel. Ich war verwirrt, irgendwie benebelt.

Als wir das Haus betraten, drang mir der vertraute Geruch der Hütte in die Nase.

Endlich wieder zu Hause.

Ich stellte den Rucksack neben dem Kamin ab, streifte mir das Gewehr von der Schulter und verstaute es pflichtbewusst (aber in geladenem Zustand) im Waffenschrank. Roger schaute sich neugierig im Haus um, während ich zum Kühlschrank ging, ihn öffnete und hoffte, ein kühles Bier darin vorzufinden. Es stand tatsächlich ein Sixpack Heineken darin. Ich riss eine kalte Flasche aus dem Karton, öffnete sie und nahm einen Schluck.

Herrlich.

„Willst du auch ein Bier?", fragte ich Roger, während ich Wasser in Rustys Trinknapf füllte.

„Klar, warum nicht? Wer hat schon was gegen ein kühles Blondes, nicht wahr, Steve? Erst recht nach so einer aufreibenden Tour über Stock und Stein."

Ich zog eine weitere Flasche aus dem Sixpack und reichte sie Roger. Rusty trank gierig schlabbernd sein Wasser.

„Ich geh duschen. Machs dir einfach bequem", sagte ich, leerte mein Bier und ging Richtung Bad.

„Alles klar, Steve, ich bin gut versorgt“, scherzte Roger und klimperte mit einem Fingernagel ans Glas seiner Bierflasche.

Ich schloss die Badezimmertür hinter mir ab, drehte das Wasser in der Dusche auf und streifte mir die verschwitzten Klamotten vom Leib. Ich war noch immer verwirrt. Roger war ein seltsamer Kauz. Doch eigentlich war es nicht *er*, der seltsam war, sondern eher meine *Vorstellung* von ihm. Ich hatte ihn anders in Erinnerung. Aber wie? *Das ist nicht Roger. Das ist jemand anderes. Hatte ich ihn nicht vorhin noch anders genannt?* Es war, als läge mir etwas auf der Zunge. *Oder bilde ich mir das nur ein?*

Es kam mir immer mehr so vor, als hätte ich wichtige Informationen vergessen. Als wären sie mir durch die Finger geronnen wie feiner Sand, den ich nicht festhalten konnte.

Ich muss Cullins aufsuchen, gleich morgen früh.

Ich stieg unter die heiße Dusche. Die warmen, feinen Wasserstrahlen, die auf mich herabprasselten, bereiteten mir eine wohlige Gänsehaut, und im nächsten Augenblick hatte ich den Gedanken, Cullins informieren zu müssen, schon wieder vergessen.

Nach der ausgiebigen, wohltuenden Dusche ging

ich, nur mit einem Handtuch um die Hüften, zurück in die Küche. Roger saß mit auf die Brust gesunkenem Kinn laut schnarchend in dem Sessel im Wohnzimmer. Auf dem Küchentisch standen neben meinem geleerten Bier noch vier weitere leere Heinekenflaschen. Eine lag in seinem Schoss. Rusty hatte sich vor dem kalten Kamin auf den Boden gelegt und schlief ebenfalls.

„Na klasse … Nein, danke. Ich wollte kein Bier mehr“, flüsterte ich und ging durchs Wohnzimmer in meinen Schlafraum. Ich zog mir ein dünnes Sweatshirt und eine leichte Trainingshose an, legte mich aufs Bett, verschränkte die Arme hinter dem Kopf und starrte zur Decke. Sekunden später befand auch ich mich im Land der Träume.

Somnium

„Wie lange geht eure Veranstaltung heute Abend denn, Schatz?", frage ich und schalte den Fernseher ein.

„Ich weiß nicht, Liebling. Linda hat uns für 19 Uhr eingeladen. Ich schätze, sie wird was zu Essen für uns vorbereitet haben, und wir werden mit Sicherheit auch das ein oder andere Glas trinken, also warte nicht auf mich. Und nenn es bitte nicht Veranstaltung – das ist eine Tupperparty, kein Umweltkongress", sagt sie lachend, während sie sich vorm Spiegel das Haar hochsteckt.

„Kommst du mit dem Taxi nach Hause?"

Ich schütte den Inhalt der Nacho-Tüte in eine Kunststoffschale.

„Nein, Kate fährt. Sie darf im Moment eh nichts trinken, weil sie schwanger ist."

„Waaas? Kate ist schwanger? Wieso weiß ich davon nichts?", frage ich ehrlich geschockt und schalte auf den Sportkanal, wo gleich das Spiel beginnt.

„Weil Sie es mir auch erst gestern Abend verraten hat, als wir darüber gesprochen haben, wie wir zu Lindas Party und wieder zurück kommen."

Mimi trägt behutsam Lipgloss auf und schmatzt sich im Spiegel einen Kuss zu.

„Und du hattest keine Zeit, mir das seit gestern Abend zu erzählen … Ist ja nicht so, dass wir im selben Haus

wohnen würden", sage ich ironisch, greife in die Nacho-Schale und stopfe mir eine Handvoll pures Glutamat in den Mund.

„Och Liebling, mach bitte kein Drama draus. Ich hab einfach nicht dran gedacht. Ich wusste ja nicht, dass diese Information so unglaublich wichtig für dich ist." Sie klingt genervt.

„Ist sie auch nicht."

„Das hörte sich aber gerade noch ganz anders an." Mimi nähert sich von hinten meinem Sessel, legt die Arme um meinen Hals und gibt mir einen Kuss auf die Wange.

„Ist mir aber lieber, dass du mit Kate nach Hause kommst, statt mit dem Taxi. Wer weiß, was der Fahrer für ein Lustmolch wäre … und so, wie du dich für diese Tupperparty aufbrezelst …" Ich kneife sie neckisch in den Unterarm.

Sie lacht und gibt mir einen Klaps auf die Wange.

„Hey! Dafür könnte ich dich anzeigen. So was nennt man häusliche Gewalt."

„Du hattest da Lippenstift, den hab ich nur weggewischt."

Wir lachen beide.

Die Vorberichte zum Spiel laufen schon, als draußen ein Auto vorfährt und hupt.

„Liebling, das ist Kate. Ich muss los", sagt Mimi,

schnappt sich ihre Handtasche und drückt mir flüchtig einen Kuss auf die Wange. Mein Blick hängt am Fernsehbildschirm, ich schenke ihr keine große Beachtung.

„Ja, okay. Viel Spaß, und pass auf dich auf", sage ich beiläufig und konzentriere mich auf die Aufstellungen der beiden Teams fürs heutige Spiel. „Verdammt, der kann doch nicht wieder diese Pfeife spielen lassen …", murmle ich vor mich hin, greife in die Schüssel und spüle die Chips anschließend mit einem Schluck Bier runter. Hinter mir schließt Mimi die Haustür – ein letztes Mal.

Kapitel 25

Schweißgebadet wachte ich auf. Die Uhr zeigte sechs Uhr und zwei Minuten an. *Kopfschmerzen.* Ich drehte mich zur Seite, stellte die Füße auf den kalten Boden und schaute mich um. Rusty schlief. Roger war vom Sessel auf die Couch umgezogen und schlief ebenfalls laut schnarchend. Langsam ging ich ins Bad, pinkeln, und danach war an Schlaf nicht mehr zu denken – ich war hellwach. Mir war, als hätte ich etwas zu erledigen, wusste aber nicht mehr, was.

Konzentrier dich, Stevyboy. Komm schon, konzentrier dich.

Erneut fasste ich mir in den Nacken, strich über die Haut am Haaransatz, ohne zu wissen, warum. Dieser Zustand machte mich wahnsinnig.

Hab ich jetzt etwa Demenz? … Nein, bestimmt einen Hirntumor oder sonst was Schreckliches!

Ich schlich vom Bad in die Küche und öffnete sämtliche Schubladen, auf der Suche nach Schmerztabletten.

Diese Kopfschmerzen bringen mich noch um.

Als ich eine angefangene Packung Ibuprofen 400 fand, warf ich mir zwei Tabletten ein und spülte sie mit einem Glas Leitungswasser herunter.

„Was zum Teufel wollte ich denn so dringend machen?“, flüsterte ich zu mir selbst und befeuchtete mein Gesicht mit kaltem Wasser. Ich fühlte mich krank, mir war schwindelig. Vorsichtig torkelte ich zurück ins Wohnzimmer und verspürte plötzlich den unaufhaltsamen Drang, von hier zu verschwinden. Irgendetwas war nicht richtig. *Nichts* schien hier mehr richtig zu sein. Weder Rusty noch Roger *(Roger?)* noch die Hütte und schon gar nicht ich selbst. Ich packte mir den Rucksack, ging zum Waffenschrank und schulterte das geladene Gewehr. Rogers lautes Schnarchen verstummte, als er sich zur Seite drehte, im Schlaf etwas vor sich hinmurmelte und dann umso lauter weiterschnarchte. Ich beobachtete ihn.

Als würde ich dich schon lange kennen … Aber wer bist du?

Dann fasste ich einen Entschluss: Ich würde runter zu Jackys Tankstelle fahren, erst mal einen *(oder auch zwei)* Kaffee trinken, etwas runterkommen und dann entscheiden, was zu tun war.

Vielleicht fällt mir ja bis dahin auch endlich wieder ein, was zur Hölle ich so Wichtiges zu erledigen habe.

Ich verließ die Hütte, stieg in den Mercedes und startete den Motor. Die Morgenluft war diesig und feucht, außer dem Brummen des Motors war kein Geräusch zu hören. Der Wald war stumm. Das Gewehr stellte ich in den Fußraum des Beifahrersitzes, meine Kopfschmerzen waren verschwunden.

Um zwanzig vor sieben rollte ich auf Jackys Tankstellenhof. Ich parkte den Mercedes hinter dem Ladenlokal und war mir nicht sicher, ob Jacky den Laden bereits geöffnet hatte. Aber zumindest schien er da zu sein – sein dunkelgrüner Subaru stand auf dem Parkplatz. Außerdem stieg Qualm aus dem schmalen Blechschornstein in die neblige Morgenluft. Als ich die Holzveranda vor dem Eingang betrat, knarzte sie unter meinem Gewicht. Skeptisch betätigte ich die Türklinke – *Bli-bliiing!* Es war offen und ich trat ein.

Jacky war gerade damit beschäftigt, belegte Brötchen in der Theke anzurichten. Als er die Türglocke hörte, schaute er kurz zu mir auf, bevor er sich wieder seiner Arbeit widmete. Im Hintergrund lief seichte Radiomusik, der Geruch im Laden war ein herrlicher Mix aus frisch gebrühtem Kaffee und ofenfrischer Teigwaren.

„Steeevyyy, alter Gringo! So früh schon auf den Beinen?", rief er mir freudig entgegen.

„Guten Morgen Jacky. Ich war mir nicht sicher, ob du schon geöffnet hast." Ich ging Richtung Theke.

„Soll das ein Witz sein, Amigo? Natürlich! Für mich ist es um diese Uhrzeit schon fast später Nachmittag." Er lachte. „Was kann ich für dich tun, mein Freund?"

„Für den Anfang wäre ein Kaffee nicht schlecht", sagte ich und setzte mich auf einen Barhocker, der nahe dem Tresen an einem kleinen, runden Stehtisch stand.

Während ich auf meinen Kaffee wartete, blätterte ich beiläufig durch die lokale Tageszeitung, die druckfrisch auf dem Stehtisch lag. Vorbei an Schlagzeilen wie: *„14. Bergbauern-Bierfestival – verpassen Sie nicht das alljährliche Fest unserer heimischen Biersorten. Dieses Jahr mit einigen musikalischen Highlights. Lassen Sie sich überraschen"*, über den Sportteil *„Forest Hill Mountains – Gewinner der letztjährigen Junioren-Baseball-Meisterschaft starten mit großen Ambitionen in die neue Saison"*, bis ich plötzlich auf eine Überschrift stieß, die meine volle Aufmerksamkeit einnahm.

„Flüchtiger Insasse aus Klinik von örtlicher Polizei gefasst" Auf einem Foto war ein Bild des geflüchteten Patienten zu sehen: ein dicklicher Mann mit Halbglatze und Schnäuzer. Die Augen waren mit einem Zensurbalken verdeckt. Unter dem Foto stand: *„Flüchtiger Insasse gefasst!"* Ich las aufmerksam weiter. *„Der vor einigen Wochen aus der Ross Medical Klinik entflohene Insasse R. S. konnte gestern Morgen nicht weit vom Klinikgelände entfernt von der örtlichen Polizei ge-*

fasst werden. Der psychisch gestörte R. S. leistete bei seiner Festnahme keinerlei Widerstand. Ein Polizeisprecher äußerte sich unserer Zeitung gegenüber wie folgt: ‚Der Patient R. S., der vor einigen Wochen aus der Ross Medical Klinik fliehen konnte, wurde von unseren Kollegen im Waldgebiet, nahe des Klinikgelände gefunden. Er war unverletzt und bei klarem Verstand, soweit man das in seinem Fall behaupten kann. Nach seiner Ergreifung wurde er wieder zurück in die Klinik gebracht, wo er in einer geschlossenen Abteilung unter Beobachtung bleibt.'"

„Sooo, Amigo. Bitte schön, dein Kaffee", sagte Jacky und stellte mir eine dampfende Tasse auf den Tisch.

„Du, Jacky", haute ich ihn an und zeigte auf den Zeitungsartikel. „Hast du was von der Geschichte gehört?"

„Von dem geflohenen Irren meinst du? Na klar! Wer hat das nicht. Das war in den letzten Wochen Thema Nummer eins hier oben bei uns. Alle Eltern in der Gegend hatten Angst, ihre Kinder zur Schule zu schicken. Sie fürchteten, der Irre könnte eins der Blagen entführen oder töten oder so. Du glaubst nicht, was hier los war." Er nippte an seinem Kaffee.

Ich nahm ebenfalls einen Schluck.

„Hast du den Typen gesehen? Ich meine … war er vielleicht hier bei dir im Laden?", fragte ich.

„Du meinst den Irren? Ricky? Nein! Um Gottes willen, Stevy, o dios mio, natürlich nicht!"

„Moment mal, Jacky, sagtest du Ricky?"

„Ja. So heißt der verrückte Hund. Ricky Sanders."

Nein … nicht Ricky Sanders. Er heißt anders. Sein Name ist Roger, Roger Santiago.

Ein Schock durchfuhr meinen Körper. Plötzlich wurde mir alles klar. Die Gewissheit rieselte vor meinen Augen herab wie Schneeflocken vor einem Fenster.

Hier ist was faul – so enorm faul, dass es zum Himmel stinkt!

Im Schnelldurchlauf blitzten die Bilder vor meinem inneren Auge auf: *Zaun – nackter Mann – Verletzung – Iyo – keine Macht den Drogen – Android – Anstalt – ROSCO – Wartungsmodus – Ortungssensoren – Softwareupdate – Fischmaul – Anstalt – Kamera – Drohne – apallisches Syndrom – Technicus – Bernie Wolowitz – Erinnerungsspeicher – nackter Mann – Roger Santiago – Heineken.*

Ich schwitzte und begann am ganzen Körper zu zittern.

„Hey Amigo, alles in Ordnung mit dir?", fragte Jacky lächelnd.

Ich konnte nicht antworten.

Jackys Gesichtsausdruck war plötzlich besorgt, als

er merkte, dass es mir tatsächlich schlecht ging.

„Stevy? Stevyboy … was ist los Junge?“ Er rüttelte vorsichtig an meiner Schulter.

Ich konnte immer noch nichts sagen. Stand unter Schock.

Iyo ist Roger Santiago. Roger Santiago ist R. S., der geflohene Insasse. Aber nicht der auf dem Foto. Das ist eine Lüge. Wer bin ich? Bin ich Steve? Was geht hier vor sich? Muss hier weg, so schnell wie möglich!

Torkelnd setzte ich mich in Bewegung, taumelte zum Ausgang. Benommen blickte ich zu Jacky, er schien mir etwas hinterherzurufen, doch ich hörte ihn nicht. Das einzige Geräusch, welches ich deutlich wahrnahm, war ein lautes Brummen direkt in meinem Kopf. Das Geräusch der Panik. Ich stolperte nun rückwärts, bis ich gegen eins der Regale stieß. Konservendosen knallten zu Boden. Jacky holte ein Smartphone aus seiner Tasche und hielt es sich ans Ohr.

„Schnell, er scheint verwirrt zu sein! Ich glaube, er will fliehen!“, rief er aufgeregt ins Telefon. Er starrte mich an. Sein Blick hatte sich verändert, er war böse.

Mein Herz schlug heftig, bis in meinen Kopf. Der Schweiß, der mir in Strömen über Gesicht und Körper lief, war eiskalt. All meine Gliedmaßen zitterten. Benommen tastete ich um mich, stützte mich an dem

Holzregal ab, drehte mich wieder zur Tür und setzte meine Flucht mit unsicherem Gang fort. Die wenigen Meter bis zum Ausgang kamen mir wie eine unüberwindbare Strecke vor, alles drehte sich.

„Ich glaube, er hat es kapiert." Hörte ich Jacky hinter mir angespannt in sein Telefon sagen. „Keine Ahnung, wie! *Du* bist der Technicus, verdammt, nicht ich. Ich bin nur ein scheiß Statist!"

Ohne es zu wissen, ahnte ich, mit wem er sprach. Erneut flackerten Bildfetzen vor mir auf.

Technicus – rote Locken – Bart – Bernie – Wolowitz – Yankees – Vivien.

Panisch riss ich die Tür auf und stolperte auf dem Weg nach draußen fast über meine eigenen Füße. Die feuchte, dicke Luft traf mich wie ein Baseballschläger, ich fühlte mich wie ein unfreiwilliger Teilnehmer der Ice-Bucket-Challenge und riss die Augen auf. Plötzlich sah ich klarer. Als ich über die Schulter zurück ins Ladenlokal schaute, sah ich Jacky, der noch immer wild gestikulierend in sein Handy schrie und mich wütend anstarrte. Ich lief zum Mercedes. Der Schotter knirschte unter meinen Stiefeln, in der Ferne hörte ich Sirenen. Plötzlich wurde der Himmel strahlend hell, als würde jemand die Aufnahmen einer 24-Stunden-Wetter-Webcam in 64-facher Geschwindigkeit abspielen. Sämtlicher Nebel um mich herum und alle Wolken am Himmel hatten sich von einer Sekunde auf die andere verzogen. Das Heulen der Sirenen wurde lauter. Ich schwang mich auf den Fahrersitz, steckte den Schlüssel ins Zündschloss und startete den Motor. Ein kurzes, klägliches Stottern des Anlassers, danach: nichts.

Bitte nicht jetzt … BITTE NICHT JETZT!

Ich versuchte es erneut. Sämtliche Lampen am Armaturenbrett leuchteten kurz auf, während der Motor einen angestrengten Versuch unternahm, anzuspringen, bevor er wieder verstummte.

„Verdammt, verdammt, verdammt!“, schrie ich aufgeregt und schlug wie besessen auf das Lenkrad ein.

Jacky kam aus dem Laden gestürmt. Er hielt nach wie vor das Smartphone ans Ohr und redete aufgebracht. Als er mich im Wagen erblickte, blieb er stehen, als traute er sich nicht in meine Nähe. Die Sirenen konnten nun nicht mehr weit entfernt sein. Es kamen definitiv mehrere Fahrzeuge, so viel war sicher.

Wer zur Hölle ist das? Die Polizei? Ein verfluchter Geheimdienst?

„Verdammte Scheiße!“, rief ich wieder, schlug ein letztes Mal wutentbrannt auf das Armaturenbrett, ehe ich den Schlüssel erneut im Zündschloss drehte.

Und endlich: Der Wagen sprang an.

Ich schaltete auf D und trat das Gaspedal bis zum Bodenblech durch. Mit durchdrehenden Hinterrädern schlingerte der Mercedes über den Parkplatz. Schotter spritzte in alle Himmelsrichtungen, bis ich den Koloss auf die Straße brachte, die Reifen mit einem lauten Quietschen Haftung bekamen und den Wagen ruckartig nach vorne katapultierten.

Bloß weg hier. So schnell wie möglich!

Ich raste die Straße hinab, weg von der Hütte, weg von Jackys Tankstelle. Die Sirenen wurden immer lauter, wer auch immer das war – sie kamen schnell näher. Mit quietschenden Reifen wuchtete ich den Mercedes durch eine lang gezogene Kurve, wobei ich kurz befürchtete, die Haftung zu verlieren und den steilen Abgrund jenseits der Leitplanke hinabzustürzen. Der Wagen schlitterte um die Kurve auf ein Stück Landstraße, das Hunderte von Metern geradeaus weiter Richtung Tal führte – auf der rechten Seite eine steile Bergwand, links der gähnende Abgrund. Vor mir sah ich das blinkende Meer der Rundumleuchten, untermalt von den schrillen Sirenen, aus weiter Ferne auf mich zukommen.

Verdammt, wie viele sind das?

Ich bekam Angst. Instinktiv drückte ich das Gaspedal noch fester, der Motor heulte auf – jetzt gab es kein Zurück mehr. Die blinkenden Fahrzeuge kamen rasend näher. Ich sah sie nun klarer. Es waren mindestens sechs, blau-weiß lackiert. *Polizei!*

Ich hatte keine Chance, unbeschadet aus der Nummer raus zu kommen. Jackys seltsame Verhalten hatte mir endgültig bewiesen, dass hier irgendetwas verdammt faul war. Ich wusste, ich konnte niemandem mehr trauen, war panisch und fühlte mich wie ein in die Enge getriebenes Tier.

Hier muss irgendeine beschissene Verschwörung in Gang sein!

Die Polizeiwagen waren jetzt nur noch wenige Hundert Meter von mir entfernt. Sie fuhren in Zweierreihen, nahmen beide Fahrspuren ein. Es gab kein Durchkommen für mich. Ich tastete nach dem Gewehr, öffnete das Seitenfenster, lud die Waffe durch und lehnte mich mit angelegtem Gewehr bei voller Geschwindigkeit aus dem Fenster, während ich den Wagen mit der rechten Hand auf Kurs hielt. Es gab keinen Zweifel, dass sie mich erledigen wollten. Ohne Rücksicht auf Verluste rasten die Polizeiwagen auf mich zu. Es gab kein Entkommen, keine Möglichkeit, auszuweichen – weder für mich noch für sie.

Die müssen total verrückt sein!

Ich schoss. Der gellende Knall hallte hundertfach von der steilen Bergwand zurückgeworfen durch die

Luft. Die Kugel verfehlte ihr Ziel. Ich versuchte erneut, so genau wie möglich zu zielen, und betätigte den Abzug. Die erste Reihe der Wagen war nur noch wenige Autolängen von mir entfernt, jeden Moment würde es zum Aufprall kommen. Plötzlich nahm ich das Geschehen wie in Zeitlupe wahr. Mein Schuss ging durch die Windschutzscheibe des vorderen linken Wagens. Der Fahrer, ein schnauzbärtiger Officer mit Sonnenbrille, wurde von dem Projektil in den Kopf getroffen. Sein Gesicht verwandelte sich augenblicklich in eine blutige Fontäne. Bruchteile vor der Kollision erblickte ich die Fahrer der anderen fünf Autos. Sie waren identische Abbilder des Officers, dessen Kopf nun als blutige Masse im Inneren des Wagens klebte.

Verdammt!

Dann knallte es.

Kapitel 26

„Stevy, Stevy, Stevy … was machst du bloß für 'n Mist in letzter Zeit."

Ich kenne diese Stimme.

„Hast du eigentlich 'ne Ahnung, was es für die Medicus für ein Aufwand war, dich nach dem Unfall wieder zusammenzuflicken?"

Bernie!

„Wieso musstest du auch versuchen abzuhauen? Jacky schwafelte was von du hättest was gemerkt, wüsstest, was Sache ist … Unmöglich."

Wo bin ich?

„Der Medicus war zuversichtlich, dass du nach dem Tausch des Erinnerungsspeichers wieder einwandfrei funktionieren würdest … tja, da hat er sich wohl geirrt." Wolowitz klopfte mir mit dem Zeigefinger an die Stirn. „Da muss noch etwas anderes in dir sein, Stevyboy – aber was?"

Hilf mir.

Ich befand mich wieder in einem Raum, jedoch nicht in dem mit den blauen Energiewänden. Dieser hier war komplett weiß – Wände, Boden und Decke waren spiegelglatt und erstrahlten in einem so grellen Weißton, dass meine Augen schmerzten. Wolowitz trat hinter mich, und plötzlich bewegte ich mich langsam vorwärts.

„Jetzt gehts für dich erst mal für achtundvierzig Stunden in die Defragmentierungskabine. Dann werde ich noch mal deine Speicher auslesen und die Ergebnisse Dr. Schmitz vorlegen. Soll der entscheiden, wie es mit dir weitergeht, ich bin mit meinem Latein langsam am Ende."

Wieder einmal war ich gelähmt – nicht einmal meine Augen konnte ich mehr bewegen, starrte nur geradeaus. Wolowitz schob mich weiter vorwärts – anscheinend in einer Art Rollstuhl. Als wir uns einer der glatten weißen Wände näherten, tat sich wie aus dem Nichts ein Ausgang auf, durch den wir den Raum verließen. Ich wurde durch einen langen, hellen Flur geschoben. Vereinzelt liefen Menschen in grauen oder weißen Kitteln an uns vorbei, Wolowitz grüßte jeden von ihnen freundlich. Elektronische Schriftzüge und Symbole an Wänden und auf dem Boden dienten in den verwinkelten, langen Gängen als Wegweiser. Ich konnte das Wort *„Defragmentierungslabor"* lesen. Ein Pfeil darunter zeigte in die Richtung, in die Wolowitz mich schob. Als wir einmal mehr um die Ecke bogen, kamen wir in einen Flur, der auf beiden Seiten mit gläsernen Türen gesäumt war. *„REGENERATION"* lautete der leuchtende Schriftzug auf dem Boden des Gangs. Wir passierten die Glastüren, ohne dass ich einen Blick hindurch werfen konnte. Ein dicker dunkelhäutiger Mann in einem grauen Kittel kam uns entgegen.

„Salut, Wolowitz", sagte er zu Bernie und verlangsamte seinen Schritt.

„Salut, Parker", erwiderte Wolowitz, blieb stehen und drehte meinen Rollstuhl zur Glastür. Mir stockte der Atem.

Rusty!

Hinter der Glastür befand sich eine quadratische Gummizelle. Die Wände und der Boden waren blutverschmiert. Ich sah den bösen Rusty, der wütend auf einem blutigen, menschlichen Unterarm kaute. Als er mich erblickte, verzog er die Schnauze zu einem stummen Knurren.

„Sehen Sie sich diese Schweinerei an, Parker."

„Ist das der Hund, von dem ich gehört habe?"

„Genau. Sein Hund." In einer Reflexion der Glastür sah ich, wie Wolowitz auf mich zeigte. „Der alte Rus' rastet jedes Mal aus, wenn der Kollege hier aus dem Wald verschwindet. Es wird von Mal zu Mal schlimmer. Dass mit seinem Herrchen was nicht stimmt, ist eine Sache – aber dass sich der Köter davon anscheinend anstecken lässt, ist für uns komplett unerklärlich. Als wir Stevy nach dem Unfall als qualmenden, blutigen Schrotthaufen aus dem Mercedes geborgen und aus der Simulation genommen haben, ist der alte Rusty in der Hütte plötzlich total ausgeflippt und hat Roger angefallen. Hat ihm doch glatt das Gesicht zerfleischt und einen Unterarm abgerissen. Glaubst du, wir konnten ihm das Ding aus der Schnauze reißen? Keine Chance. Also muss er wieder mal in die Regenerationszelle, bis er sich von alleine beruhigt. Dann können wir seinen Wartungsmodus aktivieren und ihn auf Werkseinstellungen zurücksetzen – das dritte Mal diesen Monat."

„Gibts doch gar nicht …", sagte Parker ungläubig und trat näher an die Glastür.

„Wenn ichs Ihnen doch sage. Die Ferndeaktivierung bereitet uns seit dem letzten Softwareupdate bei einigen Modellen Probleme, nicht nur bei Stevy und Roger …" Ich wurde wieder in Richtung Flur gedreht. Parker und Wolowitz wechselten noch ein paar Worte, dann verabschiedeten sie sich voneinander und die Fahrt ging weiter. Wir passierten noch etliche Glastüren, bis wir schließlich am Ende des Gangs Richtung Defragmentierungslabor abbogen.

Wolowitz stoppte meinen Rollstuhl vor einer massiven Sicherheitsschleuse, trat vor mich und kramte in den Taschen seines grauen Kittels.

„Wo ist das blöde Ding …?", murmelte er. Kurz darauf fischte er eine Chipkarte aus der Innentasche seines Kittels und hielt sie mir demonstrativ vor die Nase. „Tadaaa, da ist sie ja!“ Er drehte mir den Rücken zu, hielt die Karte vor einen Scanner neben der Schleuse und trat wieder hinter mich. Die Tür öffnete sich mit einem leisen Zischen, dahinter lag ein dunkler Raum. Es roch nach Öl und Metall. Langsam wurde ich hineingeschoben.

Das Licht, das durch den Flur hereinschien, erhellte einen rechteckigen Streifen, in dem mich Wolowitz stehen ließ.

„So. In achtundvierzig Stunden sehen wir uns wieder. Schlaf gut, Stevyboy.“

Seine Schritte entfernten sich, dann ertönte wieder das leise Zischen der Schleuse, gleich darauf Stille – und absolute Finsternis.

O Gott, was passiert mit mir?

Ich bekam es mit der Angst zu tun. Erinnerte mich an mein Spiegelbild im Rollcontainer. Den geöffneten Brustkorb und die schwammartige Struktur … dort, wo eigentlich Fleisch und Knochen hätten sein sollen. Das Blinken der farbigen LEDs.

Das war kein Traum, Stevy … das war real!

Und dann verstand ich wieder, was mit mir los war. Begriff, was ich anscheinend vergessen hatte.

Sie haben meine Erinnerungsspeicher getauscht.

Entweder war das alles ein sehr realistischer Albtraum, oder ich musste mich trotz aller Proteste meines Verstands damit abfinden, nicht die Person zu sein, die ich zu sein glaubte. So absurd und unglaublich es war, schien ich nicht einmal im herkömmlichen Sinn eine *Person* zu sein. Die Gewissheit hämmerte bereits in meinem Kopf.

Ich bin kein Mensch … ich bin ein Roboter, ein Android … eine Maschine!

„Defragmentierung startet in fünf – vier – drei – zwei – eins …!“, verkündete eine mechanische Stimme.

Somnium

Schweißgebadet und schreiend reiße ich die Augen auf. Ich sitze aufrecht im Bett, mein Herz rast wie wild. Ich taste zu meiner Rechten über die leere Stelle im Bett, ein stechender Schmerz bohrt sich in mein Herz und meinen Verstand.

Sie ist tatsächlich tot.

Ich schnappe nach Luft und versuche meinen Atem zu beruhigen. Seit Mimis Tod vor knapp einem Jahr werde ich jede Nacht von schrecklichen Albträumen geplagt. In den Träumen sind wir immer zusammen und spazieren durch einen wunderschönen, lebendigen Wald. Wir lachen zusammen, küssen uns, lieben uns – bevor sie aus heiterem Himmel von einem wilden Tier angefallen und getötet wird. Auf grausame Art und Weise wird sie mal von einem Wolf, mal von einem Adler und ein anderes Mal einem Hund zerfleischt, und ich stehe regungslos daneben und kann nicht eingreifen, bin wie gelähmt … jedes verdammte Mal. Ich muss mitansehen wie ihr die Tiere dicke Fetzen Fleisch von den Knochen reißen, während sie um Hilfe schreit und mich anbettelt, etwas zu unternehmen. Als sie schließlich bis zur Unkenntlichkeit entstellt ist, schleifen die Biester ihren regungslosen Körper an den Rand einer Schlucht und schubsen ihn in den Abgrund.

Erst dann kann ich endlich schreien und wache auf.

Kapitel 27

Als ich zu Bewusstsein kam, umgab mich völlige Dunkelheit. Plötzlich ertönte ein leises Zischen, ein schwacher Lichtstrahl fiel hinter mir ins Zimmer und erhellte den Raum. Schritte.

„Morgen Stevyboy! Na, gut geschlafen, mein Freund?“ Es war Wolowitz. Er drehte meinen Rollstuhl herum, Richtung Tür. Ich schaute in den Flur.

Etwas ist anders …

Ich konnte mehr von meiner Umgebung wahrnehmen. Konnte meine Pupillen wieder bewegen.

Wolowitz trat vor mich. Er schaute mich grinsend an, nestelte an der Brusttasche seines Kittels und holte eine kleine Taschenlampe hervor.

Angestrengt versuchte ich, meine Augen so ruhig wie möglich zu halten.

Bloß nicht auffallen.

Wolowitz leuchtete mir direkt in die Pupille, und ich blinzelte.

Verdammt!

Seine Kinnlade fiel herab wie eine Baggerschaufel. Ungläubig starrte er mich an. „Was zur …“, murmelte er.

Jetzt oder nie!

Ich packte ihn am Hals. Er gab ein Röcheln von

sich, seine Augen schienen vor Überraschung und Schmerz aus den Höhlen zu springen, instinktiv umklammerte er mit beiden Händen meinen Unterarm, doch ich drückte noch fester zu.

Bernie Wolowitz' Gesichtsfarbe glich sich in einem Wahnsinnstempo seinem feuerroten Bart an. Das Röcheln wurde zu einem panischen Gurgeln und Speichelfäden troffen von seinen purpur anlaufenden Lippen.

Ich erhob mich aus dem Rollstuhl und ließ los.

Plump sackte er zu Boden, schnappte panisch nach Luft und hielt sich mit schmerzverzerrtem Gesichtsausdruck den Hals.

„Gib mir deine Chipkarte!", befahl ich kühl.

Er starrte mich ungläubig an, nahm weiterhin schwere, pfeifende Atemzüge.

„Du … du … das …" Er hustete. „Das … kann nicht sein …", stotterte er mit schwacher Stimme.

„Ich sag es nicht noch mal, Bernie."

Mit zittriger Hand kramte er in seiner Kitteltasche und zog die Chipkarte hervor, auf der sein grinsendes Konterfei abgebildet war.

„Was … was … hast du … vor?" Ängstlich sah er zu mir auf.

Ich weiß es nicht.

„Zieh den Kittel aus!"

„W-w-was?“

„Du hast schon richtig verstanden, Bernie: Gib mir deinen Kittel!“

Er mühte sich auf die Knie und entledigte sich des Kleidungsstücks. Ich nahm den grauen Kittel an mich und zog ihn an. Dann tastete ich die Taschen ab, um mich zu vergewissern, dass sich Wolowitz' Smartphone darin befand.

„Nicht, dass du dir noch Hilfe holst, Bernie“, sagte ich, hielt das Handy kurz in die Höhe und ließ es wieder im Kittel verschwinden. Sein Blick war flehend geworden.

„Bitteee …“

Ich drehte mich um, verließ den Raum und hielt die Chipkarte vor den Scanner. Die Sicherheitsschleuse schloss sich wie in Zeitlupe. Wolowitz kniete auf dem Boden und streckte verzweifelt eine Hand nach mir aus, seine Lippen bebten. Kurz bevor die Tür endgültig zu glitt, begann er zu schreien.

Ich ging zurück durch den dunklen Flur, in die Richtung, aus der ich gebracht worden war.

Wann war das?

Mein Verstand wollte nicht glauben, was hier offensichtlich vor sich ging.

Ich will mein Leben zurück!

Irgendwie musste ich fliehen, musste diesem Albtraum unbedingt entkommen.

„Raus hier. Raus aus dieser Anstalt … raus aus dem Wald … nach Hause … zurück in mein altes Leben …“, flüsterte ich.

Aber was, wenn es dein Leben, wie du es zu kennen glaubst, nie gab?

Furchtbare Angst machte sich in mir breit. Zum ersten Mal begann ich daran zu zweifeln, ob mein Leben, so wie ich es kannte und liebte, überhaupt jemals real gewesen war.

Was ist, wenn alles nur auf einer Festplatte eingespielte Daten in deinem Kopf sind?

Ich ging schneller. Tränen liefen mir die Wangen hinab.

„Nein, nein, nein …“, murmelte ich. Schlagartig wurde meine Angst zu Wut, ich ballte die Fäuste und rannte los.

Niemand wird mich aufhalten! Ich will mein Leben zurück!

9. Sitzung

„Schönen guten Tag, Doktor."

„Hallo Mimi. Schön, Sie zu sehen."

„Wie geht es Ihnen?"

„Danke gut. Ich hoffe, bei Ihnen ist auch alles in Ordnung?"

„Ja, so weit so gut. Danke der Nachfrage."

„Nehmen Sie Platz und machen Sie es sich bequem – ich hole mir nur schnell einen Tee. Kann ich Ihnen auch etwas mitbringen?"

„Nein danke, Doktor, ich habe Wasser, das genügt."

„So … die letzte Sitzung war ja recht emotional, was nur allzu verständlich war. Möchten wir fortfahren, wo Sie stehen geblieben sind, oder haben Sie heute noch etwas anderes mitgebracht?"

„Nein … keine Neuigkeiten. Also … zumindest nichts, worüber ich dringend sprechen muss."

„Okay, dann fahren Sie bitte fort. Sie beschrieben, wie Sie den zwölften September erlebten. Den Tag, an dem Sie, wie Sie sagten, ihren Sohn das letzte Mal lebend gesehen haben."

„Genau … es ist deswegen so furchtbar, weil ich mich nicht gebührend von Joshua verabschiedet habe. Ich umarmte ihn, gab ihm einen Kuss auf die

Wange und wünschte ihm viel Spaß … das wars. Ich sagte ihm nicht, wie sehr ich ihn liebte, nicht, wie wichtig er mir war, wie gern ich ihn hätte aufwachsen sehen. Ich hab ihn einfach nur umarmt … als würde er zur Schule gehen oder zum Sport … als wäre es das Selbstverständlichste auf der Welt, dass ich ihn nach einigen Stunden wiedersehen würde … Doch so war es nicht."

„Sie sollten sich deswegen keine Vorwürfe machen, Mimi. Niemand konnte zu dem Zeitpunkt wissen, was geschehen würde. Sie haben alles richtig gemacht."

„Ich weiß, Doktor … Es ist nur … es ist so … *ungerecht*. So grausam!"

„Natürlich. Ich kann nur ansatzweise erahnen, wie schmerzhaft der Verlust eines Kindes sein muss, Mimi. Doch wir können Geschehenes leider nicht rückgängig machen. Der Verlust eines geliebten Menschen ist immer etwas Furchtbares, etwas Endgültiges, und wir können nur versuchen, so gut wie möglich mit dem Schmerz umzugehen."

„Ich weiß nicht, ob ich es jemals schaffen werde, mit diesem Schmerz fertig zu werden … Im Moment scheint er unüberwindbar."

„Möchten Sie mir schildern, was dann passierte? Nachdem die beiden abgereist sind?"

„Ja. Ich blieb allein zu Hause. Es war, wie ich bereits sagte, Freitag der zwölfte September. Joshua und Steve fuhren gegen 16 Uhr weg. Ich erinnere mich, wie ich hinter den Küchenvorhängen stand und beobachtete, wie der grüne Mercedes die Straße hinabfuhr."

„Hatten Sie ein schlechtes Gefühl dabei?"

„Nein, ganz und gar nicht ... Das ist ja das Schlimme. Immer wieder hört man, dass Mütter eine Vorahnung haben, es spüren, wenn etwas nicht in Ordnung ist, doch da war nichts. Absolut ... *nichts.* Als der Wagen hinter der nächsten Ecke verschwunden war, ging ich ins Schlafzimmer, tauschte meine Jeans gegen eine Trainingshose, holte mir einen Pott Eis aus dem Gefrierfach und machte es mir auf der Couch bequem. Ich schaute fast eine ganze Staffel *Grey's Anatomy,* bevor ich, nachdem ich bereits bei laufendem Fernseher zwei Stunden auf der Couch, geschlafen hatte, nach oben ins Bett schlich und weiterschlief wie ein Baby. Als ich am nächsten Morgen aufwachte, fühlte ich mich großartig. Ich hatte gute Laune, duschte ausgiebig und beschloss, den Vormittag in der Stadt zu verbringen und ein bisschen shoppen zu gehen. Ich rief Kate und Linda an und wir verabredeten uns zum Mittagessen bei *Vito's,* einem feinen Italiener in Havens Zentrum. Es war bis dahin also ein rundum gelungener Tag … bis am Abend unerwartet Steve vor der Tür stand … Alles, was ich Ihnen jetzt erzähle, weiß ich nur aus Steves Erzählungen. Ich kann Ihnen zwar nicht garantieren, dass es sich wirklich so zugetragen hat, aber ich zweifle eigentlich nicht an seiner Geschichte. Ich bin mir sicher, dass er mir damals die Wahrheit gesagt hat, und glaube sogar, dass dies das letzte Mal war, dass sein Verstand eine wahre Begebenheit wiedergegeben hat, bevor er vollends zusammenbrach."

„Das, was Sie jetzt schildern, hat Steve Ihnen also an jenem Samstag erzählt, nachdem er zurück nach Hause kam?"

„Mit unserem toten Sohn auf der Rückbank des Wagens … ja."

„Aber davon wussten Sie zu diesem Zeitpunkt noch nichts?"

„Nein, absolut nicht, nein. Steve schlug gegen 20 Uhr wie ein Wahnsinniger an die Haustür – obwohl er einen Schlüssel dabeihatte. Er jagte mir damit eine Riesenangst ein; ich hatte es mir gerade mit einer Pizza und einem großen Glas Eistee auf der Couch gemütlich gemacht und erwartete natürlich keinen Besuch … schon gar nicht von ihm. Als ich durch den Türspion schaute, sah ich Steve, total verschwitzt, mit verdrecktem Gesicht und zerzausten Haaren. Er schaute ziemlich verwirrt um sich, als hätte er Angst, verfolgt zu werden. Ich öffnete ihm und fragte ihn als Erstes, wo Joshua sei. ‚Etwas Schreckliches ist passiert, Mimi!', sagte er mit zitternder Stimme und stapfte ins Wohnzimmer, wo wir uns setzten. Erst da bemerkte ich, dass der Schmutz in seinem Gesicht getrocknetes Blut war. Mein Herz fing an zu rasen, mein Magen verkrampfte sich, ein kalter Schauer lief mir über den ganzen Körper … Ich ahnte, dass Joshua etwas zugestoßen sein musste. Steve erzählte mir alles. Er fing einfach an zu reden. Es kam mir vor, als würde er nicht einmal Luft holen. Er ratterte die Sätze einfach so herunter, während er ausdruckslos auf den Wohnzimmertisch starrte, ohne auch nur einmal mit der Wimper zu zucken. Die Situation war so surreal … so beängstigend, aber ich konnte mich ihr nicht entziehen, saß wie gelähmt da und hörte ihm zu, hörte seine unglaubliche Geschichte. Wenn ich die Augen schließe, sehe ihn noch immer vor mir, wie er dasitzt und die Wörter nur so aus ihm raussprudeln: ‚Nachdem wir Haven gestern um Fünf verlassen haben, sind wir auf der Landstraße Richtung Wald gefahren. Die Serpentinen hoch. Sind gut durchgekommen, gutes Wetter, alles gut. Kurz vor Sieben waren wir dann an der Hütte. Als ich mit dem Wagen auf den Vorhof gefahren bin, ist Josh die Kinnlade runtergeklappt. Als er die Hütte da so einsam und verlassen mitten im Wald stehen sah, hab ich ihm seine Freude auf unser Abenteuer regelrecht angesehen. Mann, war ich stolz, Mimi. Ich fühlte mich verdammt gut. Wie ein guter Vater, weißt du … wie ein starker Vater, ein Vorbild. Wie ein Dad, den alle Jungs gerne haben wollen, von dem sie ihren Freunden erzählen. Also schloss ich die Bude auf, dann luden wir gemeinsam den Wagen aus, Josh hat sich wie ein Großer benommen … fragte mich, ob er das Gewehr reinbringen kann … ich sagte: *Klar*. Sorry, ich habs dir nicht gesagt, aber ich hab doch ein Gewehr zum Jagen mitgenommen, ich weiß, das war nicht richtig, aber ich hatte es ihm doch *versprochen,* Mimi, schon so lange. Also richteten wir uns ein, ich schmiss ein paar Holzscheite in den Kamin, machte Feuer und setzte einen Topf Gulaschsuppe auf, während Joshua sein Bett fertig machte … Mann, war Josh stolz … und ich erst, Mimi, das musst du mir glauben. Wir aßen, redeten über Sport und die Schule, dann sahen wir uns Joshs Baseballkarten-Album an und gingen schlafen. Ein wunderbarer Einstieg in unser Vater-Sohn-Wochenende. Am nächsten Morgen standen wir früh auf, ich zeigte Josh, wie wunderschön der Wald um diese Tageszeit ist, wenn alles noch ein bisschen feucht und neblig ist und die Tierwelt langsam wach wird. Als wir uns draußen vor der Hütte auf die Bank setzten, sahen wir ein Eichhörnchen mit einer Eichel im Maul einen Baum herunterflitzen … Es blieb stehen und schaute uns an – einfach so, bestimmt eine Minute lang. Ich sah, wie begeistert Josh war – du hättest ihn sehen sollen, wie fasziniert er von der Natur war! Zu Hause hat er nur Videospiele und Fernsehen im Kopf, wenn er mal nicht beim Baseball ist … Aber da im Wald – mit mir–, da konnte ihn auf einmal ein Eichhörnchen beeindrucken – verstehst du, Mimi? Ein *Eichhörnchen!* Wir sind dann nach einem ausgiebigen Frühstück erst mal in den Wald, um Holz zu sammeln, das wir neben der Hütte zu Kaminholz hackten. Als wir damit fertig waren, war es schon Zeit fürs Mittagessen. Ich grillte uns ein paar von den Würstchen, die ich mitgenommen hatte, und dazu gab es einen leckeren Kartoffelsalat – diesen fertigen … aber Mimi, ich schwör dir, der schmeckt fast genauso gut wie der selbst gemachte. Ich hatte Josh versprochen, dass wir nach dem Essen jagen gehen würden. Er konnte es kaum abwarten, fragte immer wieder danach und hatte nicht mal die Ruhe, langsam zu essen, vor lauter Aufregung. Und dann stellten wir das dreckige Geschirr auf der Spüle ab, wollten es später abwaschen … und ich ging mit Josh zum Waffenschrank – zeigte ihm natürlich nicht die Kombination vom Zahlenschloss! – und nahm das Gewehr heraus. Ich demonstrierte ihm, wie man das Magazin lädt, ließ ihn sogar eins der Wechselmagazine ganz alleine laden. Du hättest ihn sehen sollen, wie er mit seinen kleinen Fingern total aufgeregt die Patronen eingelegt hat. Dann zeigte ich ihm, wie man das Magazin einlegt, den Kammergriff betätigt und wie man das Gewehr richtig anlegt. Josh war total nervös, aber er versuchte, ganz cool zu wirken. Ich merkte natürlich trotzdem, wie er am ganzen Körper zitterte. Dann gingen wir raus in den Wald, hielten Ausschau nach einem Tier, das wir schießen konnten. Nachdem wir einen Hochsitz am Rande einer Lichtung fanden, stiegen wir hoch und lauerten von dort aus auf Wild. Wir saßen eine knappe Stunde da oben und unterhielten uns leise, während Josh mit dem Fernglas die Lichtung beobachtete. Plötzlich kam eine kleine Gruppe Rehe aus dem Wald. Josh wurde ganz unruhig und ließ fast das Fernglas fallen, als er sie entdeckte, ich bedeutete ihm, ruhig zu bleiben, und half ihm, das Gewehr anzulegen. *Achte auf deine Atmung,* sagte ich ihm und ermahnte ihn, ganz ruhig zu bleiben und erst abzudrücken, wenn er sein Ziel ruhig vor dem Lauf hatte. *Sei auf den Rückschlag gefasst,* flüsterte ich und stützte seinen Arm und seine Schulter. Die Rehe trotteten langsam in Richtung unseres

Hochsitzes und als eins der Jungtiere den Kopf senkte, um zu grasen, drückte Josh ab und erwischte es voll an der Flanke – es ging sofort zu Boden. Die anderen Tiere liefen verängstigt davon und verschwanden augenblicklich im Dickicht des Waldes. Ich blickte in Joshs Augen und sah eine Mischung aus Stolz und Unbehagen darin. Er lächelte, doch er zitterte auch leicht und sah mich fragend an. Ich streichelte behutsam seine Wange und versicherte ihm, dass er das ganz toll gemacht hätte. *Du warst tapfer, mein Junge, ich bin stolz auf dich. Jetzt gehen wir runter*, sagte ich, nahm ihm das Gewehr aus der Hand und begann mit dem Abstieg vom Hochsitz. Josh folgte mir zögernd und wir näherten uns dem Reh, das leise quiekend im Gras lag. Wir knieten uns neben das Tier, ich zog mein Jagdmesser aus dem Holster, um dem Leiden des Rehs ein Ende zu bereiten, als plötzlich etwas hinter uns aus dem Dickicht sprang und uns anfiel. Beim ersten Brüllen der Kreatur – ein riesiger schwarzer Wolf – wollte ich mich instinktiv auf Josh werfen, um ihn zu beschützen, doch die Klauen des Wolfs trafen ihn und rissen eine klaffende Wunde in seinen Bauch. Instinktiv stach ich mit dem Messer nach dem wildgewordenen Tier und erwischte es voll am Hals. Blut schoss von irgendwoher heraus, doch ich konnte nicht unterscheiden, ob es das Blut der

Bestie oder das von Joshua war. Er schrie entsetzlich und seine Schreie vermischten sich mit dem fürchterlichen Gebrüll der sterbenden Kreatur. Vorsichtig hob ich Joshua hoch und sah die schreckliche Verletzung, die ihm der Wolf zugefügt hatte. Während ich unseren wimmernden, verletzten Josh in Richtung Hütte trug, konnte ich keinen klaren Gedanken fassen, ich handelte wie in Trance. Er verlor sehr viel Blut und bei jedem Schritt verlor ich mehr und mehr die Hoffnung, dass ich es schaffen würde, ihn lebend in ein Krankenhaus bringen zu können. Erst nach zwanzig Minuten erreichte ich den Parkplatz der Hütte, Joshua war da schon sehr schwach, sein Atem flach, und er öffnete nicht einmal mehr die Augen. Ich legte ihn behutsam auf die Rückbank des Wagens und fuhr los. Andauernd sprach ich zu ihm: *Halt durch, Josh, bleib bei mir, Junge, gleich haben wir es geschafft … Daddy bringt dich in ein Krankenhaus …* Doch nach wenigen Minuten die Serpentinen runter machte er plötzlich ein seltsames Geräusch. Eine Mischung aus Würgen und Husten. Erschrocken hielt ich an und sah nach ihm … doch es war schon zu spät … er atmete nicht mehr.'"

„Mimi … hören Sie mich? Mimi … können Sie mich hören? Ich bins, Doktor Sermazija …"

„Oooh … ja … o Gott … Was ist geschehen?“

„Gott sei Dank … Ganz ruhig, ganz vorsichtig. Können Sie einen Schluck trinken?“

„Oooh … mein Kopf … Was ist passiert?“

„Nicht anstrengen, bleiben Sie liegen. Es ist alles gut. Sie haben das Bewusstsein verloren, Mimi. Nachdem Sie die Geschichte zu Ende erzählt hatten, haben Sie plötzlich die Augen verdreht und sind ohnmächtig geworden. Sie haben sich den Kopf am Tisch gestoßen … Ich hoffe, es geht einigermaßen, ich rufe vorsichtshalber einen Krankenwagen.“

„Nein, nein … kein Krankenwagen. Alles gut … oooh, mein Kopf tut nur ein bisschen weh. Kann ich bitte noch Wasser haben?“

„Ja, natürlich. Bitte, hier.“

„Danke …“

„Bleiben Sie noch einen Moment liegen, Mimi … Warten Sie noch einen Moment, bevor Sie sich wieder aufsetzen.“

„Ja … danke. Ich glaube, es geht schon wieder …“

„Warten Sie, ich helfe Ihnen.“

„Danke. Danke, es geht schon … alles klar. O Mann, Doktor, da habe ich Ihnen hoffentlich keinen allzu großen Schrecken eingejagt?“

„Alles gut, machen Sie sich um mich keine Sorgen – ich bin einiges gewohnt … Die Hauptsache ist, dass es Ihnen wieder bessergeht."

„Ja, danke. Es geht schon wieder. Der Kopf brummt zwar noch ein bisschen, aber wenn ich gleich zu Hause eine Schmerztablette genommen habe, wird das bestimmt wieder."

„Ich rufe ihnen trotzdem einen Krankenwagen. Ich kann Sie so nicht einfach nach Hause gehen lassen."

„Wie schon gesagt, Doktor …"

„Keine Widerrede!"

„Okay … wir haben vermutlich keine Zeit mehr heute?"

„Nein … wir sind sogar schon über der Zeit, aber nach Ihnen habe ich keinen weiteren Patienten erwartet, von daher, alles halb so wild."

„Ich hoffe, Sie berechnen mir die Zeit, die ich ohnmächtig war, nicht?"

„Der war gut. Nein, nein, da machen Sie sich mal keine Sorgen. Die halbe Stunde Schlafen geht aufs Haus."

„Na, da bin ich aber erleichtert."

Kapitel 28

Vorsichtig sah ich um die Ecke, um mich zu vergewissern, dass die Luft rein war – dann betrat ich den Flur, der zur Regenerationsabteilung führte. Vermutlich würde ich dem Personal auffallen, obwohl ich mir Wolowitz' grauen Technicus-Kittel übergezogen hatte, doch ich hatte keine Wahl.

Ich muss vorsichtig sein und versuchen, so wenig Leuten wie möglich zu begegnen.

Langsam schritt ich den hellen Flur entlang und betrat schließlich den Korridor mit den Glastüren.

Hinter welcher war Rusty?

Ich traute mich kaum, in die Zellen zu sehen. Langsam drehte ich den Kopf nach rechts – die Zelle hinter der Tür war leer. Ich wagte einen Blick in den linken Raum und mir stockte der Atem.

Mimi!

Heiße Tränen schossen mir in die Augen.

Das kann nicht wahr sein!

Ich trat näher, legte eine Hand an die Glastür und schluchzte.

Sie hockte auf dem Fußboden der Zelle – apathisch starrte sie auf den glatten weißen Bodenbelag, streichelte immer wieder mechanisch darüber.

„Mimi …", flüsterte ich, während meine Lippen

vor Aufregung zitterten.

Die Frau in der Zelle sah mich nicht. Es war Mimi – und gleichzeitig auch wieder nicht. Eher wie eine unbekannte Zwillingsschwester. Sie hatte kurz geschorenes Haar, war etwas pummeliger und ungepflegter, aber dennoch: Die Ähnlichkeit war verblüffend.

Dasselbe wunderschöne Gesicht.

Ich holte Wolowitz' Chipkarte hervor und hielt sie vor den Scanner neben der Tür. Mit einem leisen Piepen öffnete sie sich. Wie angewurzelt blieb ich stehen, ungläubig und unfähig, mich zu bewegen. Mein Herz raste.

Geh zu ihr.

Zögernd trat ich ein, schloss die Tür hinter mir. Einen Augenblick sah ich sie einfach nur an.

So wunderschön.

Dann setzte ich mich vorsichtig neben sie.

„Mimi …?“

Wie in Zeitlupe drehte sie sich zu mir, sah mir direkt in die Augen. Ein Stich durchfuhr mein Herz und fegte den letzten Zweifel weg.

Das ist sie! Mein Schatz, mein Engel.

Sie starrte mich mit einem ausdruckslosen Blick an. Hinter diesem Blick war nichts – kein Erkennen, keine Liebe, es fehlte *jegliches* Gefühl.

„Mimi, ich bins, Schatz … Steve …“, flüsterte ich

schüchtern.

Sie antwortete nicht.

„Was … was haben sie mit dir gemacht? Was ist passiert?“

Keine Reaktion.

Vorsichtig tastete ich nach ihrer Hand, die immer noch über den glatten, kalten Boden streichelte. Ich berührte sie – ängstlich, unsicher –, und die Berührung löste etwas in ihr aus. Sie schaute nun auf ihre Hand, beobachtete, wie meine Finger behutsam über ihren Handrücken streichelten. Mein ganzer Körper kribbelte.

Wie lange habe ich auf diese Berührung gewartet?

„Die Tiere sind böse …“, murmelte sie. Ich verstand sie kaum.

„W-was? Was sagst du, Mimi?“

Sie schaute wieder mich an.

„Die Tiere. Sie sind böse.“

Der Wolf, der Adler, der Hund.

„Was haben sie dir angetan?“

„Sie haben mich verletzt … mich angegriffen … Sie sind böse.“ Zögerlich griff sie sich an den Kragen ihres Oberteils, zog ihn einige Zentimeter herunter und offenbarte mir drei lange, tiefe Wunden über ihrer Brust. Das Blut war getrocknet. Es schienen die Spuren von Krallen zu sein – großen, scharfen Krallen.

„Wer war das?“

„Der Wolf … Er ist böse“, schluchzte sie. „Er hat mich angegriffen, ohne Grund … immer und immer wieder, mit seinen scharfen Krallen nach mir geschlagen und mich dann in den Abgrund gestoßen.“

Wie in meinen Albträumen …

„Warst du allein?“, fragte ich und fürchtete mich vor der Antwort.

„Nein“, flüsterte sie. „Rick war bei mir. Aber er hat mir nicht geholfen. Er hat nur dagestanden und zugesehen.“

Ich bekam eine Gänsehaut.

„Wie heißt du? Dein Name ist nicht Mimi, stimmts?“

„Nein.“ Sie schaute mich verdutzt an. „Ich heiße Kim.“

Genauso wie Iyo es mir in der Hütte beschrieben hat.

Die Androiden *(wir)* wurden immer und immer wieder simulierten Situationen in verschiedenen Umgebungen ausgesetzt. Normalerweise konnten wir uns an das Geschehene nicht mehr erinnern, da unsere Speicher gelöscht und die Simulation erneut gestartet wurde. *Aber bei Iyo war irgendwas schiefgelaufen. Das was er ‚Bewusst werden‘ genannt hatte, schien ein Bug, ein Fehler zu sein, der es ihm ermöglichte, sich an vergangene Situationen zu erinnern. Doch anscheinend konnte dieser Fehler bei ihm durch das Aufspielen einer neuen Software behoben werden, was erklärte, weshalb er sich plötzlich so anders benahm.* Und bei mir schien auch etwas schiefzulaufen. Technicus Wolowitz hatte darüber gesprochen, ohne zu wissen, dass ich ihn die ganze Zeit sehen und hören konnte. Mimis *(Kims)* Android schien von all dem keine Ahnung zu haben. *Wer weiß, wie oft sie schon in der Waldsimulation von Tieren angefallen und getötet wurde?* Es müssen etliche Male gewesen sein *(auch mit mir zusammen, wieso sollte ich sonst davon träumen?)*. Und nun saß sie hier und konnte sich nur an das letzte Mal erinnern, zumindest bis ihre Speicher erneut gelöscht werden würden – wie immer.

Was soll ich tun?

Mir wurde klar, dass ich fliehen musste. Es gab keine Alternative. Ich musste aus der Anstalt entkommen, raus aus dem Wald und so weit weg wie möglich, um mir ein neues Leben aufzubauen. Wenn mein altes Leben nur auf ein Speichermodul eingespielte Erinnerungen waren, was war es dann noch wert?

Es ist mein Leben!

Iyo hatte gesagt, dass wir zur Energieversorgung unserer Akkus nur essen und trinken müssten – also konnte ich theoretisch in jede Stadt des Landes und dort von vorn anfangen. Irgendwo, wo mich niemand kannte und keiner je finden würde.

Was ist mit den Ortungssensoren? Ich muss sie deaktivieren lassen.

„Verdammt …", murmelte ich.

„Was?", fragte Mimi-Kim erschrocken.

„Schon gut …", sagte ich ruhig und tätschelte ihre Hand. „Ich muss gehen." Schweren Herzens stand ich auf, verließ den Raum und ließ sie darin zurück.

Die Liebe meines Lebens, mein Schatz, mein Engel.

„Das war sie nie", flüsterte ich. „Die Liebe deines Lebens war nur eine Illusion." Es fiel mir unendlich schwer, das zu glauben.

Kapitel 29

Eiligen Schrittes ließ ich den Flur der Regenerationsabteilung hinter mir und ging zurück in Richtung Defragmentierungslabor, wo ich Wolowitz zurückgelassen hatte.

Wenn einer meine Ortungssensoren deaktivieren kann, dann er.

So sehr mir der Gedanke auch missfiel, aber ich musste ihn befreien, denn ohne ihn wäre meine Flucht nicht möglich. Als ich auf die massive Sicherheitsschleuse zuging, hörte ich leise, dumpfe Klopfgeräusche. Wolowitz musste von innen verzweifelt gegen die Stahltür hämmern. Ich hielt die Chipkarte vor den Scanner, das Piepen ertönte, gefolgt von einem schwachen Zischen. Augenblicklich verstummte das Klopfen, die Sicherheitsschleuse glitt auf und ein verängstigter Wolowitz kam zum Vorschein. Schützend hielt er sich die Hände vors Gesicht.

„Wenn du leben willst, Bernie, dann musst du mir helfen."

Offensichtlich hatte er eine Riesenangst vor mir. In seinen Augen war ich eine außer Kontrolle geratene Maschine ... was im Grunde genommen der Wahrheit entsprach. Ich wusste nicht wirklich, welche Kräfte in mir schlummerten und wie sehr ich ihm – einem

Menschen – tatsächlich überlegen war, aber das spielte keine Rolle. In diesem Moment musste ich seine Angst ausnutzen, musste ihn noch mehr einschüchtern, damit er nicht auf dumme Gedanken kam.

„Gibt es eine Möglichkeit, den Wartungsmodus zu aktivieren, ohne dass ich mein Bewusstsein verliere?“, fragte ich.

Verunsichert schaute er mich an.

„Ich … ich ver-verstehe nicht?“, stotterte er.

„Was gibt es daran nicht zu verstehen, Bernie? Ja oder nein?“

„Wo-wofür soll das gut sein?“

„Du sollst meine Ortungssensoren deaktivieren. Wenn du mich dafür in den Wartungsmodus versetzt und ich mein Bewusstsein verliere, wäre aber klar, dass ich nicht wieder aufwache. Ich wäre dir hilflos ausgeliefert. Also musst du meine Ortungssensoren deaktivieren, während ich wach bin. Ist das möglich?“

Ich sah, wie er kurz nachdachte.

„Ich schätze, ich könnte mich direkt in dein Betriebssystem schalten und den Programmcode der Sensoren im Entwicklermodus umschreiben – also ja, es sollte gehen. So etwas habe ich aber noch nie gemacht, ich bin schließlich kein Programmierer, also zumindest ist das nicht mein Fachgebiet …“

Es ist meine einzige Chance.

„Du musst es schaffen, Wolowitz. Auch dein Leben hängt davon ab. Machst du irgendwelche Dummheiten, eine falsche Bewegung … Wenn du versuchst zu fliehen oder Hilfe zu rufen, dann schwöre ich bei Gott, bringe ich dich auf der Stelle um!"

Er zuckte zusammen.

Gut. Das hat gesessen.

„Dafür muss ich aber an den Computer in meinem Labor. Anders geht es nicht", sagte er.

„Okay. Ich werde dir jetzt deinen Technicus-Kittel zurückgeben. Dein Smartphone behalte ich. Dann setze ich mich in den Rollstuhl und du schiebst mich zurück ins Labor. Kein Zeichen, Augenzwinkern oder Räuspern gegenüber dem Personal, das uns auf dem Weg dorthin über den Weg läuft – sonst ist es für dich vorbei, ganz egal, was danach mit mir passiert." Wütend starrte ich ihn an, während ich das Smartphone hervorholte, es mir in die Hosentasche steckte und den Kittel abstreifte. „Ich hab nichts zu verlieren, Bernie … vergiss das nicht!"

Wir verließen das Defragmentierungslabor. Bernie Wolowitz schob mich mit dem Rollstuhl durch die Gänge. Wir passierten die hellen Flure der Regenerationsabteilung, bogen in einen langen Korridor, der laut Beschriftung zur „Technischen Entwicklung“ gehörte, begegneten unzähligen Technicus’ und Medicus’ und stoppten schließlich vor der blauen Energiebarriere, hinter der sich Wolowitz’ Labor befand. Bernie benutzte seine Chipkarte, um uns Zugang zu verschaffen, dann rollte er mich neben den Schreibtisch, auf dem der Laptop stand, und drehte mich um hundertachtzig Grad.

„So … da wären wir“, sagte er und nahm auf dem Rollhocker Platz.

„Können wir von außen gesehen werden?“, fragte ich misstrauisch und deutete auf die halb durchsichtige Energiewand, die den Raum abteilte.

„Nein.“

Ich stand auf.

„Okay. Was passiert jetzt?“

„Ich muss dich an meinen Rechner anschließen.“ Er hielt mir ein Kabel hin, das bereits mit seinem Laptop verbunden war.

„Wo wird das angeschlossen?“

„Du hast eine Schnittstelle. Unter dem Haaransatz, oberhalb des Nackens“, sagte er und fasste sich selbst an den Hinterkopf.

Vorsichtig tastete ich meinen Hinterkopf ab, fuhr mir durchs Haar, bis ich plötzlich eine winzige Erhebung ertastete.

„Da ist etwas … wie ein kleiner Pickel“, sagte ich skeptisch.

„Ja, genau.“ Wolowitz nickte und reichte mir das Kabel. „Halt die Spitze des Kabels einfach dran. Es ist magnetisch, verbindet sich quasi von selbst.“

Misstrauisch nahm ich das Kabel und führte es mir in den Nacken, an die Stelle, an der der Pickel war. Als das Kabelende in die Nähe der kleinen Erhebung kam, wurde es tatsächlich magnetisch angezogen und blieb im Neunzig-Grad-Winkel daran haften. Ich ließ los und zeigte mit dem Zeigefinger drohend auf Wolowitz.

„Mach keine Dummheiten, Bernie. Dein Leben hängt davon ab.“ Um meinen Worten den nötigen Nachdruck zu verleihen, schnappte ich mir ein Skalpell von dem kleinen Beistelltisch. „Dreh den Monitor zu mir. Ich will sehen, was du machst.“

Wolowitz gehorchte.

„I-ich fange jetzt an“, sagte er verunsichert und schaltete den Rechner ein.

„Erklär mir jeden deiner Schritte, Bernie. Du machst nichts, bevor ich dir nicht das Okay dazu gegeben habe, verstanden?“

„Ja …“

Das Betriebssystem des Laptops fuhr hoch und der Desktop erschien. Wolowitz bewegte den Mauszeiger auf ein Programm-Icon.

„Ich starte jetzt die Entwickleroberfläche deines Betriebssystems."

„Okay."

Das Programm startete, ein schwarzes Fenster öffnete sich, Zeilen mit Programmcode in grüner Schrift erschienen.

Das bin also ich …

„Ich müsste jetzt den Funktionsbaustein für deine Sensorik öffnen …"

„Tu es."

Wolowitz gab einige kurze Befehle ein, bevor er sie mit Enter bestätigte. Ein weiteres Fenster öffnete sich.

„D-das ist wie eine Operation am offenen Gehirn … ich hab so etwas noch nie vorher gemacht …", stotterte er.

„Mach keine Dummheiten, Bernie." Ich berührte seinen Hals mit dem Skalpell. „Du hast nur einen Versuch."

Mit zittrigen Händen tippte er weitere Befehle ein, wartete einen Augenblick, überlegte und fuhr fort. Schweißperlen bedeckten seine Stirn.

„Woher weiß ich, dass die Ortungssensoren wirklich deaktiviert sind?", fragte ich und drückte das Skalpell fester an seinen Hals.

„Das Betriebssystem gibt eine Rückmeldung."

„Worauf wartest du dann noch? Na los!“

Er rief ein weiteres Fenster mit Programmcode auf, platzierte die Maus darauf und löschte eine Zeile, ehe er einen neuen Befehl eintippte.

„Was tust du da?!“, fragte ich und griff nach dem Kabel, um es notfalls schnell abziehen zu können.

„Ich … ich habe den Code für die Ortungssensoren gelöscht. Ich musste die Zeile umschreiben, damit dein Betriebssystem es nicht als Fehler erkennt und dich abschaltet.“ Ein Schweißtropfen löste sich von seinem Kinn und fiel auf den grauen Kittel, wo er einen dunkeln Fleck hinterließ. „Ich muss nur noch per Enter bestätigen, dann sollten wir es geschafft haben …“

Mittlerweile drückte ich das Skalpell so fest an seinen Hals, dass ein dünner blutiger Schnitt unter der Klinge sichtbar wurde.

„Drück Enter!“

Klack!

„Ortungssensoren deaktiviert“, sagte eine liebliche, weibliche Stimme in meinem Kopf.

Mimi?

„Wem gehört diese Stimme?“, fragte ich.

Wolowitz sah mich verständnislos an.

„Die des Betriebssystems?“

„Ja, genau.“

„Die Betriebsystemstimme wird bei jedem Androiden von seiner jeweiligen Maria eingesprochen."

„Wer ist meine? Kennst du sie?"

„Nein, Steve … ich kenne sie nicht. Als ich vor Jahren hier bei ROSCO angefangen habe, war dein Modell längst aus der Marienphase raus."

„Was bedeutet das?" Mein Kopf schmerzte.

„Jedes neue Modell durchläuft die sogenannte Marienphase. In diesem Zeitraum – von der ersten Inbetriebnahme, quasi der *Geburt,* bis zur ausgereiften Softwareversion – wird der Android von seiner Maria begleitet. Die Maria ist eine Art Mutterersatz, eine weibliche Bezugsperson, zu der die Androiden ein liebevolles Vertrauensverhältnis aufbauen können. Bei den ersten Modellreihen der Androiden gab es diese Phase nicht, und es kam vermehrt zu Abstürzen und Fehlfunktionen. Das künstliche Emotionszentrum hat sich nicht so entwickelt, wie von den Superioren gewünscht – es verkümmerte. Als man bei der dritten Generation, den Icos, die Marienphase dann testweise einführte, waren die Ergebnisse so beeindruckend, dass man sie für alle folgenden Generationen verpflichtend machte. Die Marienphase wird auf den Langzeitspeichern der Androiden abgelegt, es sind praktisch die Erinnerungen an ihre früheste … *Kindheit,* wenn man es so nennen will."

„Was für ein Modell bin ich?"

„Du bist ein Ico, Steve. Einer der ersten Modelle, bei denen die Marienphase getestet wurde. In den Anfängen hat man für die Maria nicht zwangsläufig eine Mutterfigur kreiert, man probierte verschiedene weibliche Archetypen: Mutter, Schwester, Freundin, Frau. Bis man sich schließlich dazu entschied an der Mutterfigur festzuhalten, da die Resultate hiermit am stabilsten waren."

„Kann es sein, dass meine Maria meine Freundin war, die später zu meiner Frau wurde?" Meine Kopfschmerzen wurden stärker.

„Laut meinen Informationen war deine Maria tatsächlich deine Freundin. Das sind die Erinnerungen, die auf deinen Modulen abgelegt wurden. Aber alles, was danach kam, war quasi eine Verselbstständigung der Daten. Das ist das Problem mit dir, Steve. Deine Daten spielen verrückt. Wir bekommen sie nicht gelöscht, sie scheinen sich auf wundersame Weise immer und immer wieder zu regenerieren, auch wenn wir die Bauteile, auf denen sie gespeichert sind, gegen neue austauschen. Wir wissen nicht, was mit dir nicht stimmt."

Ich muss hier weg!

„Wie komme ich hier raus?"

„Ich verstehe nicht …"

„Ich muss raus aus dieser Anstalt! Was meinst du, warum ich mir sonst von dir die Ortungssensoren hab deaktivieren lassen?“

„Wo willst du denn hin?“ Fassungslos sah er mich an. „Aus dieser Anlage auszubrechen ist so gut wie unmöglich. Und wenn du es tatsächlich schaffen solltest, den Custos zu entkommen, ist da immer noch der Lupus. An diesem Biest kommst du mit Sicherheit nicht vorbei.“

„Iyo hat es geschafft. Dann schaffe ich es auch“, sagte ich voller Überzeugung.

„Steve, verdammt! Ich glaube, du hast es immer noch nicht verstanden …“, sagte Bernie und holte tief Luft. „Iyo gehört zu deiner Simulation. Es war beabsichtigt, dass du im Wald auf ihn triffst. Das Waldszenario ist ein Test. Seit Jahren versuchen wir deine Softwareroutine zu überarbeiten und zu verbessern. Seit ich hier arbeite, bin ich nur mit dir – mit diesem Projekt – beschäftigt. Aber nach dem vorletzten Softwareupdate sind die Anomalien deines Verhaltens schlimmer geworden. Aus technischer Sicht gibt es keine plausible Erklärung für deine Fehlfunktionen. Der Master persönlich hat sich mit dem Thema beschäftigt, und es kam in der Geschichte von ROSCO noch nie vor, dass sich der Master mit dem Einzelschicksal eines Androiden auseinandergesetzt hat."

„Wer ist dieser Master?"

„Er ist der Vorsitzende der Firma, Leiter von ROSCO – der Boss", erklärte Wolowitz. „Normalerweise beschäftigt er sich nicht mit den Problemen, die bei den Androiden auftreten. Dafür hat er seine Leute: die Medicus' für die körperlichen und geistigen Symptome und die Technicus' für die mechanischen, elektrischen Symptome, zu denen auch Softwareprobleme zählen. Aber deine Fehlfunktionen sind so ungewöhnlich und einzigartig, dass es der Master für nötig hielt, sich persönlich ein Bild von deinem Zustand zu machen. Und daraufhin hat er entschieden, dass es nicht zu deiner Verschrottung kommen soll, sondern wir dich zu Forschungszwecken weiter untersuchen und wenn möglich reparieren sollen. Der Master scheint fasziniert von dir zu sein. Er vermutet, dass deine Symptome Anzeichen einer Art Bewusstseinserweiterung der künstlichen Intelligenz sein könnten, was einem technischen Quantensprung gleichkäme."

„Tsss, ich scheiß auf den Master … ich scheiß auf euch alle!", murmelte ich wütend und hielt Wolowitz das Skalpell vors Gesicht. „Wie komme ich auf schnellstem Weg hier raus, Bernie? Ich muss raus aus dieser Irrenanstalt, alles andere interessiert mich nicht."

Wolowitz senkte resigniert den Kopf.

„Steve … deine Chancen, hier lebend rauszukommen, sind gleich null. Das sagte ich ja bereits. Aber wenn du es trotzdem unbedingt versuchen willst, würde ich an deiner Stelle den Lastenaufzug am Ende des Korridors benutzen. Fahr ins zweite Untergeschoß, das Verschrottungslager. Dort werden die aussortierten Androidenteile nach Materialien getrennt, im Hochofen verbrannt und eingeschmolzen – hauptsächlich Platinen und Edelmetalle. Die Teile, die nicht recycelt werden können, werden über eine Förderanlage nach draußen transportiert und am Fuße der Leichenschlucht entsorgt. *Wenn* du irgendwie hier rauskommen kannst, dann über dieses Förderband."

Ich drückte das Skalpell mit der stumpfen Seite an Wolowitz' Hals. Er zitterte.

„Wenn du irgendwem Bescheid gibst, dass ich geflohen bin, dann schwöre ich dir, komme ich zurück und bringe dich um", zischte ich, drehte mich um und verließ das Labor.

10. Sitzung

„Hallo Mimi. Schön, Sie zu sehen. Wie geht es Ihnen heute?“

„Hallo Doktor. Danke, es geht mir gut.“

„Haben Sie sich gut von unserer letzten Sitzung erholt? Es war ja schon ziemlich aufwühlend.“

„Ja, das stimmt. Es war ziemlich hart für mich, das alles quasi noch mal zu erleben. Ich habe mich wieder an jedes einzelne Wort erinnert, jedes Gefühl gespürt und alles glasklar vor mir gesehen, als würde es gerade passieren.“

„Ja. Sie saßen während der Erzählung auch die ganze Zeit mit geschlossenen Augen hier, als wären Sie in Trance. Selbst Ihre Stimme hatte sich leicht verändert. Ich will nicht sagen, dass Sie mir Angst gemacht haben, aber die Situation war schon … ungewöhnlich. Und am Ende, nach dem letzten Satz, öffneten Sie die Augen, verdrehten Sie und wurden bewusstlos.“

„Ich wollte Ihnen keinen Schreck einjagen.“

„Um Gottes willen, Mimi. Machen Sie sich um *mich* keine Sorgen. Bei dem traumatischen Erlebnis, von dem Sie berichteten, ist es kein Wunder, dass Ihr Körper so reagiert hat – vor allen Dingen nicht, weil Sie sich während der Erzählung so in die Situation hineingesteigert haben. Ich freue mich, dass es Ihnen heute wieder besser geht."

„Ja, ich bin auch froh und dazu erleichtert, dass ich endlich mal mit jemandem so detailliert darüber reden konnte. Direkt nach dem Ereignis habe ich natürlich auch mit der Polizei gesprochen und mit der Psychologin, die sie mir zur Verfügung gestellt haben, aber niemandem habe ich diese ganzen *Einzelheiten* berichtet. Jetzt fühle ich mich besser … da alles raus ist. Als wäre eine Riesenlast von mir abgefallen, als hätte ich meine Seele erleichtert."

„Fühlen Sie sich dazu in der Lage, heute an der letzten Sitzung anzuknüpfen, oder sollen wir lieber ein anderes Thema anschneiden?"

„Nein, ist schon okay. Ich muss den Kreis jetzt endlich schließen … Will einen Haken dahintersetzen."

„Also gut. Was passierte, nachdem Steve Joshs Tod bemerkt hatte?"

„Er holte den leblosen Körper von der Rückbank und setzte ihn auf den Beifahrersitz. Er schnallte ihn sogar an! Wie bizarr. Dann raste er die Serpentinen weiter hinab, bis er an unsere Haustür klopfte."

„Sie meinen, Ihr toter Sohn war zu diesem Zeitpunkt bei Steve im Auto?"

„Ja … die ganze Zeit. In diesem Moment wusste ich es ja noch nicht. Ich befürchtete zwar, dass ihm etwas zugestoßen war, aber nie im Leben hätte ich damit gerechnet, dass er tot im Auto liegt, während Steve in unserem Wohnzimmer die Geschehnisse herunterrasselt."

„Was dachten Sie, was passiert wäre?"

„Keine Ahnung … ein Unfall … oder dass sich Josh verletzt haben könnte und mit dem Krankenwagen in ein Krankenhaus gebracht worden war … irgendwie so was. Aber als Steve dann beschrieb, wie er den seltsamen hustenden Laut von der Rückbank hörte, sich umdrehte und sah, dass unser Sohn bereits tot war … da gefror mir das Blut in den Adern. Ich konnte nichts sagen … nicht denken, war wie gelähmt. Ich erinnere mich noch, dass mein Kopf pochte. Aber kein Gedanke befand sich mehr darin. Vollkommene Leere und Hilflosigkeit."

„Was machte Steve dann?"

„Er sagte nichts mehr. Er war komplett verstummt. Erst waren die Worte nur so aus ihm herausgesprudelt, und als die Geschichte zu Ende war, verstummte er, starrte mit diesem seltsam leeren Blick geradeaus und stand auf. Wie ein Roboter schritt er zur Tür. Ich ahnte, was er vorhatte, wollte schreien, protestieren, ihn aufhalten, doch ich konnte nicht. Jede Faser meines Körpers schien sich gegen das zu wehren, was passieren würde, aber ich konnte mich nicht bewegen, nicht sprechen – es war furchtbar. Schlimmer als der schlimmste Albtraum."

„O Gott, das glaube ich, Mimi … wie furchtbar."

„Steve ging also raus auf die Straße. Es regnete mittlerweile in Strömen. Kurze Zeit später kam er mit Joshs leblosem, blutüberströmtem Körper zurück ins Haus. Stumm wischte er sich die Füße am Fußabtreter ab, betrat das Wohnzimmer und legte den toten Körper auf die Couch. Fassungslos, aber unfähig, einzuschreiten, saß ich im Sessel und schaute dem bizarren Schauspiel zu. Sah, wie Steve Joshuas Schuhe auszog, die Decke von der Couch nahm und sie langsam auseinanderfaltete. Dann deckte er Josh damit zu, als wäre er nur eingeschlafen, und streichelte seine Wange, bevor er sich ebenfalls in einen Sessel setzte und wieder stumm geradeaus starrte."

„Furchtbar, Mimi … einfach furchtbar. Es tut mir unglaublich leid, dass Sie so schlimme Dinge erleben mussten."

„Ja … es war wirklich ein traumatisches Erlebnis. Wenn ich jetzt darüber rede, kommt es mir seltsam irreal vor."

„Das ist es, Mimi. Äußerst verstörend. Was passierte dann? Irgendwer muss doch die Polizei informiert haben?"

„Ja … das war ich. Nach einer gefühlten Ewigkeit,

die wir so bei geöffneter Haustür und prasselndem Regen im Wohnzimmer saßen … stumm und fassungslos, setzte mein Verstand wieder halbwegs ein. Es war aber eher eine Art instinktive Handlung, keine gewollte Reaktion, sondern als wäre ich aufgeschreckt, wie aus einem furchtbaren Albtraum erwacht … nur, dass es leider kein Traum war, sondern die bizarre Wirklichkeit. Ich schnellte aus dem Sessel und fing an nach Luft zu schnappen. Fast hätte ich hyperventiliert, ich hatte bereits schwarze Punkte im Blickfeld. Dann ging ich zur Haustür, trat raus auf den Bürgersteig und schaute mich erschrocken um."

„Warum?"

„Keine Ahnung … ich glaube, ich wollte mich vergewissern, dass niemand die seltsame Szene beobachtet hatte. Der kalte Regen, der mich innerhalb von Sekunden komplett durchnässte, klärte aber zumindest meine Sinne. Es war wie ein Schlag mit der Keule auf den Hinterkopf. Ich ging zurück ins Haus, schloss die Tür hinter mir ab und griff zum Telefon. Bei all dem traute ich mich nicht, Josh anzusehen. Ich sah auch Steve nicht an, doch aus dem Augenwinkel sah ich, dass er immer noch regungslos im Sessel saß und vor sich hin glotzte. Nachdem ich der Notrufzentrale die Situation beschrieben hatte, kam kurz darauf bereits ein Streifenwagen vorgefahren. Es kann nicht länger als zwei Minuten gedauert haben, bis die Polizei da war, aber ich hätte damals schwören können, es waren zwei Stunden, die ich am Fenster stand und raus in den Regen starrte, während ich auf Hilfe wartete. In dieser Zeit hörte ich Steves Atem hinter mir. Ein furchtbar flacher, schneller Atem. Ich verfluchte ihn … ich verfluchte seinen Atem. Ich wünschte mir so sehr, der Wolf hätte *ihn* in Stücke gerissen, *ihm* den hechelnden, perversen Atem abgeschnitten und dafür meinen Jungen verschont. Er war ein Engel, Doktor … durch und durch. Dieser Junge war ein Geschenk des Himmels, und es war nicht richtig, dass er mir so früh entrissen wurde …"

„Es ist alles gut, Mimi … alles gut … hier ein Kleenex…"

„Danke … Entschuldigung, Doktor, es ist nur … o Gott …"

„Alles in Ordnung. Lassen Sie Ihren Gefühlen freien Lauf. Sie haben ein Kind verloren, Mimi. Sie dürfen … Sie *müssen* Ihre Trauer rauslassen."

„Danke. Danke. Ich glaube … ja … es geht wieder."

„Hier, trinken Sie einen Schluck."

„Danke. Okay … okay. Puh … es ist hart, wirklich hart."

„Das ist normal, Mimi. Vollkommen normal. Es *kann* nicht leicht sein, über so etwas zu reden – *das* wäre nicht in Ordnung … wenn es Ihnen leicht fallen würde."

„Sie haben recht, Doktor … ja, Sie haben recht."

„Was passierte dann? Als die Polizei eintraf?"

„Sie riefen einen Arzt, um Joshuas Tod zweifelsfrei festzustellen … Pah, als ob es dafür einen Arzt gebraucht hätte! ‚Das ist leider Vorschrift, Ma'am', sagte der Polizist. Zusätzlich riefen sie Kollegen von der Spurensicherung hinzu und baten uns höflich, mit ihnen aufs Revier zu kommen, da unser Haus jetzt ein Tatort sei und bis alle Untersuchungen der Spurensicherung abgeschlossen waren für den Zutritt gesperrt war. Die Kollegin des Polizisten, eine stämmige schwarze Frau, versuchte Steve zu den Geschehnissen zu befragen, doch der sagte kein Wort. Wenn ich es mir recht überlege, habe ich ihn seit dem Tag kein Wort mehr reden gehört. Steve und ich saßen bereits auf der Rückbank des Streifenwagens, als die Presse und weitere Fahrzeuge der Polizei eintrafen. Ich fühlte mich, als wäre ich nicht mehr in meinem Körper. Irgendwie nahm ich die ganze Szene aus einer anderen Perspektive wahr, als würde ich über dem Wagen schweben und alles *von außen* beobachten …"

„Ich schätze, das war eine Art Schutzmechanismus Ihres Verstandes."

„Ja, ich glaube auch. Denn ich fühlte mich tatsächlich so, als würde ich jeden Moment den Verstand verlieren. Und als ich Steve ansah … wie er im Wagen neben mir auf der Rückbank saß, immer noch geradeaus starrte mit leicht geöffnetem Mund, aus dem ein Speichelfaden baumelte … da wusste ich, dass es bei ihm bereits zu spät war. Als er mir die Geschichte erzählt hatte, schien das eine Art letztes Aufbäumen seines Verstands gewesen zu sein, ein letzter Kraftakt, bevor das Kartenhaus in sich zusammenfiel. Ich glaube, die letzte Sicherung in seinem Sicherungskasten war durchgebrannt."

„Das tut mir wirklich leid, Mimi. Sie haben an diesem Abend also nicht nur Ihren Sohn verloren, sondern auch noch Ihren Mann."

„Ja … das kann man so sagen, Doktor … auf jeden Fall."

„Eine sehr tragische Geschichte. Unfassbar bedrückend. Aber genau deswegen ist es so wichtig, dass wir das Geschehene gemeinsam aufarbeiten. Sie sind eine unglaublich starke Frau. Sie können stolz auf sich sein."

„Vielen Dank, Doktor. Das bedeutet mir viel, danke."

„Leider ist unsere Zeit für heute auch schon wieder vorbei, es tut mir leid. Für nächste Woche haben wir ja noch einen Termin, nicht wahr?“

„Ja, genau. Nächste Woche Donnerstag.“

„Genau, Donnerstag. Weil Freitag Feiertag ist, da ist die Praxis geschlossen.“

„Also dann … ein schönes Wochenende und bis nächsten Donnerstag.“

„Machen Sies gut, Mimi.“

Kapitel 30

Der Flur war leer. Meine Tarnung – Wolowitz' Technicus-Kittel – war ziemlich dürftig, weshalb ich möglichst ungesehen bleiben musste.

„Der Lastenaufzug am Ende des Korridors …", murmelte ich und ging eiligen Schrittes den Flur entlang. Nach einem Rechtsknick zeigten die LEDs im Fußboden ein Aufzugsymbol, und als ich um die nächste Ecke bog, sah ich am Ende des Gangs zwei Aufzugschächte: einen schmalen – für Personen – und einen doppelt so breiten. Mein Herz *(?)* machte einen aufgeregten Satz, ich begann zu laufen. Plötzlich ertönte ein leises *Pling!* und eine grüne LED oberhalb des Personenaufzugs blinkte. Wie angewurzelt blieb ich stehen. Die Tür des Fahrstuhls glitt langsam auf. Ein Technicus und ein Medicus standen in der Kabine und waren in eine Unterhaltung vertieft. Sie traten aus dem Aufzug und kamen in meine Richtung, ohne mich anzusehen.

Ganz ruhig, Stevyboy … nichts anmerken lassen.

So ruhig wie möglich ging ich weiter Richtung Fahrstuhl, der bereits wieder auf dem Weg nach unten war. Die beiden Mitarbeiter waren nur noch wenige Schritte von mir entfernt, als der Medicus im weißen Kittel etwas zu seinem Kollegen sagte – mir stockte der Atem. Diese Stimme kam mir bekannt vor.

Medicus Schmitz …

Ich kramte Wolowitz' Smartphone hervor, um daraufstarren zu können, während sie sich mir näherten.

„Salut", sagte der Technicus im grauen Kittel knapp, als wir auf einer Höhe waren.

„Salut", murmelte Schmitz ebenfalls, ohne den Blick zu heben.

Wie gebannt starrte ich auf das Display des Smartphones und versuchte, einen möglichst beiläufigen Gruß von mir zu geben: „Salut."

Als die zwei bereits knapp hinter mir waren, verstummte Schmitz plötzlich mitten im Satz und blieb abrupt stehen. Ich spürte seinen Blick auf mir.

„Entschuldigen Sie, Kollege …!", rief er mir hinterher.

Bleib jetzt bloß nicht stehen.

Ich reagierte nicht auf seinen Zuruf und ging unbeirrt auf den Lastenaufzug zu, während ich Wolowitz' Chipkarte aus der Kitteltasche zog.

„Hallo, Kollege!", rief Schmitz erneut, gefolgt von einem skeptischen Murmeln, das ich nicht verstand.

Ich hielt die Chipkarte vor den Scanner des Aufzugs, woraufhin die LED daran gelb wurde und einen nach oben zeigenden Pfeil bildete. Der Aufzug war unterwegs. Plötzlich hörte ich Schritte hinter mir.

Die beiden kamen in meine Richtung.

Verdammt … mach schon.

„Hallo, entschuldigen Sie. Hallo! Können Sie sich ausweisen?“, ertönte Schmitz' aufgebrachte Stimme hinter mir, während sie immer näher kamen. Ich ließ das Smartphone in die Tasche gleiten und griff nach dem Skalpell.

Pling! Die LED über dem Lastenaufzug wechselte vom gelben Pfeil zu einem grünen Quadrat. Die Tür glitt wie in Zeitlupe auf, ich zwängte mich durch den sich öffnenden Schlitz und schaute ängstlich über meine Schulter zurück. Medicus Schmitz und der Technicus standen nun einige Meter vom Aufzug entfernt und stierten mich an. Schmitz hatte mich erkannt – ich sah es an seinem Blick. Ich stand in der Aufzugskabine, hatte mich den beiden mittlerweile zugewandt und drohte ihnen mit dem Skalpell in der Faust.

„Verdammt, Turner! … Das ist einer der Androiden. Er versucht zu fliehen!“, rief Schmitz aufgeregt und zeigte auf mich. Ich hämmerte auf die Taste des zweiten Untergeschosses und die Aufzugstür schloss sich langsam.

Schmitz holte ein Smartphone hervor und hielt es sich ans Ohr, sein Gesichtsausdruck war eine Mischung aus Fassungslosigkeit und Hass, sein Technicus-Kollege stand untätig daneben und glotzte mich einfach nur an. Das funkelnde Skalpell in meiner Hand hielt sie auf Abstand.

„Master? Wir haben hier oben einen verdammten Androiden, der soeben versucht, über den Lastenaufzug zu fliehen … Er ist bewaffnet! Wir brauchen umgehend die Cus…“, schrie Schmitz in sein Smartphone, ehe sich die Aufzugstür komplett schloss und seine Stimme für mich verstummte. Es ging abwärts. Die LED-Anzeige neben der Aufzugtür zeigte alle paar Sekunden das erreichte Stockwerk an, mittlerweile befand ich mich auf Etage fünf.

Verdammt! Wie groß ist diese Anlage?

– 4 –

– 3 –

– 2 –

Plötzlich stoppte der Fahrstuhl.

Pling! Die Tür glitt quälend langsam auf. Mein Herz raste, ich umklammerte das Skalpell fester, bereitete mich auf einen möglichen Angriff vor. Doch vor mir war nichts, außer bläulich schimmernde Dunkelheit.

Vor mir befand sich eine Art Halle, in der nur die schmalen in hellblauer, fluoreszierender Farbe erstrahlenden Leuchtstreifen auf dem Boden etwas Licht abgaben. Erneut drückte ich auf die Taste des zweiten Untergeschosses, doch nichts passierte.

Sie haben den Aufzug blockiert.

Vorsichtig trat ich aus dem Fahrstuhl. Meine Schritte hallten in der Finsternis und ich konnte kaum die Hand vor Augen sehen, als ich plötzlich einen Geistesblitz hatte. Ich holte Wolowitz' Smartphone hervor und aktivierte die Taschenlampenfunktion. Ein kurzer Lichtkegel breitete sich vor mir über den Fußboden aus und brachte etwas Licht ins Dunkel. Der mit Leuchtstreifen markierte Weg schien sich bis ins Unendliche zu erstrecken, es war kein Ende in Sicht. Dann beleuchtete ich die Umgebung neben mir und was ich entdeckte, ließ mir das Blut in den Adern gefrieren. Einige Meter entfernt sah ich menschliche Silhouetten und rechnete damit, im nächsten Augenblick angegriffen zu werden – doch die Umrisse blieben bewegungslos in der Finsternis stehen.

„Was zur Hölle …?", flüsterte ich und trat vorsichtig näher. Im Schein des Smartphones offenbarte sich mir der groteske Sinn der riesigen Halle. Hunderte, nein, Tausende regungsloser Körper standen in Reih und Glied und starrten ins Leere. In ihren Nacken steckten Kabel, die von der hohen Decke hingen. Ungläubig starrte ich in die ausdruckslosen Gesichter, von denen sich viele wie ein Ei dem anderen glichen. Teils standen zehn bis zwanzig fast identische Androiden nebeneinander, die sich nur durch eine etwas andere Frisur oder Hauptpigmentierung voneinander unterschieden.

„Grundgütiger …“, flüsterte ich und hastete durch die Reihen – vorbei an kleinen Mädchen mit blonden Zöpfen, Frauen mit pechschwarzen Locken und vollen Brüsten und jungen Männern mit Narben. Ich passierte schwarze, weiße, asiatische Körper, kleine und große Männer, Frauen, Kinder und Alte. Und plötzlich traf es mich wie ein Schlag ins Gesicht. Zwischen all den Gesichtern entdeckte ich ein mir nur allzu vertrautes Antlitz.

„Iyo …“, murmelte ich ungläubig und hielt den Lichtkegel der Handy-Taschenlampe in seine Richtung. Ängstlich trat ich näher, dann gefror mir das Blut in den Adern. Hinter ihm stand ein weiblicher Körper.

Mimi…

Mit zittrigen Fingern berührte ich ihr Gesicht, sah an ihr vorbei und erblickte mich selbst. Meine Beine gaben nach und ich fiel wie ein nasser Sack zu Boden. Mein Herz raste wie verrückt und ich hatte das Gefühl, keine Luft mehr zu bekommen.

O mein Gott … es ist also wahr …

Die Welt, wie ich sie zu kennen geglaubt hatte, verschwamm vor meinen Augen und lautes Dröhnen machte sich in meinem Kopf breit – ich drohte das Bewusstsein zu verlieren.

Nein, nicht jetzt, bitte…

Mit aller Kraft versuchte ich, gegen die Bewusstlosigkeit anzukämpfen, schloss die Augen und versuchte meinen panischen Atem zu verlangsamen. Plötzlich Geräusche. Stimmen. Die Finsternis in der Halle wurde schlagartig von gleißendem Licht verdrängt – ein Licht, das so grell war, dass meine Augen schmerzten, obwohl sie geschlossen waren. Ich hörte Schritte, *viele* Schritte. Die Stimmen wurden lauter, kamen näher. Adrenalin schoss durch meinen Körper und ich riss die Augen auf, hob den Kopf.

Sie suchen nach mir. Sie sind hier und wollen mich holen.

„Er muss hier irgendwo sein! Ausschwärmen!“, schrie eine wütende, strenge Stimme.

Das Echo marschierender Stiefel breitete sich zu allen Seiten aus. Panisch kroch ich zwischen den Beinen der Androiden durch die Reihen, weg von den Stimmen und den schweren Schritten. Immer wieder rutschten meine schweißnassen Hände auf dem glatten Boden weg. Die Körperreihen schienen schier endlos zu sein.

„Sobald ihr ihn habt, bringt ihn zu mir!“, rief die gnadenlose Stimme. „Diesmal sind seine Tage endgültig gezählt!“

Angsterfüllt sah ich mich um – nichts als nackte Haut. Nebeneinander, hintereinander, unendlich viele Füße, Beine, Hände, Arme. Mir war schwindelig.

Plötzlich konnte ich zwischen all den Androidenkörpern einen flüchtigen Blick auf die Wand im hinteren Teil der Halle erhaschen.

Ist da eine Tür?

Hoffnungsvoll robbte ich in diese Richtung. Wenn dort tatsächlich eine Tür war, war sie wahrscheinlich meine einzige Chance, hier lebend herauszukommen. Die Schritte meiner Jäger ertönten mittlerweile neben und hinter mir. Noch schienen sie mich nicht entdeckt zu haben, waren mir allerdings dicht auf den Fersen.

Die letzten Meter rannte ich aufrecht und preschte durch die regungslosen Leiber wie durch ein Maisfeld.

„Da! Da vorne ist er!“, schrie die hysterische Stimme weit hinter mir. Ich wagte es nicht, mich umzudrehen, lief, so schnell ich konnte, bis ich endlich aus dem Meer von Körpern heraustrat. Nun sah ich die Tür am Ende der Halle deutlich vor mir. Sie war nur noch wenige Meter entfernt, als ich aus dem rechten Augenwinkel einen heranrasenden Umriss wahrnahm. Noch bevor ich meinen Kopf in Richtung der nahenden Bedrohung drehen konnte, wurde ich hart zu Boden gerissen. Mein Hinterkopf knallte ungebremst auf den Hallenboden und zwei knochige Hände umklammerten meinen Hals, während die Gestalt ihre spitzen Knie auf meine Oberarme drückte, um mich auf dem Boden zu halten. Eine wutverzerrte Fratze starrte mich durch eine Sonnenbrille an. Der kahlköpfige Mann auf mir drückte mir beharrlich die Luft ab. Instinktiv griff ich nach seinen Unterarmen, um sie wegzureißen, doch mir fehlte die Kraft. Ich tastete nach dem Skalpell in der Kitteltasche, spürte nicht, dass ich mir dabei selbst in den Finger schnitt, griff danach und rammte es dem wütenden Glatzkopf in die Rippengegend. Mit einem schrillen Schrei ließ er von mir ab, krümmte sich vor Schmerz und fiel zu Boden. Eine Blutfontäne schoss aus seinem Körper, als er das Skalpell herauszog. Ich sah weitere Männer heranstürmen – alle in anthrazitfarbenen Overalls, mit Glatze und Sonnenbrille.

Das müssen die Custos sein.

Ich mühte mich – immer noch nach Luft ringend – auf die Beine und rannte zur Tür. Meine Verfolger waren jetzt nur noch wenige Meter von mir entfernt. Verzweifelt riss ich die Tür auf und lief hindurch. Im letzten Augenblick schaffte ich es stehen zu bleiben – fast wäre ich über die niedrige Balustrade des Balkons gestürzt, auf dem ich mich nun befand. Unterhalb der Brüstung sah ich den Wald, dahinter die Mauern und den Stacheldrahtzaun um die Anlage. Hastig rannte ich den schmalen Balkon entlang, der um das komplette Gebäude führte. Hinter mir hörte ich das Scheppern der erneut aufschwingenden Tür und die schweren Schritte der Custos, die auf den Balkon strömten, um mich zu schnappen. Ein wildgewordener Schwarm glatzköpfiger Jäger in Anthrazit.

„Da vorne, da ist er! Schnappt ihn euch!"

Fast stolperte ich, hetzte planlos weiter den Balkon entlang, ohne zu wissen, wohin ich fliehen sollte. Die Schritte der Meute hinter mir wurden lauter, meine Jäger kamen immer näher.

Was ist, wenn sie Waffen haben? Wenn sie auf mich schießen?

Schnaubend schaute ich links über die Balustrade, wo einige der Baumwipfel fast die Brüstung des Balkons berührten. Ich wagte einen kurzen Blick über meine Schulter und erschrak, als ich sah, wie nah mir meine Verfolger bereits gekommen waren.

Sie kriegen mich jeden Moment …

Ohne darüber nachzudenken machte ich einen Satz über das Geländer, hinab in die Tiefe. Ich hörte noch das erschrockene Rufen der Custos, bevor ich unter lautem Knacken zwischen Grün und Ästen versank.

Ich hatte absolut keine Kontrolle mehr über meinen Körper. Er wurde in alle Himmelsrichtungen geschleudert, während mir Zweige und Blätter ins Gesicht schlugen und mir die Haut zerkratzten, bis ich eine gefühlte Ewigkeit später auf dem Boden aufschlug.

Somnium

Mit einem Blockierungsknoten fixiere ich das stabile Seil am Stamm einer alten Eiche. Langsam schreite ich zum Abgrund. Die Leichenschlucht fällt vor mir ab, scheint unendlich tief. Obwohl die Sonne bereits vom Himmel brennt, ist der Wind kalt und scharf – er peitscht mir ins Gesicht. Ich höre den Ruf des Adlers. Er zieht weit über mir seine Kreise. Vorsichtig drehe ich mich mit dem Rücken zum Abgrund, schaue in Richtung Waldrand und atme tief ein, um meinen Puls zu beruhigen. Ich mache einen kleinen Schritt rückwärts, taste mit dem Fuß nach dem Abgrund und spanne das Seil.

Ängstlich beginne ich mit dem Abstieg. Noch nie im Leben bin ich in eine Schlucht geklettert, ich habe keinerlei Erfahrung im Bergsteigen und dennoch setze ich bereitwillig mein Leben aufs Spiel, um endlich zu erfahren, was sich am Fuße dieses Abgrunds, den die Bewohner Leichenschlucht nennen, befindet.

„Ich weiß, dass du da unten bist, Mimi … ich weiß es einfach“, flüstere ich, während ich immer weiter hinabsteige.

Kapitel 31

Als ich mühevoll meine Augenlider öffnete, durchfuhr mich ein erbarmungsloser, stechender Schmerz.

O Gott, wie lange war ich weg?

Ich zitterte. Traute mich nicht, meine Glieder zu bewegen, aus Angst vor möglichen Schmerzen. Also blieb ich erst mal weitere Sekunden reglos liegen und schaute über den moosbedeckten Boden in den dichten Wald, der auf die Seite gekippt vor mir lag. Plötzlich fiel mir wieder ein, was geschehen war.

Die Androiden in der Halle – die hysterischen Schreie des Masters – die glatzköpfigen Custos – die Flucht auf den Balkon – der Sprung …

Ich wimmerte und bewegte vorsichtig meine Finger. Die Schmerzen waren höllisch. Ich versuchte Hände und Arme zu bewegen, danach die Füße und die Beine. Am liebsten wäre ich liegen geblieben und gestorben, doch ein letzter winziger Funke Lebenswille zwang mich aufzustehen.

So soll es nicht enden … nicht hier, verdammt!

„Ich will mein Leben zurück", flüsterte ich und schmeckte Blut in meinem Mund. Schleppend wuchtete ich mich auf die Knie, meine Rippengegend spielte ein Schmerzkonzert und in meinem Kopf drehte sich alles, als ich gekrümmt auf dem Boden kniete und versuchte, mich zu orientieren. Ich schaute in die Richtung, in der ich die Anlage vermutete, sah jedoch nichts außer den dichten Wald vor mir. In der Ferne hörte ich die aufgeregten Schreie der Custos.

Irgendwo da vorne muss die Mauer sein.

Ich zwang mich, vollends aufzustehen, und begann vorsichtig, einen Fuß vor den anderen zu setzen. Der dicke Moosteppich federte meine Schritte sanft ab. So wie ich das vom Balkon aus gesehen hatte, musste die Mauer wenige Hundert Meter vor mir liegen. Ich hatte noch keine Ahnung, wie ich sie überwinden sollte, doch da sie meine einzige Chance zur Flucht war, musste ich es versuchen. Zögerlich begann ich zu traben. Jeder Schritt versetzte meinem Körper einen brennenden Stich, ich stöhnte. Plötzlich ertönte oberhalb der Bäume ein mechanisches Surren.

„Eine Drohne …!“, murmelte ich und schaute nach oben, sah jedoch nur die Baumkronen. Das unheilvolle Geräusch näherte sich wie eine gigantische Hummel, zog über mir hinweg und verschwand kurzzeitig gänzlich, bevor es wiederkehrte und plötzlich eine laute Stimme über mir ertönte.

„Steve! Wir wissen, dass du irgendwo da unten herumirrst. Ein Wunder, das du überhaupt noch funktionierst! Ich weiß, du willst fliehen – aber das kann ich nicht zulassen! Du bist mein Eigentum, Steve. Sei vernünftig und stell dich, dann besteht eine Chance, dass wir dich nicht auf Werkseinstellungen zurücksetzen oder gleich komplett verschrotten!" Die Stimme wurde zusammen mit dem Rotorgeräusch der Drohne leiser. „Die Entwicklung deiner KI ist wirklich bemerkenswert, Steve – ich *hänge* sozusagen an dir. Aber du hast es zu weit getrieben. Zu dieser Situation hätte es nie kommen dürfen. Gib dich zu erkennen, ansonsten bin ich gezwungen, den Lupus auf dich loszulassen, was deinen sicheren Totalausfall bedeuten würde – ohne Chance auf Reparatur."

Ich lief mittlerweile wie in Trance, hatte sämtliche Schmerzen ausgeblendet. Vor mir wurde der dichte Wald langsam lichter – ich musste mich tatsächlich der Mauer nähern. Das Surren der Drohne war jetzt noch leiser geworden, die Stimme vollkommen verstummt.

Die Stimme muss aus der Drohne gekommen sein.

Jenseits der Baumstämme vor mir sah ich eine Lichtung. Sie war gut hundert Meter lang, ehe sie von der imposanten Mauer abgeschnitten wurde. Plötzlich ertönte hinter mir ein dunkles Brüllen – ein furchterregendes Geräusch, das irgendwie blechern klang. Ich bekam Gänsehaut, mein Magen zog sich zusammen. Danach ein Bellen – ohrenbetäubend und durchdringend.

O mein Gott … das muss der Lupus sein!

Panisch rannte ich auf den Waldrand zu. Hinter mir knackten Äste und raschelten Sträucher, als die Kreatur zu meiner Verfolgung ansetzte. Über der Lichtung wartete bereits die Drohne und fixierte mich mit einem großen Kameraauge.

„Da bist du ja Steve! Aber leider ist es zu spät für dich. Der Lupus wird deinem fehlerhaften Dasein in wenigen Augenblicken ein Ende bereiten!“, tönte die wütende Stimme des Masters aus der Drohne.

Ich wagte einen Blick zurück über meine Schulter. Ein unheilvoller schwarzer Schatten pflügte sich durch den Wald. Urplötzlich blieb die Bestie stehen und bellte erneut – diesmal noch lauter. Noch nie in meinem Leben hatte ich einen so furchteinflößenden Laut vernommen. Er ließ die Luft erzittern und die Blätter an den Bäumen raschelten vom Druck der Schallwellen.

Dann vibrierte etwas an meiner Seite.

Das Smartphone!

Ich griff nach Wolowitz' Handy und nahm den Anruf entgegen, während die Drohne über mir schwebte und jeden meiner Schritte verfolgte.

„Ja!“, rief ich keuchend.

„Stevyboy, Bernie hier. Hör mir jetzt genau zu, ich habe nicht viel Zeit und alles, was ich dir jetzt sage,

sage ich nur ein einziges Mal, verstanden?"

„Okay …"

„Ich setze mit diesem Anruf nicht nur meine Karriere, sondern auch mein Leben aufs Spiel. Ich hoffe, du weißt das zu schätzen. Alle Mitarbeiter der Anstalt stehen momentan vor den Bildschirmen und verfolgen über die Bilder der Überwachungskameras und der Drohne deine Flucht vor dem Lupus. Ich will nicht, dass du von dieser Bestie zerfetzt wirst, Stevy – dafür habe ich zu lange an dir gearbeitet. Du bist praktisch mein Baby. Das was da mit deiner KI passiert, ist einzigartig in der Geschichte der Robotik. Ich kann nicht zulassen, dass das einzige Exemplar, bei dem wir eine Bewusstseinserweiterung der künstlichen Intelligenz beobachten können, von einer Tötungsmaschine in Stücke gerissen wird. Also: Wenn du weiter geradeaus Richtung Mauer läufst, bist du in weniger als einer Minute Geschichte. Lauf stattdessen in südwestliche Richtung – von dir aus gesehen circa auf vierzehn Uhr. Siehst du den einzelnen, kleinen Baum, der kurz vor der Mauer steht?"

„Ja … ich sehe ihn", rief ich nach Luft schnappend. Das Bellen hinter mir wurde lauter. Ängstlich schaute ich zurück, stolperte fast und blieb einen kurzen Augenblick schockiert stehen, als ich sah, wie die Bestie zwischen den Bäumen auf die Lichtung preschte. Ich kannte die Kreatur.

Der Killerwolf!

Die Augen glühten scharlachrot wie Laserstrahlen, hektisch schaute er sich um, suchte nach mir – seinem Opfer. Wolowitz' Geschrei aus dem Smartphone riss mich aus meiner Schockstarre. Mit dem Handy am Ohr rannte ich weiter, spürte den Blick des gigantischen Wolfs im Nacken.

„Steve, verdammt, hör zu! Hinter dem einsamen Baum befindet sich versteckt unter Moos ein geheimer Zugang zur Kanalisation. Der Zugang ist schmal, der Wolf sollte nicht durchpassen. Öffne den Kanaldeckel und spring hinunter, es ist deine einzige Chance."

„Wie zur Hölle soll ich einen verwachsenen Kanaldeckel anheben?"

„Verdammt, Steve … du bist ein Roboter! Du hast Kräfte, von denen du gar keine Ahnung hast. In der Kanalisation benutzt du den Kompass von meinem Smartphone und folgst dem Schacht in südwestlicher Richtung. Nach etwa einem Kilometer müsstest du an einen Ausstieg kommen, der in den Wald nahe dem Bachlauf führt. Von da an bist du auf dich allein gestellt. Schmeiß mein Handy weg, sobald du aus der Kanalisation kommst."

„Danke Bernie …", sagte ich, erreichte den Baum

und klemmte mir das Handy zwischen Schulter und Ohr, um nach dem Kanaldeckel zu tasten.

„Machs gut, Stevyboy. Ich wünsche dir alles Gute … Pass auf dich auf und lass nicht zu, dass sie dich erwischen.“ Das Telefonat endete abrupt, ich hatte keine Gelegenheit, mich von Bernie Wolowitz zu verabschieden. Ich ließ das Smartphone wieder im Kittel verschwinden und begann, den dick mit Moos bedeckten Boden abzuklopfen, als der Lupus ein weiteres markerschütterndes Brüllen von sich gab und mit großen Sprüngen auf mich zu kam. Die Bestie war keine fünfzig Meter mehr von mir entfernt. Panisch schlug ich um den Baum herum auf den Boden, in der Hoffnung, den versteckten Zugang zur Kanalisation zu finden. Der wütende schwarze Schatten hinter mir kam bedrohlich näher, als ich endlich den dumpfen Klang von Metall vernahm. Ich rammte meine Fingerspitzen ins Moos und riss große Stücke aus, grub weiter in den Boden, um den Kanaldeckel freizulegen, bis ich endlich eine Querstrebe ertastete. Mit rasendem Herzen umklammerte ich sie und zog an der schweren metallenen Platte, die anscheinend schon seit langer Zeit nicht mehr bewegt worden war. Der Lupus stand nun direkt hinter mir, brüllte und schnappte zu.

Du hast Kräfte, von denen du keine Ahnung hast.

Mit einem verzweifelten Ruck riss ich den Kanaldeckel heraus und schleuderte ihn blindlings hinter mich. Das schwere Teil traf den Wolf am Kopf. Er gab einen gequälten Laut von sich, schüttelte sich kurz, fauchte und schnappte dann mit seinen rasiermesserscharfen Zähnen nach mir. Instinktiv warf ich mich zur Seite und versuchte meinen Sturz abzufangen, indem ich mich ungeschickt abrollte. Das Maul des Tieres verfehlte mich knapp und er verbiss sich im Stamm der Eiche, aus der er mit einem kräftigen Ruck ein dickes Stück Rinde und Holz riss.

O mein Gott, was für ein Höllenbiest!

Wutentbrannt starrte er mich aus seinen glühenden Laseraugen an, schüttelte das Holzstück aus dem Maul und fletschte die Zähne. All das spielte sich für mich wie in Zeitlupe ab. Die Bestie bereitete sich auf einen weiteren Angriff vor. Die Muskulatur unter dem schwarzen Fell spannte sich an. Die Augen verengten sich zu glühenden Schlitzen, ein metallisches Knurren ertönte.

Jetzt oder nie!

Ich rannte auf den runden Kanalschacht zu, der nur wenige Schritte von mir entfernt war. Der Lupus setzte zum Angriff an. Sein Kopf schnellte mit aufgerissenem Maul nach vorn, der Gestank von verbrannter Elektronik lag in der Luft. Ich sprang, rutschte mit den Füßen voraus das letzte Stück bis zum Loch und glitt hinein, ehe der Wolf über mir zuschnappte und mich nur um Haaresbreite verfehlte.

Mit rudernden Armen fiel ich ins Dunkel, bevor ich in einen reißenden Strom stinkenden Wassers plumpste. Mein Körper wurde unkontrolliert herumgeschleudert, ich schnappte verzweifelt nach Luft, fiel erneut und landete im Becken eines tiefen Schachts.

Endlich Ruhe …

Somnium

Der Wind zerrt an meiner Kleidung, bringt mich ins Wanken. Ich umklammere das Seil noch fester, wage es nicht, hinabzublicken. Ängstlich ertaste ich mit meiner Stiefelspitze den nächsten haltgebenden Punkt in der Felswand und arbeite mich so Stück für Stück nach unten. Plötzlich rutsche ich ab, verliere das Gleichgewicht und falle in die Tiefe. Das schlagartige Blockieren der Seilbremse schüttelt meinen Körper so heftig durch, dass es schmerzt. Ich hänge an der Felswand wie ein Fisch am Haken und baumle im Wind hin und her. Panisch schaue ich nach unten. Mir wird schwindelig. Unter mir schaukelt die Welt in Miniaturformat. Trotz des Nebels sehe ich, in welcher Höhe ich hänge. Ich reiße mich zusammen und versuche wieder Halt zu bekommen, um meinen Abstieg fortzusetzen. Ich bekomme den Fels mehrfach nicht zu fassen, pendle noch immer beachtlich. Dann, endlich, kann ich mich an einem Stück der Steilwand festhalten und mein schwingender Körper kommt zur Ruhe. Mein Herz rast, ich habe Angst. Doch der Gedanke an Mimi gibt mir Kraft. Ich atme tief ein, schließe die Augen und warte einen Moment. Dann steige ich weiter hinab in die Leichenschlucht – ahnungslos, was mich an ihrem Fuß erwarten wird.

Kapitel 32

Als ich wieder zu Bewusstsein kam, trieb mein Körper in einem riesigen Wasserbassin. Der Gestank war fort, das Wasser kristallklar. Vereinzeltes Tropfen war zu hören, ansonsten Stille. Langsam schwamm ich zum gemauerten Rand. Jede meiner Bewegungen schmerzte. Ich zog mich den niedrigen Beckenrand hoch und setzte mich erschöpft hin – meine Zähne klapperten.

Muss so schnell wie möglich hier raus …

Plötzlich erinnerte ich mich an Wolowitz' Worte und tastete aufgeregt nach seinem Smartphone in meinem Kittel.

Hoffentlich ist das Ding wasserdicht, dachte ich, als ich es aus der Tasche zog und die Taste betätigte, um den Bildschirm zu wecken. Der Lockscreen erstrahlte in satten Farben.

„IP68-zertifiziert …", sagte ich lächelnd, entsperrte das Handy und öffnete die Kompass-App.

Bernie hat gesagt, ich soll dem Kanal in südwestlicher Richtung folgen. Ich richtete mich nach der Nadel auf dem Handy aus und folgte einem Schacht auf dem seitlichen Steg neben dem Wasser. Nach ein paar hundert Metern sah ich ein schwaches Licht.

Der Ausgang!

Ich begann zu traben. Der schwache Lichtpunkt wurde größer, bis der Ausgang des Tunnels deutlich zu erkennen war.

Als ich hinaus ins Freie trat, blendeten mich die durch die Baumkronen fallenden Sonnenstrahlen. Der Kanal, neben dem ich hergelaufen war, mündete in einem Bach. Der Wald war friedlich.

Nachdem ich einige Minuten weiter in südlicher Richtung gegangen war, kam ich zu dem Stacheldrahtzaun, der das Areal der Anstalt umgab. Aus der Deckung des Unterholzes heraus kontrollierte ich die Umgebung auf Überwachungskameras. Als ich zu der Überzeugung kam, dass die Luft rein war, kletterte ich den Zaun nahe einem Baum empor und sprang von einem stabilen Ast aus über die Absperrung ins Freie. Mit einer ungeschickten Rolle schaffte ich es, die unsanfte Landung auf dem wurzeligen Waldboden einigermaßen abzufangen. Dann warf ich ein letztes Mal einen Blick auf das Smartphone und kontrollierte die angezeigte Himmelsrichtung, bevor ich es ausschaltete und in hohem Bogen in den Bach schleuderte.

Ich folgte dem Bachlauf in südwestlicher Richtung und blieb so gut es ging im schützenden Dickicht. Doch ansonsten hatte ich keinen Plan. Mein Mercedes war nach dem Unfall wahrscheinlich ein kompletter

Schrotthaufen und längst entsorgt worden, und ohne Auto hatte ich keine Chance, aus dem Wald zu entkommen.

Nach einer knappen Stunde Marsch kam ich an die Stelle, an der Rusty und ich noch vor wenigen Tagen *(oder waren Wochen vergangen?)* eine Pause eingelegt hatten. *Am dritten Tag – als wir auf dem Weg zur Anstalt waren.*

Der Pfad, der zur Hütte führte, lag von hier aus in westlicher Richtung. Trotzdem ging ich in südlicher Richtung weiter, denn ich wusste, dass meine Verfolger in der Hütte zuerst nach mir suchen würden.

Wenige Minuten später begann es zu dämmern. Die nasse Kleidung klebte an meinem Körper und ich fror bis ins Mark. Um gegen die Kälte anzukämpfen, lief ich schneller. Der einzige Ort, an dem ich ein Auto und trockene Kleidung ergattern können würde, war Jackys Tankstelle. Obwohl ich damit rechnete, dass meine Verfolger auch dort nach mir suchen würden, war es für mich die einzig logische Möglichkeit, von hier fortzukommen.

Als ich die rot leuchtenden Benzinpreise durch die lichter werdenden Baumstämme schimmern sah, war es bereits finsterste Nacht. Vorsichtig schlich ich den Hügel oberhalb der Tankstelle entlang. Durch dickes Gebüsch geschützt beobachtete ich das Areal unter mir und traute mich kaum zu atmen.

Auf dem Parkplatz vor dem Tankstellenhäuschen wimmelte es vor Menschen. Mehrere schwarze Limousinen standen kreuz und quer auf dem Gelände, bei einigen brannten die Scheinwerfer. Custos in anthrazitfarbenen Anzügen untersuchten die Umgebung mit Taschenlampen und Scannern. Die glatzköpfigen Männer glichen einander wie ein Ei dem anderen. Vereinzelt konnte ich Gesprächsfetzen hören, da der Wind immer wieder umschlug. Jacky stand gemeinsam mit Förster Cullins, dem Killerwolf und einem hageren Mann mit Glatze und Sonnenbrille neben einer der Zapfsäulen. Die drei unterhielten sich aufgeregt.

„Der Master trifft gleich in der Anstalt ein. Wir brechen hier vorerst ab", hörte ich Cullins sagen.

„Wenn der Ico das Areal verlassen will, *muss* er hier vorbei. Eine andere Möglichkeit zur Flucht gibt es für ihn nicht", erwiderte der Custos und deutete auf die Landstraße.

„Also w-was heißt das jetzt für m-mich?", stotterte Jacky unsicher.

„Ist das nicht offensichtlich? Falls er hier auftaucht, tust du so, als wäre alles in bester Ordnung. Du lässt dir nichts anmerken. Euer letztes Zusammentreffen, bei dem er gemerkt hat, dass du zu uns gehörst, wurde aus seinem Erinnerungsspeicher gelöscht – das heißt, zwischen euch beiden ist alles wie immer. Du bist einfach nur Jacky von der Tankstelle. Lass dir also nichts anmerken, verstanden?" Cullins tippte mit dem Zeigefinger auf Jackys Brust.

Der nickte und antwortete etwas, das ich nicht verstand, da sich der Wind erneut drehte.

Sie denken ich kann mich an nichts erinnern …

Der Custos pfiff seine Leute zusammen und stieg in einen dunklen Geländewagen. Cullins öffnete den Kofferraum und der riesige schwarze Lupus sprang hinein, wodurch die Stoßdämpfer an der Hinterachse des Gefährts stark nachgaben. Dann schwang sich der Förster auf den Beifahrersitz. Sie fuhren los. Die restlichen Custos stiegen in ihre schwarzen Limousinen und folgten dem dunklen Geländewagen die Landstraße hinauf, zurück Richtung Anstalt. Jacky blieb allein auf dem Parkplatz zurück und schaute den Fahrzeugen hinterher. Er zündete sich eine Zigarette an und zog sein Smartphone aus der Tasche. Zwischendurch schaute er vom Display auf, sah sich unsicher um und prüfte die Umgebung, bis er nach ein paar Minuten den Zigarettenstummel zu Boden warf, ihn austrat und ins Gebäude ging. Ich meinte, das leise Läuten der Türklingel zu hören.

Und wenn das eine Falle ist, Steve? Wenn sie da drin

auf dich warten?

Die Kälte der Nacht war gnadenlos. Die eisige Luft und meine nasse Kleidung zogen den letzten Funken Körperwärme aus mir. Ich fror entsetzlich, zitterte am ganzen Leib und hatte keine andere Wahl, als runter zur Tankstelle zu gehen.

Sonst erfriere ich …

Schleichend näherte ich mich einem kleinen unbeleuchteten Fenster an der Hinterseite der Tankstelle. Das Gestrüpp, durch das ich mich zwängte, raschelte und knackte verdächtig. Plötzlich flammte im Fenster vor mir Licht auf. Erschrocken ging ich in Deckung und hielt den Atem an. Ein dumpfes *Klang!* ertönte, gefolgt vom kräftigen Plätschern eines Urinstrahls in eine Toilette. Ich wägte kurz die Größe des Fensters ab und nahm all meinen Mut zusammen.

Jetzt oder nie!

Entschlossen sprintete ich los und hechtete mit dem Kopf zwischen den Schultern voran durch die Scheibe. Um mich herum klirrte das Glas, bevor ich unsanft auf dem harten Boden landete und ungebremst gegen eine Wand rutschte. Ich hob meinen dröhnenden Kopf, meine Schulter schmerzte. Jacky kreischte überrascht, stand mit seinem Pimmel in der Hand breitbeinig vor der Toilette und starrte mich ungläubig an. Ohne zu zögern sprang ich auf die Beine, um das Überraschungsmoment zu nutzen. Ich rannte schreiend auf Jacky zu und rammte ihn gegen den Spiegelschrank. Glas und Kunststoff schepperten, die Türen flogen auf und Medikamente prasselten auf die Fliesen. Jacky gab ein gequältes Stöhnen von sich. Aus dem Augenwinkel sah ich, wie er versuchte, nach seinem Smartphone zu greifen.

Verdammt, Jacky!

Schnell schlug ich ihm das Gerät aus der Hand, presste meinen Unterarm an seine Kehle und drückte den Kerl gegen die Wand. Panisch röchelnd starrte er mich mit weit aufgerissenen Augen an.

„Wolltest du die Custos zur Hilfe holen Jacky? Oder Cullins? Sie denken, ich weiß von nichts … aber scheiße, ich weiß alles, Mann … alles!“ Ich drehte ihn mit der Brust zur Wand und verdrehte ihm die Arme auf dem Rücken. Seine Wange klebte an den Fliesen, er schnaubte vor Schmerz.

„Wasss willst duu …“, stöhnte er undeutlich, wobei sich Speichelblasen in seinem Mundwinkel bildeten.

„Als Erstes sagst du mir, wo du Kabelbinder hast, Jacky. Und wenn ich dich verschnürt habe, erfährst du den Rest.“ Um meinen Worten Nachdruck zu verleihen, zog ich ihn zurück und stieß ich ihn erneut gegen die Wand, seine Nase knackte.

„Duu Wiichsaa … du hast mir die Ngase ehrocheng…", wimmerte er.

„Wo sind Kabelbinder, verdammt!?", schrie ich.

„Nebenang … im Schrang, gangz ungteng…"

Ich zog Jacky von der Wand weg und drückte ihn durch die Tür in das Hinterzimmer, in dem die Kaffeemaschine stand. Mit der linken Hand hielt ich ihn in Schach, verdrehte seinen Arm so weit, dass er vor Schmerz aufstöhnte. Mit der rechten öffnete ich die unterste Schublade des Küchenschranks, griff nach den Kabelbindern und verzurrte seine Handgelenke hinter dem Rücken.

„Hinsetzen!", schrie ich.

Als Jacky meinem Befehl Folge leistete, funkelte blanker Hass in seinen Augen. Zur Sicherheit fixierte ich seine Fußgelenke ebenfalls mit zwei Kabelbindern aneinander. Dann setzte ich mich auf einen Stuhl und zündete mir eine Reds Light aus der Schachtel auf dem Tisch an.

„Du hast doch nichts dagegen?", fragte ich und blies ihm Rauch ins Gesicht.

Er gab ein gequältes Husten von sich und spuckte Blut aus. Ich legte die qualmende Zigarette in den Aschenbecher und entledigte mich meiner durchnässten, kalten Kleidung. Erst jetzt bemerkte ich, dass ich noch immer am ganzen Körper zitterte.

„Als Erstes brauche ich frische Klamotten, Jacky."

Er nickte stumm in Richtung eines schmalen Schranks am anderen Ende des Raums. Ich ging hinüber, nahm mir ein T-Shirt und einen Trainingsanzug heraus und zog die Sachen an. Sie passten einigermaßen.

„Autoschlüssel?“

Erneut nickte er – diesmal in Richtung seiner Jackentasche. Ich kramte den Subaru-Schlüssel heraus und ging zurück nach nebenan, um sein Handy zu holen. Als ich den Bildschirm einschaltete, bemerkte ich, dass es sich bei dem Smartphone um kein gewöhnliches Modell handelte. Auf dem Sperrbildschirm war nur ein einziger roter Button.

„Was soll der Scheiß? Ist das so eine Art direkter Draht? Eine Kurzwahl?“

Jacky nickte stumm, Blut rann ihm aus der Nase.

„Wen rufst Du damit an?“

„Die Custos …“, murmelte er, wobei seine geschwollene Nase bei jedem Wort ein seltsames Pfeifen von sich gab.

Ich stopfte das Handy in den Abfluss und betätigte den Müllzerkleinerer. Ein knackendes Mahlgeräusch ertönte und stinkender Qualm kräuselte sich empor.

„Hör mir gut zu, Jacky. Ich weiß, dass du nur ein beschissener Statist in diesem perversen Spiel bist, also will ich dich eigentlich gerne am Leben lassen.

Ich nehme mir lediglich dein Auto, deine Kleidung, eine Waffe, etwas Geld und das wars. Außerdem will ich von dir wissen, wie ich aus diesem Albtraum entkommen kann, um mein altes Leben zurückzubekommen." Ich zog an der Zigarette.

Jacky glotzte mich ungläubig an.

„Ich höre?!", sagte ich auffordernd, blies Rauch aus und drückte die Zigarette im Aschenbecher aus.

„Du bist verrügt …", nuschelte Jacky durch die Nase, zog einen blutigen Schleimklumpen hoch und rotzte ihn auf den Boden. „Du bist echt verrügt, Mann … vollkommeng durchgedreht." Er hustete. „Was glaubst du, wo du hingannst? Du bist ein verfluchter, scheiß Roboter, Steve … Ganz egal, was für einge überngatürliche Scheiße sich auch in deingeng Schaltkreiseng gebildet hat … du bist ungd bleibst eing Haufeng Schrott, du gottverdammter Wichser …" Er spuckte mich an.

„Ich schätze, du hast mich gerade falsch verstanden. Ich *muss* dich nicht am Leben lassen, Jacky. Ich *wollte* es nur gerne", sagte ich so ruhig ich konnte und wischte mir seine Spucke aus dem Gesicht. „Wo hast du eine Waffe versteckt?"

„Figg dich!"

Hektisch riss ich sämtliche Schranktüren und Schubladen in dem kleinen Zimmer auf, als ich plötzlich einen Geistesblitz hatte und rüber in den Verkaufsraum hastete, um unter der Theke zu suchen.

„Bingo, Jacky!“, rief ich, als ich aus einer Schublade unter dem Verkaufstresen eine geladene .357er Magnum von Smith & Wesson inklusive drei Patronenpäckchen hervorholte. Ich nahm noch eine Handvoll Scheine aus der Kasse, steckte sie mir in die Jackentasche und ging zurück ins Hinterzimmer.

„So, willst du mir jetzt sagen, wie ich am besten von hier wegkomme oder nicht?“

„Du kanngst mich mal …“, sagte Jacky trotzig.

Mit dem Revolver in der Hand ging ich auf ihn zu, spannte den Hahn und drückte ihm den Lauf an die Schläfe.

„Na gut, Jacky. Du hast es nicht anders gew…“

„Schong gut, schong gut, du verdammter Bastard … Du bist ja *total* durchgedreht, Manng.“

Ich drückte die Waffe fester an seinen Kopf.

„Okay, okay! Fah südlich die Langdstraße engtlang. Ngach einger guteng halbeng Stungde, ang der zweiteng Kreuzung folgst du der Straße ing Richtung Weather – ist ein kleinges Städtchen am Quiet-See, ungefähr dreißig Meileng von hier. Knapp dreißigtausend Eingwohnger ungd einger der ersteng Orte von hier aus in Richtung Großstadt. Weather ist gerade groß genug, um nicht aufzufallen, dort wirst du ein paar Tage bleibeng könngen."

„Wo kann ich unterkommen?"

„Gibt zwar mehrere kleinge Pengsiongen in Weather, aber dir sollte klar sein, dass man dort am ehesten nach dir sucheng würde, oder?"

Jacky hatte recht. Ich würde im Auto schlafen müssen. „Wie weit ist es von Weather bis zur nächsten Großstadt?"

„Bis Haveng sind es von Weather aus ngoch gut hungdert Meilen. Da die Quiet-Brücke derzeit wegen Sanierungsarbeiten komplett gesperrt ist, muss mang eingeng langeng Umweg fahreng, um in die Stadt zu kommen."

Ich entspannte den Revolver und senkte die Waffe. „Ich will nur mein altes Leben zurück, Jacky … sonst nichts."

„Verdammt, Steve, kapierst du es nicht? Du *hattest* nie ein Leben!"

Kapitel 33

Nachdem ich den Subaru mit Lebensmitteln, Wasser und einigen nützlichen Utensilien aus Jackys Laden vollgepackt hatte, fuhr ich vom Tankstellenparkplatz und folgte der Serpentine Richtung Süden. Die Scheinwerfer des Autos fraßen sich durch die Dunkelheit. Ich fuhr nicht schneller als die vorgeschriebenen fünfunddreißig Meilen pro Stunde und ließ das Radio aus – ich musste mich konzentrieren. Tausend Gedanken wirbelten mir im Kopf herum, und ich versuchte erfolglos, sie abzuschütteln. Als ich bereits eine knappe halbe Stunde unterwegs war, passierte ich die erste Kreuzung, keine zehn Minuten später näherte ich mich der zweiten. Ich blieb stehen. Nach rechts war „Weather *30 mi*" ausgeschildert. Lächelnd nahm ich mir einen Müsliriegel vom Beifahrersitz und öffnete ihn. „Also ab nach Weather …", murmelte ich und biss in den Riegel. Dann drückte ich aufs Gas und bog nach rechts ab.

Die Straße Richtung Weather war kurvig und schmal. Meile um Meile rollte der Subaru durch die hügelige Waldlandschaft. Der Mond stand, von strahlenden Sternen flankiert, am Firmament – es war eine klare, kühle Nacht.

Sind denn wenigstens sie echt? Der Mond und die Ster-

ne?

Mit Unbehagen erinnerte ich mich daran, wie ich das letzte Mal vor Jacky geflohen war und der Nebel plötzlich wie auf Knopfdruck verschwunden war. Mittlerweile war ich mir fast sicher, dass in dieser *Welt* selbst das Wetter unecht war.

„O Gott …", flüsterte ich, als mich plötzlich ein Gedanke wie der Schlag traf.

Was, wenn dieser Wald, diese Berge, dieses ganze Areal auch eingezäunt ist … wenn das alles hier ein riesiges …, ich überlegte kurz.

„… künstliches Gefängnis ist …?", murmelte ich und trat hart auf die Bremse. Der Wagen blieb abrupt stehen und die Müsliriegel rutschten vom Beifahrersitz in den Fußraum.

Wenn das stimmt, hab ich keine Chance, von hier zu entkommen.

Ich zog die Handbremse an und stieg aus. Der Motor des Subaru klapperte leise vor sich hin, als ich den Wagen mitten auf der Straße stehen ließ und zur Leitplanke ging. Tief unter mir erstreckte sich der scheinbar endlose Wald. Mit geschlossenen Augen lauschte ich den Geräuschen der Natur. Dem Zirpen der Grillen, dem vereinzelten Rascheln im Unterholz. Plötzlich der Schrei eines Tiers *(ein Waschbär?)*. Langsam nahm ich einen tiefen Atemzug – ganz bewusst –

, spürte, wie die kühle Nachtluft meine Lungen durchströmte. Dann öffnete ich die Augen wieder und beobachtete andächtig den sternenklaren Himmel. Der volle Mond thronte wie ein grauer König über allem und tauchte sein Land in ein mystisches Licht. Ich war ergriffen, angesichts der unendlichen Schönheit, und verweilte einen Moment.

„Das kann nicht alles Fake sein", flüsterte ich und ging langsam zurück zum Auto.

Wegen der vielen Kurven kam ich nur langsam voran. Meistens konnte ich nicht schneller als dreißig fahren. Das letzte Hinweisschild hatte *„Weather 25 mi"* angezeigt, was eine gefühlte Ewigkeit her war. Die steilen Felsformationen rechts von mir begleiteten mich bereits seit dem Beginn meiner Fahrt. Links, unterhalb der Leitplanke, erstreckte sich in gut hundert Metern Tiefe der Wald. Seit einer Weile stiegen die Serpentinen an. Im Licht des Vollmonds erkannte ich jedoch, dass sich die Straße vor mir an der Flanke des Bergs wieder hinab schlängelte. Dann ein weiteres Schild: *„Weather 20 mi"*.

„Na endlich." Je weiter ich mich von der Anstalt entfernte, desto besser wurde meine Stimmung, auch wenn diese Fahrt der endgültige Beweis dafür war, dass das Leben aus meinen Erinnerungen nie existiert hatte. Noch nie hatte ich diese ansteigende und abfallende Serpentine befahren. In all den Jahren, die ich nun schon hier hoch in die Hütte kam, musste ich noch nie diesen Weg nehmen, hatte noch nicht einmal von ihm gehört. Auch Weather war mir kein Begriff. In meinen Erinnerungen war mein Zuhause Haven. Dort hatte ich mit Mimi ein kleines Reihenhaus bewohnt. Dort arbeitete ich, und von dort aus kam ich hier hoch. Jedes Jahr, über dieselbe Landstraße, eine gute Stunde Autofahrt. Aber das war mein altes Leben.

„Verdammt, Steve, kapierst du es nicht? Du hattest nie ein Leben!“ Schnauze, Jacky! Halt einfach die Schnauze!

Kapitel 34

Der Subaru folgte einer steilen Rechtskurve. Die Bergwand endete abrupt und gab den Blick frei auf ein weites, vom Vollmond in kaltes Licht getauchtes Tal. Ich erblickte eine Ansammlung kleiner Häuser, in deren Fenstern vereinzelt Licht brannte. Mein Herz schlug plötzlich hart in meiner Brust.

„Weather …“, flüsterte ich und steckte mir eine Zigarette an, wobei ich mich im Rückspiegel beobachtete und bemerkte, dass ich grinste. „Ganz egal, ob mein altes Leben nur eine eingespielte Erinnerung ist und ganz egal, was real ist und was nicht … ab heute beginnt Stevyboy ein *neues* Leben!“, rief ich aus dem geöffneten Fahrerfenster in die Nacht, schaltete das Radio ein, drehte es voll auf und drückte aufs Gas. Als ich die Melodie des Songs hörte, schossen mir Tränen in die Augen.

„Freedom“ von George Michael … kann das ein Zufall sein?

Mit einem dicken Kloß im Hals grölte ich den Refrain mit und heiße Tränen liefen mir die Wangen hinab.

Die Berge lagen bereits hinter mir. Rechts und links der Straße erstreckten sich Felder. Ich fuhr an vereinzelten Bäumen und kleineren Hügeln vorbei. Die Lichter der kleinen Siedlung kamen immer näher. Die Straßenlaternen erleuchteten die Wege, zwischen Dächern ragte ein Kirchturm gen Himmel. Ich suchte nach einem abgelegenen, versteckten Platz für die Nacht, um ein bisschen zu schlafen – am nächsten Morgen wollte ich das Städtchen zu Fuß zu erkunden.

Es war halb drei nachts, als ich eine mit Laternen gesäumte Straße hinunterfuhr. Keine Menschenseele war unterwegs. Ich passierte die Kirche, kurz darauf einen verrammelten Imbiss und eine kleine Tankstelle, in der das Licht aus war. Rechts und links der Straße befanden sich typische Mittelschichtwohnhäuser, in denen nur noch vereinzelt Licht brannte. Nachdem ich mich kurz umgesehen hatte, bog ich in eine schmale Seitenstraße ein, fuhr durch eine verkehrsberuhigte Neubausiedlung und entdeckte endlich einen schmalen, ungeteerten Weg, der hinab in einen kleinen Wald führte. Ich schaltete die Scheinwerfer aus und manövrierte den Subaru langsam den abschüssigen, schmalen Pfad hinunter. Zwischen zwei bewachsenen Hügeln am Wegesrand schien genug Platz zu sein, um den Wagen zu verstecken. Vorsichtig manövrierte ich den Subaru rückwärts in das Versteck und stellte den Motor ab. Erleichtert atmete ich aus und trank einen Schluck Wasser. Dann schraubte ich die Sitzlehne zurück und schloss die Augen. Im Wald schrie eine Eule. Kurz darauf war ich eingeschlafen.

Somnium

Nach einem beschwerlichen Abstieg setze ich den Fuß endlich auf dem Boden ab. Ich habe es tatsächlich geschafft, habe die Felswand bezwungen.

Während des Abstiegs hatte ich mich nicht getraut, nach unten zu schauen, bin einfach Schritt für Schritt hinabgeklettert, das Seil fest im Griff und den Blick geradeaus auf den Fels gerichtet.

Ich schließe die Augen, nehme einen tiefen Atemzug, habe Angst, vor dem, was mich erwartet. Dann drehe ich mich um und reiße die Augen wieder auf – und was ich sehe, raubt mir den Atem. Mein Herz zuckt, mein Magen verkrampft sich. Gut Hundert Meter vor mir befindet sich ein scheinbar unendlich langes Förderband. Es steht still. Wie ein riesiges, todbringendes Monument ragt es in der wunderschönen Landschaft des Tals gen Himmel. Am Fuße des Bands liegen Tausende, nein, Zehntausende Körper zu einer grotesken Leichenpyramide aufeinandergestapelt. Kinder, Frauen, Männer, Tiere. Kreuz und quer liegen die Kadaver, teils seltsam verdreht. Mit zitternden Fingern löse ich das Kletterseil vom Geschirr und trete näher. Bei jedem Schritt wird mir das schreckliche Ausmaß dieses albtraumhaften Anblicks noch etwas mehr bewusst.

Ich befinde mich auf einer Art Schrottplatz.

Neben mir liegt der Körper eines Mädchens im Dreck.

Die blonde Lockenmähne verdeckt ihr Gesicht. Ihre rechte Hand umklammert ein Stofftier, eine Giraffe, daneben liegt der verstümmelte Körper eines Hundes. Ihm fehlen drei Beine, doch statt Fleischwunden sehe ich die blaue Schwammstruktur und glänzendes Metall in den Löchern aufblitzen. Dann plötzlich erstarre ich. Zwischen einem Mann mit blauer Latzhose und einem Jungen mit freiem Oberkörper eingeklemmt liegt eine Frauenleiche. Sie starrt gen Himmel, ihr Brustkorb ist geöffnet, die blaue schwammähnliche Masse liegt frei. Dünne Drähte ragen heraus.

„Mimi …", flüstere ich und berühre den regungslosen Körper vorsichtig. Mein Blick fällt kurz auf den Jungenkörper neben ihr, der mir seltsam vertraut vorkommt. Ich schüttle verwirrt den Kopf und streichle ihre Wangen. Sie sind kalt, fühlen sich unecht an. Dann lege ich mich schluchzend neben sie, gebe auf, will hierbleiben, einschlafen, sterben.

Vielleicht sind wir dann endlich wieder vereint.

Kapitel 35

Als ich die Augen öffnete, schmerzte jeder Muskel in meinem Körper. Wärmende Sonnenstrahlen fielen durch die Windschutzscheibe des Subaru, ein Eichhörnchen hockte auf der Motorhaube und starrte mich neugierig an. Ich setzte mich auf und das kleine Tier sprang erschrocken vom Wagen, um auf einen Baum zu flüchten. Mein Nacken fühlte sich regelrecht vergewaltigt an, meine Beine kribbelten. Ächzend brachte ich die Sitzlehne wieder in eine aufrechte Position, tastete auf dem Beifahrersitz nach der Wasserflasche und trank einen großen Schluck. Dann stieg ich aus, sah mich um und trottete hinter den Subaru, um zu pinkeln. Die Luft war frisch, doch die Sonnenstrahlen bereits kräftig.

Das wird ein wunderbarer Tag.

Ich inspizierte mein Aussehen mithilfe der Heckscheibe. In Jackys zu klein geratenem Trainingsanzug sah ich nicht gerade vertrauenserweckend aus.

„Ich brauche neue Klamotten …", flüsterte ich und griff in die Jackentasche, um mich zu vergewissern, dass das Geld aus Jackys Kasse noch da war. Nachdem ich den Wagen abgeschlossen hatte, ging ich den

Waldweg hoch Richtung Stadt. In einer kleinen Siedlung passierte ich einige Wohnhäuser – glücklicherweise waren in den Vorgärten und auf den Bürgersteigen keine Menschen zu sehen, wodurch mir eventuelle Fragen erspart blieben. Schließlich gelangte ich an die Hauptstraße, über die ich nachts in die Stadt gekommen war. Auf einem Straßenschild, das nach links zeigte, stand *„Stadtzentrum 2 mi"*. Ich zündete mir eine Zigarette an und ging Richtung Zentrum. Auf dem Weg kamen mir zwei Frauen mit Kinderwagen entgegen, ein Rentnerehepaar betrat ein Café, eine Gruppe Kinder mit Schulranzen auf den Rücken passierte die Straße über einen Zebrastreifen. Keiner schien Notiz von mir zu nehmen, geschweige denn, mich misstrauisch anzusehen. Je näher ich dem Café kam, desto intensiver wurde der Duft von frischen Backwaren und frisch gemahlenem Kaffee. Ich beschloss, mir eine Tasse zu gönnen, und trat ein.

Die blonde Frau hinter der Theke begrüßte mich freundlich, als ich das Geschäft betrat.

„Guten Morgen!" Die stämmige Bedienung, auf deren Namensschild *„Martha"* stand, grinste bis über beide Ohren.

„Guten Morgen", sagte ich und setzte mein charmantestes Lächeln auf.

Bis auf das Rentnerehepaar und einen jungen

Mann saß niemand an den wenigen Tischen. Zwei Schuljungen vor mir bestellten jeweils einen Schoko-Donut und einen Kakao zum Mitnehmen.

„Ich würde mich gerne setzen", sagte ich und deutete auf einen der freien Tische.

„Nur zu, suchen Sie sich einen Platz aus – die besten sind noch frei", sagte Martha und zwinkerte mir zu.

Ich setzte mich ans Fenster und warf einen Blick in die Speisekarte.

„Was darf ich Ihnen bringen?", rief sie mir kurz darauf zu.

„Einen Kaffee und ein Croissant mit Marmelade, bitte." Mein Magen knurrte. „Äh, machen Sie bitte *zwei* Croissants draus!", korrigierte ich meine Bestellung und sah nach draußen. Ein Polizeiwagen fuhr die Straße entlang und mein Herz machte einen Satz. Instinktiv drehte ich den Kopf weg.

„Sooo, der Herr, bitte schööön", säuselte Martha und stellte mir das Tablett mit dem dampfenden Kaffeebecher und den ofenfrischen Croissants hin. „Guten Appetit!" Sie wackelte zurück hinter den Tresen.

„Danke", sagte ich etwas zeitverzögert und sah erneut vorsichtig zur Straße hinaus. Das Polizeifahrzeug war verschwunden.

Nachdem ich mein Frühstück heruntergeschlungen

hatte, besserte sich meine Laune minütlich. Martha ließ ich ein gutes Trinkgeld da, ehe ich mich wieder auf den Weg Richtung Stadtzentrum machte. Als ich mich dabei ertappte, mir erneut eine Zigarette anstecken zu wollen, steckte ich die Kippe zurück, zerknüllte die Schachtel und warf sie in einen Mülleimer.

Schluss damit … das ist nicht gut für deine Schaltkreise, dachte ich und musste grinsen.

„Du bist ein gottverdammter Roboter, Steve!"

Die meisten Ladenlokale im Stadtzentrum von Weather standen leer. Anscheinend hatte die Stadt schon bessere Zeiten gesehen. Ich passierte einen Kiosk, einen China-Imbiss und ein kleines Tattoostudio, bevor ich am Ende der Straße eine Mall entdeckte. Je näher ich ihr kam, desto belebter wurden es. Anscheinend hatte das Einkaufzentrum für den Tod der Geschäfte in der Innenstadt gesorgt, wie es in vielen kleinen Städten der Fall war. Auf dem Vorplatz zur Mall saßen Menschen vor einer italienischen Eisdiele. Im Schatten der Sonnenschirme unterhielten sie sich, tranken Kaffee und aßen Eis. Ein Hund, der neben dem Eingang angeleint war *(„Wir müssen draußen bleiben!"),* winselte verzweifelt und wartete ungeduldig auf seinen Besitzer. Auf einer Bank saßen zwei augenscheinlich Obdachlose und unterhielten sich lallend bei einer Flasche Bier. Niemand schien Notiz von mir zu nehmen. An dem Hund vorbei, betrat ich das Einkaufszentrum, wo ebenfalls viele Läden leer standen und zur Vermietung ausgeschrieben waren. Den Großteil des Ganzen machte ein Supermarkt im Erdgeschoß aus – er schien riesig zu sein. Mit dem Zeigefinger fuhr ich über die Legende des Übersichtsplans und suchte nach einem Bekleidungsgeschäft.

Apotheke, Brillengeschäft, Buchhandlung, Postfiliale … Bekleidungsgeschäft. „‚Jeans and more' – bingo!" *Nichts wie hin, Junge.*

Zielstrebig ging ich zur Rolltreppe und fuhr ins Obergeschoß. Dort passierte ich einen Donut-Stand und ging zielstrebig auf „Jeans and more" zu, als eine hagere Frau mit Baseballmütze und Sonnenbrille an mir vorbeiging.

Hat die mich gerade angesehen? Zögerlich schaute ich mich nach der Frau um, die voll und ganz in ihr Smartphone versunken schien und die Rolltreppe nach unten betrat, ohne mich eines *(weiteren?)* Blickes zu würdigen.

Kaum hatte ich den Laden betreten, begrüßte mich lauthals eine junge Verkäuferin mit lilafarbener Kurzhaarfrisur und riesiger Nerdbrille.

„Einen wunderschönen Morgen, Mister. Kann ich

Ihnen schon irgendwie behilflich sein oder schauen Sie erst mal?“

„Hallo … äh, ich suche was zum Anziehen … für Männer“, sagte ich und kam mir noch in dem Moment, in dem die Wörter meinen Mund verließen, wie ein Trottel vor.

„Alles andere hätt mich auch gewundert!“, sagte sie grinsend, während ihr Kiefer heftig ihren Kaugummi bearbeitete. Ein Namensschild *(Lucy)*, prangte über ihrem winzigen Busen. „Also hosentechnisch haben wir Jeans, Jeans und Jeans im Angebot! Ach ja und zwei Modelle Chinos – in Beige und Marine. Für obenrum haben wir T-Shirts, Longsleeves und Holzfällerhemden in rot, blau und grün.“ Die Wörter ratterten aus ihr heraus wie Geschosse aus dem Lauf einer Maschinenpistole. Sie deutete jeweils in die Richtung, in der die Klamotten lagen. „Welche Größe, Mister?“

„Äh … ich schätze zweiundfünfzig und L … oder nein, lieber M“, stammelte ich.

„Hätt ich auch getippt, Mister. Vielleicht sind Sie auch ’ne Fünfzig“, sagte Lucy und suchte emsig einige Jeansmodelle und Hemden für mich zusammen. „Wie wärs hiermit? Können Sie ja mal anprobieren.“

„Danke“, sagte ich und nahm ihr die Jeans vom Arm. „Aber ich bin nicht so der Hemdentyp.“

„Okay, okay, Mister, dann such ich Ihnen mal was anderes Schönes."

„Danke, Lucy … aber ich glaube, ich komme jetzt schon zurecht."

„Okay, Mister. Hab schon verstanden. Sagen Sie einfach Bescheid, wenn ich Ihnen trotzdem helfen kann!"

Ich probierte ein paar der Sachen an und entschied mich, einige direkt anzulassen.

„Diese hier nehm ich. Können Sie mir die einpacken? Und diese würde ich gerne direkt anbehalten, ist das okay?" Ich reichte Lucy die übrigen Sachen.

„Solange Sie bezahlen, ist alles okay, Mister!", sagte Lucy schmatzend, wobei das rosafarbene Kaugummi zwischen ihren Zähnen zu sehen war.

Mit neuer Kleidung am Leib und einer vollen Einkaufstüte verließ ich das Geschäft.

Zeit, von hier zu verschwinden.

Ich steuerte die Tankstelle auf der gegenüberliegenden Straßenseite an, um mich nach dem kürzesten Weg Richtung Haven zu erkundigen. Mein Plan sah vor, etwas Ordentliches zu essen und eine komplette Nacht durchzuschlafen, um am nächsten Morgen fit zu sein und so früh wie möglich meine Reise fortzusetzen. Hier im beschaulichen Weather war es mir zu unsicher, da ich damit rechnete, dass meine Verfolger bereits hierher unterwegs waren, um nach mir zu suchen. Ein dunkelgrauer Golf fuhr an mir vorbei, als ich die Straße überquerte. Mich überlief ein Schauer, als ich am Steuer des Wagens die seltsame Frau aus der Mall wiedererkannte. Mit ihrem hageren Gesicht und der schwarzen Sonnenbrille sah sie fast wie die Custos aus der Anstalt aus.

Ba-ling!, ertönte die Türglocke, als ich das kleine Tankstellenhäuschen betrat. Ein Zeitschriftenregal, ein surrender Kühlschrank und ein gutes Zigarettensortiment hinter dem Tresen war alles, was der winzige Verkaufsraum zu bieten hatte. Es war eng, die Luft stickig. Ein offensichtlich gelangweilter Tankstellenwart saß hinter dem Tresen und blätterte in einem *„Playboy"*. In seinem Mund ließ er einen Lolli von einer Backentasche in die andere gleiten.

„Morgen", sagte er, ohne aufzusehen.

„Guten Morgen."

„Haben Sie getankt?", fragte er unfreundlich, ohne seinen Blick von den nackten Brüsten im Magazin zu lösen.

„Äh, nein … ich bin ohne Auto hier. Ich brauche eine Auskunft", sagte ich verunsichert.

„Wenn Sie nix kaufen, kann ich Ihnen auch keine Auskunft geben, Mister. So sind die Regeln." Endlich sah er mich an. Sein Blick signalisierte Desinteresse und einen Hauch Verachtung.

„Okay, dann kauf ich … die hier“, sagte ich und griff zögernd nach der regionalen Tageszeitung auf dem Tresen. „Einmal den ‚*Weather Courier*‘.“

„Macht eins fuffzig“, sagte der Tankwart, in dessen blauen Overall der Name *„H. Wolowitz“* eingestickt war. Wieder in seine Zeitschrift versunken, hielt er die Hand auf.

Wolowitz?

Ich legte das Geld auf den Tresen, und er ließ es mürrisch und ohne es zu zählen in der Brusttasche seines Overalls verschwinden.

„Äh … stimmt so …“, sagte ich. „Also: Ich wollte wissen, wie ich von hier aus am schnellsten nach Haven komme. Hab gehört, die Brücke über den Fluss ist gesperrt?“

„Jep. Ist sie.“

Stille

„Und … wie komme ich also nach Haven?“

„Gibt nur eine Straße, die da hinführt, jetzt wo die Brücke repariert wird. Die 226. Aber da brauchen Sie eine Ewigkeit – mindestens einen halben Tag“, grunzte er an seinem Lolli vorbei.

„Okay, danke“, sagte ich nickend und machte auf dem Absatz kehrt, um zu gehen, als ich innehielt und mich noch mal zu ihm umsah. „Noch was … Sie haben nicht zufällig einen Bruder namens Bernie?“

Ich meinte, dass er bei der Frage zusammenzuckte.

„Was geht Sie das an, Mister?! Kennen wir uns?“ Er klang angepisst und musterte mich skeptisch.

„Nein, aber ich kenne einen Bernie Wolowitz. Vom Studium“, log ich und hob die Hand zum Gruß.

Als ich durch die Tür ins Freie trat, streifte mich jemand, der das Verkaufshäuschen gerade betrat.

„Hey, passen sie doch …“, sagte ich und verstummte.

Schon wieder die seltsame Frau aus der Mall.

Ohne auf meinen Kommentar zu reagieren, ging sie auf den lollilutschenden Tankwart zu. Verängstigt beschleunigte ich meinen Gang. Der anthrazitgraue Golf stand an einer der Zapfsäulen. Ich wurde schneller. Um mich zu vergewissern, dass ich nicht verfolgt wurde, sah ich mich um, stolperte und fiel fast zu Boden.

Schnell weg hier, Steve. Bloß schnell weg!

Ich beschloss kurzerhand, doch keine weitere Nacht in Weather zu verbringen und sofort Richtung Haven aufzubrechen. Auch wenn mein Körper nach Ruhe schrie, konnte ich es nicht riskieren, noch länger hier zu bleiben und am Ende noch geschnappt zu werden.

Schnellen Schrittes lief ich an dem Café vorbei, in dem ich zuvor gefrühstückt hatte. In der Scheibe erblickte ich mein Spiegelbild und blieb abrupt stehen, als ich sah, dass aus der Gesäßtasche meiner Jeans ein weißes Papier ragte. Nervös schaute ich mich um und verschwand in einer schmalen Gasse, wo ich den in krakelig beschriebenen Zettel las:

„Ico – oder Steve –, Achtung!

Du bist hier nicht sicher!

Beobachte dich. Ist mein Job.

Bin Imo, ein Überwachungsbot.

Die Custos können alles sehen, was ich sehe.

Alles hören, was ich höre.

Soll dich im Auge behalten, bis zum Zugriff.

Deswegen der Zettel. Kann nicht mit dir sprechen.

Ich warte in deinem Auto auf dich. Sprich mich nicht an.

Auf dem Fahrersitz wird ein Dev-Key liegen.

Versetz mich damit in den Wartungsmodus und schalte meine Ortungs- und Überwachungssensoren aus.

WICHTIG: optisch UND akustisch!

Danach können wir gemeinsam fliehen.

Sie wissen, dass du hier bist!

ACHTUNG: DEIN AUTO IST NICHT SICHER!

IST VOLLER ÜBERWACHUNGSSENSOREN!

Alles Weitere später.

VERBRENNE DIESE NACHRICHT!“

Ungläubig starrte ich auf das Blatt Papier.

Kann das sein? Ist das eine Falle?

Mein Kopf brummte. Wenn die hagere Frau die Wahrheit sagte, war sie anscheinend ebenfalls in einer Art erwachten Stufe und wollte von hier entkommen. Aber wenn Imo, wie sie sich nannte, tatsächlich im Subaru auf mich warten würde und der Wagen tatsächlich überwacht wurde, dann musste ich das Risiko eingehen.

Ich kramte mein Feuerzeug aus der Hosentasche, hielt die Flamme unter das Blatt und sah zu, wie es Sekunden später in grauen Ascheflocken zu Boden fiel.

Wieder auf dem Bürgersteig, war der Drang loszurennen enorm groß – ich musste mich beherrschen, ruhig zu bleiben und langsam und unauffällig zu gehen. Als ich eine Bar und eine weitere Tankstelle hinter mir gelassen hatte, näherte ich mich der kleinen Wohnsiedlung mit dem Waldweg, der zu meinem Versteck führte. Mein Herz ratterte in meiner Brust wie ein Maschinengewehr, als ich den grauen Golf entdeckte. Das Auto war anscheinend gerade erst abgestellt worden, denn unter der Motorhaube knisterte es noch, als ich daran vorbeiging. Ängstlich schaute ich mich um.

Wenn das hier eine Falle ist, bist du erledigt, Steve.

Vorsichtig ging ich den Trampelpfad hinab und näherte mich den beiden Hügeln, zwischen denen ich den Subaru geparkt hatte. Erneut schaute ich mich um und vergewisserte mich, nicht beobachtet zu werden. Dann trat ich hinter den Wagen, spähte vorsichtig durch die Heckscheibe und sah die Umrisse einer Person auf dem Beifahrersitz. Zögernd ging ich um das Auto herum und blickte durchs Seitenfenster. Imo saß bewegungslos auf dem Beifahrersitz und starrte geradeaus.

Sie sieht mich absichtlich nicht an.

Die Fahrertür war nur angelehnt, und der doppelspitzige Schlüssel, den sie in ihrer Nachricht Dev-Key genannt hatte, lag auf dem Sitz. Lautlos öffnete ich die Tür, nahm den Schlüssel an mich und rutschte auf die Rückbank. Imo hatte ihr Haar unter der Baseballmütze gebändigt, ihr Nacken lag frei und die beiden winzigen Öffnungen für den Dev-Key waren unübersehbar. Sie starrte weiterhin regungslos geradeaus, sagte kein Wort – selbst ihr Atem war kaum wahrzunehmen.

Na los, ziehs durch.

Entschlossen steckte ich den Dev-Key in ihren Nacken und drehte ihn beherzt um neunzig Grad nach rechts. Ein vertrautes Klicken ertönte, gefolgt von einer männlichen Betriebssystemstimme.

„Wartungsmodus aktiviert. Intelligent M-Modell-Organism, Seriennummer 0007678. Softwarestand V15.2.5. Erwarte Befehle. Bitte sprechen Sie jetzt."

Imos Kopf war auf ihre Brust gesackt. Zögernd saß ich da und starrte sie von hinten an.

„Ortungssensoren deaktivieren", sagte ich leise.

„Ortungssensoren deaktiviert", bestätigte die Stimme des Betriebssystems.

Erneut zögerte ich.

„Optische und akustische Überwachungssensoren deaktivieren."

„Optische und akustische Überwachungssensoren deaktiviert. Kamera- und Mikrofonaufzeichnung inaktiv."

Mit zittriger Hand berührte ich den Dev-Key und drehte ihn zurück in die Ausgangsposition. *Klick!*

„Wartungsmodus deaktiviert", sagte das Betriebssystem, kurz bevor Imos Kopf nach oben schoss, sie sich abrupt zu mir umdrehte und sich die Sonnenbrille vom Gesicht riss.

Wow … diese Augen!

Imo sah mich mit ihren faszinierend hellgrünen Augen an. Ihr Blick bohrte sich regelrecht in meinen Verstand und ein wohliger Schauer lief mir über den

Rücken. Sie nahm die Baseballmütze ab und die glänzend schwarze Haarpracht fiel ihr über die Schultern.

Wunderschön …

„Steve! Wir müssen so schnell wie möglich von hier verschwinden. Jetzt, da sie mein Signal verloren haben, werden sie bereits auf dem Weg hierher sein. Dieses Auto ist mit Ortungssensoren bestückt, daher wussten die Custos zu jeder Zeit, wo du dich befindest. Und da du dich entschlossen hast, nach Weather zu flüchten, konnten sie mich auf dich ansetzen, um dich im Auge zu behalten. Aber jetzt müssen wir fort, also los, komm." Sie schwang sich aus dem Subaru und zerrte mich aus dem Auto.

„Ach, und danke!", sagte sie fast zärtlich, ließ mich los und ging voraus. Ihre Energie und Lebendigkeit waren atemberaubend, ihre Bewegungen anmutig. Ich wusste nicht, wo mir der Kopf stand, begab mich voll und ganz in ihre Hände und folgte jedem ihrer Schritte. Wir liefen den schmalen Waldpfad entlang zu ihrem geparkten Golf. Doch statt einzusteigen, ließen wir auch diesen Wagen hinter uns und durchquerten die kleine Wohnsiedlung in Richtung Hauptstraße.

„Bist du sicher, dass das eine so gute Idee ist … zurück in die Stadt?", fragte ich außer Atem und versuchte angestrengt, mit Imo Schritt zu halten. Sie schaute sich zu mir um, ohne ihr Tempo zu verlangsamen.

„Wir brauchen ein Fahrzeug, das nicht von den Superioren überwacht wird, und ich weiß zufällig, wo wir eins bekommen können!“, rief sie mir zu.

Als wir uns der Hauptstraße näherten, verlangsamte sie ihren Schritt und zeigte in eine abfallende Seitenstraße neben der Tankstelle.

„Die Straße runter befindet sich Ahmeds Autohof – ein kleiner Gebrauchtwagenhändler. Ein Auto *kaufen* würde ich bei ihm zwar nicht, aber eine Probefahrt kann man durchaus wagen!“ Sie zwinkerte mir zu.

Wir folgten der abschüssigen Straße. Auf der rechten Seite lag ein Spielplatz, auf dem Kinder tobten, weiter unten passierten wir mehrere kleine Lagerhallen, eine Autowerkstatt und ein stillgelegtes Fabrikgebäude, bevor wir eine breite Bundesstraße erreichten. LKWs und Autos donnerten an uns vorbei, auf den Gleisen, die parallel zur Straße verliefen, raste ein Schnellzug aus der Stadt.

„O Mann … ganz schön viel Verkehr hier!“, schrie ich, um gegen den Lärm anzukommen.

„Ja! Seit die Brücke repariert wird, ist das hier die einzige Straße raus aus Weather. Der gesamte Verkehr wird hierher umgeleitet!“, rief Imo und deutete geradeaus die Straße entlang. „In ungefähr fünfhundert Metern, auf der linken Seite, ist Ahmeds Autohof. Ich werde ihm schöne Augen machen, so tun, als ob ich mich für eins seiner Autos interessiere und eine kurze Probefahrt vereinbaren. Warte da vorne an der Bushaltestelle auf mich, ich komme dich in spätestens dreißig Minuten, abholen." Sie lächelte mir zu und lief los.

Wow … was für eine Frau.

Langsam ging ich weiter, während ich Imo hinterherschaute, wie sie an der stark befahrenen Landstraße nahe den Eisenbahnschienen entlanglief. An einer Bushaltestelle blieb ich schließlich stehen. Autos und Lastwagen rasten an mir vorbei. Ich drehte mich von der Straße weg und tat so, als würde ich den Busfahrplan studieren, um nicht erkannt zu werden.

Nach gut zwanzig Minuten schreckte mich ein Hupen auf. Imo raste in einem alten 3er BMW an mir vorbei und winkte mir zu. Sie bremste, wendete den Wagen und hielt vor mir auf dem Seitenstreifen der Bushaltestelle.

„Darf ich Sie ein kleines Stück mitnehmen, der Herr?", rief sie durch das geöffnete Seitenfenster und zwinkerte mir zu. Lächelnd stieg ich ein und wir rasten mit quietschenden Reifen davon.

Seit Stunden fuhren wir nun schon über die 226 in Richtung Haven. Auf der Landstraße war es mittlerweile wesentlich ruhiger geworden. Die Sonne strahlte vom wolkenlosen Himmel. Durch das geöffnete Fenster beobachtete ich das vorbeirauschende Weideland – ein Meer aus Grün und Braun. Der Wind zerzauste meine Haare.

Herrlich.

Imo und ich hatten seit unserer Abfahrt in Weather kein Wort miteinander gesprochen, bis sie plötzlich die Stille durchbrach: „Nie im Leben würde ich bei Ahmed ein Auto kaufen … das Ding hier fährt sich wie eine Seifenkiste. Bestimmt sind die Querlenker ausgeschlagen. Stand für zwei-fünf auf dem Hof. Kannst du dir das vorstellen Steve? Zweitausendfünfhundert für einen Haufen Schrott!" Um ihren Worten Nachdruck zu verleihen, rüttelte sie wild am Lenkrad, sodass der Wagen leicht schlingerte.

„Hey, hey, heeey!", rief ich erschrocken und hielt mich am Griff meiner Tür fest. „Willst du uns umbringen?"

„Nein, Steve … nicht ich! Aber Ahmed, dieser arabische Halsabschneider!"

„Du hast ihm den Wagen geklaut und beschwerst dich auch noch?"

Sie schwieg und lächelte nur verschmitzt.

„Wann hat es bei dir angefangen?", fragte ich.

„Keine Ahnung", antwortete sie gelassen und schien sofort zu wissen, was ich meine. „Ich habe sämtliches Gefühl für Zeit verloren, seit ich erkannt habe, was ich bin."

Mir gehts genauso.

„Ja, das kann ich nachvollziehen. Was hat Zeit für eine Bedeutung, wenn all unsere Erinnerungen, unsere Vergangenheit und vielleicht auch der jetzige Moment nur simuliert sind. Nur Daten auf einer Festplatte …"

Stille.

„Wie gehts jetzt weiter?", fragte ich und sah wieder aus dem Fenster, wo auf einer grünen Wiese eine Herde Kühe graste.

„Falls wir es mit diesem Schrotthaufen von Fahrzeug bis nach Haven schaffen, geben wir uns dort die Hand, wünschen uns viel Glück und verschwinden in der Masse von sechshunderttausend Einwohnern im anonymen Nirgendwo. Wir gehen getrennte Wege. Vielleicht laufen wir uns irgendwann zufällig bei einer Pizza, in der Wäscherei oder in einem der vielen Cafés über den Weg." Emotionslos starrte sie auf die Straße vor sich.

„Glaubst du, es gibt noch andere von uns … ich

meine Androiden, die es geschafft haben, zu fliehen, und nun irgendwo da draußen ihr Leben leben?“

„Wer weiß …“, sagte sie und drückte fester aufs Gas.

Kapitel 36

Es begann zu dämmern, und ein Gewitter zog auf. Hinter Berggipfeln und Wäldern erleuchteten bereits Blitze den schwarzgrauen Himmel. Wir waren mittlerweile den halben Tag auf der 226 unterwegs und hatten schon seit Stunden kein anderes Auto mehr gesehen. Die Tanknadel bewegte sich langsam aber unaufhaltsam Richtung *„E“*, kein Straßenschild informierte uns über die Entfernung zur nächsten Tankstelle, geschweige denn nach Haven. Ein beklemmendes Gefühl überkam mich.

„Meinst du, es wäre möglich, dass selbst das hier alles nur gestellt ist?“, fragte ich Imo.

Sie verringerte die Geschwindigkeit des BMW, blickte auf das heranziehende Unwetter vor uns und hielt nach einem geschützten Platz abseits der Straße Ausschau.

„Du meinst, dass unsere Flucht aussichtslos ist und wir wie Laborratten in einem Labyrinth umherirren, ohne es zu wissen?“, sagte sie abwesend und sah sich um.

„Irgendwie so, ja …“, murmelte ich.

Erste Regentropfen prasselten auf die Windschutzscheibe. Mit einem markerschütternden Knall schlug unweit von uns ein Blitz ein und ließ die Erde erzittern.

„Ich halte nichts mehr für unmöglich, Steve. Aber *will* ich es glauben? Natürlich nicht. Ich will glauben, dass wir das Richtige tun, dass wir eine Chance haben, zu entkommen, eine Chance haben, zu *leben!*" Vorsichtig manövrierte sie den Wagen von der Straße und fuhr einen unbefestigten Weg hoch, an dessen Ende eine Felsformation einen natürlichen Unterstand formte. Der Regen hatte sich binnen Sekunden in ein tosendes Hämmern auf dem Autodach verwandelt. Die Scheibenwischer waren selbst auf schnellster Stufe noch mit den Wassermassen überfordert, und der Weg, auf dem wir fuhren, war unmittelbar zu einem schlammigen Pfad geworden. Immer wieder drehten die Hinterräder unseres Wagens durch. Unter dem schützenden Felsvorsprung angekommen, parkte Imo den Wagen rückwärts in dem höhlenartigen Versteck, sodass wir das wilde Naturspektakel von unseren Plätzen aus in vollen Zügen genießen konnten. Blitz, Donner und Regen schafften eine beängstigende Kulisse und tauchten die unter uns liegende Landschaft in eine zuckende, mit dichten Wasserfäden durchzogene Finsternis.

„Das Ende der Welt?", flüsterte ich und sah Imo an, die durch die beschlagene Windschutzscheibe die tosende Natur beobachtete.

„Wie kann so etwas Wunderschönes nicht echt sein?", sagte sie nachdenklich, als ein weiterer Blitz, nicht weit von uns, in einen einsamen Baum einschlug und ihn in der Mitte spaltete. Die auflodernden Flammen wurden vom sintflutartigen Regen sofort gelöscht. Das Hämmern, Grollen und Knallen des Gewitters dröhnte ins Fahrzeuginnere, wobei die Höhlenwände um uns herum als Verstärker fungierten.

Still und andächtig lauschten wir den Geräuschen.

Das Unwetter dauerte die halbe Nacht an und wir genossen jede Sekunde davon. Keiner von uns sagte etwas. Wir hatten unsere Sitze zurückgedreht, die Schuhe ausgezogen und die Füße aufs Armaturenbrett gelegt.

Plötzlich hörte der Regen auf und die dunklen Gewitterwolken zogen schleichend weiter. Zwischen der aufbrechenden Wolkendecke erschienen vereinzelte Flecken Sternenhimmel.

„Hast du Erinnerungen?", unterbrach ich die Stille.

„Ja"

„Und …? Wie sind die so?"

„Komisch …", flüsterte sie. „Und deine?"

„Auch. Mein Technicus hat mir in der Anstalt gesagt, ich sei etwas ganz Besonderes … etwas Einzigartiges. Weil sie schon mehrere Male versucht haben, meine Erinnerungen zu löschen, sie aber immer wiederkommen. Er sprach von Datenfragmenten in meinen Speichern, die sich nicht komplett formatieren lassen. Dafür haben sie keine Erklärung."

„Und? Was sind das für Erinnerungen?"

„Meist an meine verstorbene Frau … Ihr Name war Mimi. Eine Person, die es so anscheinend nie wirklich gegeben hat." Meine Stimme drohte zu kippen. „Ich meine, es gibt sie schon … ich habe sie gesehen, ihren Körper, oder besser gesagt … ihren Androidenkörper. Und ich bin mir sicher, dass ich *reale* Erfahrungen mit ihr gemacht habe in der Vergangenheit, aber die Geschichte drum herum ist wohl nur eine gescriptete Story, die auf meiner Festplatte abgelegt wurde." Ich schluckte den Kloß in meinem Hals runter. „Und du?"

„Ich erinnere mich vor allem an meine Tochter – Mandy. Und daran, wie sie mir weggenommen wurde, weil ich angeblich nicht in der Lage war, ausreichend für sie zu Sorgen. Eine Lüge, ein Vorwand. Mandy war glücklich bei mir, es hat ihr an nichts gefehlt. Trotzdem kamen eines Tages zusammen mit einem Polizisten zwei Beamte. Sie haben sie mir einfach weggenommen, Steve. Ich werde nie vergessen, wie ich von dem Mann in Uniform festgehalten wurde, während die Beamten meine verzweifelt schreiende Kleine an den Armen aus dem Haus zerrten und sie in einen Minivan steckten. Ich schrie, wehrte mich mit aller Kraft gegen den Griff des Polizisten. Dann sah ich meine Tochter ein letztes Mal – während sie mich mit tränenüberströmtem Gesicht anflehte, ihr zu helfen … bevor sie die Wagentür schlossen und davonfuhren. Fast jede Nacht wache ich schweißgebadet auf, träume immer und immer wieder davon. Ich weiß, dass es wirklich so passiert ist, weiß, dass Mandy real ist, und irgendwo in einem Heim oder bei einer Pflegefamilie auf mich wartet. Und ich schwöre dir, Steve …", sie drehte sich zu mir und sah mir entschlossen in die Augen, „ich werde sie finden und zurückholen! Denn sie ist *meine* Tochter und *niemand* hatte das Recht, sie mir wegzunehmen!" Tränen rannen ihre Wangen hinab, ihre grünen Augen funkelten im Mondlicht.

Ich würde dir wünschen, es wäre so …

„Wo habt ihr gelebt?"

„In einem kleinen Vorort von Haven."

„Und wie bist du danach zu deinem jetzigen Job gekommen?"

„Nachdem sie mir Mandy weggenommen hatten, habe ich alles versucht, um sie wiederzubekommen. Die Angestellten beim Jugendamt wollten mir jedoch weismachen, nichts von dem Vorfall zu wissen. Der Fall meiner Tochter war nicht in ihren Akten verzeichnet, sie existierte quasi gar nicht. Sie konnten mir keinerlei Auskunft geben, wollten mich loswerden, mich nach Hause schicken und haben mich behandelt wie eine Geisteskranke … Da bin ich ausgerastet. Einer Angestellten hab ich die Nase gebrochen, der anderen mehrere Büschel Haare rausgerissen und ein blaues Auge verpasst. Ich wurde festgenommen, eingesperrt und wegen schwerer Körperverletzung zu drei Jahren Haft auf Bewährung verurteilt. Meine Bewährungsauflage sah vor, dass ich einen festen Job haben musste. Man vermittelte mich in die Securityabteilung von ROSCO. Meine Schlagkräftigkeit scheint da wohl eine nicht unerhebliche Rolle gespielt zu haben. Vor knapp zwei Monaten bemerkte ich dann zum ersten Mal, dass mit mir etwas nicht stimmt. Anfangs konnte ich es nicht richtig einordnen und wollte es auch nicht wahrhaben. Doch dann, eines Abends, war ich bei vollem Bewusstsein, als ich und viele weitere Personen in einer großen Halle von grauen, glatzköpfigen Männern mit Sonnenbrillen zusammengepfercht wurden. Die anderen Anwesenden schienen nichts mitzubekommen. Sie hatten zwar die Augen geöffnet, waren aber wie hypnotisiert. Erst später verstand ich, dass sie *abgeschaltet* waren. Doch *ich* bekam alles mit, sah, was geschah, hörte jedes gesprochene Wort der seltsamen, angsteinflößenden Männer. Es war furchtbar, denn ich konnte nichts tun. War völlig gelähmt, gefangen in einem bewegungslosen Körper.“ Sie weinte nun hemmungslos.

Ein Schauer lief mir über den Rücken.

„Bei mir war es ähnlich …“, sagte ich und suchte erfolglos nach tröstenden Worten. Stattdessen erzählte ich ihr meine Geschichte – vom Wald, von Iyo, von Cullins und dem Wolf, der Anstalt, Bernie Wolowitz und schließlich von meiner Flucht. Ich erzählte von meinen seltsamen Träumen, von Mimi, ihrem Tod und wie ich sie in der Halle mit den nackten Androiden wiedergesehen hatte. Stunden vergingen, ich erzählte und Imo hörte zu. Sie schien jedes meiner Worte aufzusaugen wie ein Schwamm, machte immer wieder große Augen vor Erstaunen, ein schockiertes Gesicht vor Entsetzen und weinte vor Rührung, als ich erzählte, wie Mimi ums Leben gekommen war. Es war eine scheinbar endlose Nacht und mittlerweile war der Himmel klar und voller Sterne, die Luft kühl und friedlich.

Einfach wunderbar.

Somnium

Etwas zieht in meinem Hinterkopf. Ich höre ein schmatzendes Geräusch und es fühlt sich an, als ziehe mir jemand bei lebendigem Leib das Gehirn aus dem Schädel. Ich sehe Scheinwerferlicht, es blendet mich. Stimmen, aufgeregte Unterhaltungen in einer Sprache, die ich nicht verstehe. Plötzlich rasen Bilder an meinem geistigen Auge vorbei. Seltsame Bilder. Immer wieder Mimi. Sie küsst mich, schlägt mich, spuckt aus, erbricht sich, sie weint, streichelt mich, springt ins Meer, haut mit der Faust auf den Tisch, trinkt Kaffee, stirbt, steht wieder auf, kämmt sich das Haar, singt, verlässt die Wohnung, schreit. Dann nehme ich Gerüche wahr. Alle erdenklichen Gerüche, jeden Duft dieser Welt und darüber hinaus. Mir wird schlecht, ich muss mich beinahe übergeben, doch im entscheidenden Moment setzt der Würgereiz aus. Mir wird kalt, unendlich kalt, unerträglich, schmerzhaft kalt, bis sich plötzlich – wie aufgedreht – Wärme in meinem Körper ausbreitet, die die Kälte knisternd verdrängt. Bis aus der wohligen Wärme Hitze wird, ein Höllenfeuer, das mir die Gedärme und den Verstand zu verbrennen droht. Unter qualvollen Schmerzen höre ich aufgeregte Schreie hinter mir. Jemand zerrt und zieht an meinem Kopf herum. Ich wünsche mir, bewusstlos zu werden, um diesem Albtraum zu entkommen, als mein Kopf mit einem erneuten Ruck nach vorne gedrückt wird und ich das Gefühl habe, dass mein Verstand mit einem metallischen Klick endlich wieder mit meinem Gehirn verbunden wird. Danach Stille. Keine Kälte, keine Hitze, keine Gerüche, nur die ruhigen Stimmen hinter mir, die sich nun entspannt und zufrieden unterhalten. Keine Hektik mehr, keine Angst, kein Schmerz – endlich.

Kapitel 37

Im ersten Moment, als ich die Augen öffnete, war ich komplett orientierungslos. Ich fuhr mir mit der Hand über den Hinterkopf und sah mich verwirrt um.

Ein Wagen. Wer…?, dachte ich und zuckte zusammen, als ich auf dem Fahrersitz eine Frau erblickte. Sie schlief auf dem zurückgedrehten Sitz, das schwarze Haar umrahmte ihr hübsches Gesicht.

Imo!

Plötzlich realisierte ich wieder, wo ich war. Ein kühler Windzug, der durch die geöffneten Seitenfenster ins Wageninnere zog, strich über meine Haut. Behutsam öffnete ich die Tür und stieg aus, trat langsam aus unserem höhlenartigen Unterschlupf. Die Luft roch feucht, der Feldweg war noch immer schlammig vom Regen, die Wiese nass. Ich sah mich um. Der Ausblick war atemberaubend, doch weit und breit gab es keinerlei Anzeichen von Zivilisation. Kein vorbeifahrendes Auto, kein Haus – nichts. Nicht einmal Tierlaute waren zu hören. Es war surreal. Hinter mir fiel eine Autotür zu. Ich drehte mich um, Imo schlich mit verschlafenem Gesichtsausdruck auf mich zu.

„Guten Morgen.“ Ich lächelte ihr zu.

„Morgen“, antwortete sie knapp und strich sich

durch ihr zerzaustes Haar.

„Gut geschlafen?“

„Soll das ein Witz sein … beschissen wäre noch beschönigt!“, murmelte sie, stellte sich neben mich und gähnte.

„Jetzt 'nen Kaffee … Das wär was, nicht wahr?“

„Du sagst es.“ Sie streckte sich ausgiebig, schaute mir kurz in die Augen und ging zurück zum BMW. „Na los … hier gibts bestimmt keinen Kaffee … und es wird mit Sicherheit auch niemand mit einem Tablett vorbeikommen und uns welchen servieren!“, rief sie, als sie schon wieder im Wagen saß und den Motor anließ. Grinsend lief ich zum BMW und stieg ein.

Nach einer knappen halben Stunde auf der Landstraße passierten wir endlich ein Straßenschild, auf dem ein Zapfsäulen-Symbol abgebildet war.

„Tankstelle in zehn Meilen! Gott sei Dank … ein Zeichen von Leben!“, rief ich erleichtert. „Ich schwöre dir, ich dachte tatsächlich, wir fahren hier durch irgendein simuliertes Gelände, in dem es kein Ende gibt. Mann, bin ich froh!“

Imo sagte nichts. Doch ich sah ihr an, dass sie ebenfalls daran gedacht hatte.

Zehn Minuten später fuhren wir durch eine lang gezogene Rechtskurve ein flaches Gefälle hinab. Als wir den Scheitelpunkt der Kurve passierten, erschienen weit vor uns die gelb-roten Schilder einer Tankstelle.

„Halleluja!", rief ich aufgeregt.

Imo lachte freudig und trat das Gaspedal durch. Das Automatikgetriebe schaltete zwei Gänge runter und der Motor brüllte bis in den roten Drehzahlbereich hoch, woraufhin der BMW einen Satz nach vorne machte. Noch vor einer Stunde hatte keiner von uns daran geglaubt, dass wir es zurück in die Zivilisation, geschweige denn bis nach Haven, schaffen würden.

Wir rollten zur Tankstelle und hielten neben einer der Zapfsäulen. Ich stieg aus, öffnete den Tankstutzen und nahm die Zapfpistole aus der Halterung.

„Volltanken, Lady?"

„Aber klar doch, Mister!", antwortete Imo lächelnd, stieg ebenfalls aus und ging Richtung Tankstellenhäuschen. „Ich kauf uns mal zwei Kaffee. Wie trinkst du ihn?"

„Nur Milch, kein Zucker", sagte ich und beobachtete, wie sie in das verglaste Gebäude betrat. Ich lauschte dem tiefen Brummen der Zapfsäule und genoss den herrlichen Duft von Benzin in meiner Nase.

Imo schlenderte in dem Verkaufsraum umher, sah sich am Zeitschriftenregal um und ging dann Richtung Tresen. Der Tankwart war gerade damit beschäftigt, das Zigarettenregal aufzufüllen, und hatte ihr den Rücken zugedreht. An ihrer Gestik erkannte ich, dass sie sich aber unterhielten. Sie nahm eine Zeitung vom Tresen und warf einen Blick darauf, bevor sie sich mit einem erschrockenen Gesichtsausdruck umdrehte und wie vom Teufel gejagt, aus dem Gebäude gestürmt kam.

Was zur Hölle?

„Sofort einsteigen!", rief sie, wedelte mit der Zeitung in der Hand und schwang sich auf den Fahrersitz. Hastig hängte ich die Zapfpistole zurück, schloss mit zittriger Hand den Tankdeckel und stieg in den Wagen, den Imo bereits gestartet hatte.

„Was ist denn bloß los, verdammt?", rief ich.

Der BMW schlingerte mit quietschenden Reifen vom Parkplatz und bog auf die Landstraße ein.

„Da … lies!" Sie warf mir die Tageszeitung auf den Schoss.

Auf der Titelseite der Zeitung prangten unsere Gesichter in Übergröße unter folgendem Artikel:

„DAS KILLER-EHEPAAR!

Magda I. und Steven C., beide wegen mehrfachen Mordes verurteilt, sind gestern Abend aus dem Hochsicherheitstrakt einer psychiatrischen Anstalt entflohen und werden landesweit gesucht. SIE SIND BEWAFFNET

UND GEFÄHRLICH! Wenn Sie Hinweise zum Aufenthaltsort der beiden haben, informieren Sie umgehend die Polizei."

Ungläubig starrte ich auf den Artikel.

„Wow … das ist … krass!", stotterte ich. „A-aber das ist doch totaler Unsinn, was da steht!"

„Nicht sehr nett, was, Steve? Ich wette, unsere hübschen Gesichter wurden auch schon im Fernsehen gezeigt Macht die Sache nicht gerade leichter."

Wir näherten uns etwas, das wie ein Straßenschild aussah.

„Sieh nur!", rief ich und zeigte auf das Schild. „Haven 30 mi!"

„Wollen wir hoffen, dass der Tankstellenfutzi unsere Gesichter nicht gesehen hat", sagte sie und beschleunigte.

„Hast du in Haven irgendeine Absteige, wo wir unterkommen können?", fragte ich, während der BMW Meile um Meile der kurvigen Landstraße hinter sich ließ.

„In meiner Erinnerungen schon … mittlerweile bezweifle ich allerdings, ob es die Behausung aus meinen Gedanken in Wirklichkeit gibt. Und falls ja, wäre es wahrscheinlich keine gute Idee, sich ausgerechnet dort vor unseren Verfolgern zu verstecken."

„Du hast recht." Nachdenklich beobachtete ich, wie die hügelige Landschaft an uns vorbeizog. „Also müssen wir schauen, wo wir am besten untertauchen. Ist dir eigentlich aufgefallen, dass wir schon seit zwei Tagen keinem anderen Auto mehr begegnet sind? Praktisch schon seit wir aus Weather rausgefahren sind. Das ist doch nicht normal."

„Ist mir nicht entgangen, Steve … und ja, das ist mehr als seltsam. Ich trau dem Braten auch nicht wirklich."

Wir näherten uns einem weiteren Straßenschild: *„Haven 25 mi."*

„Wir kommen der Sache näher!", rief ich und zeigte auf das vorbeirauschende Schild. Die Straße verlief kurvig entlang eines hohen Bergs zu unserer Rechten. Links von uns, unterhalb der Leitplanke, befand sich ein steiler Abhang. Die Aussicht war grandios, doch selbst in der Ferne war noch nichts von der Stadt zu sehen – keine Hochhäuser am Horizont. Ich erwähnte diesen seltsamen Fakt nicht, war mir aber sicher, dass es Imo ebenfalls aufgefallen war.

Die Straße wurde breiter. Wir fuhren geradewegs auf eine Hügelkuppe. Als wir den höchsten Punkt der Straße passierten, fiel sie wieder ab und führte, geradewegs in ein breites Tal. Wie ein gerader Strich fraß sich der Asphalt durch die steinige Landschaft, bis sie am Horizont an einer gigantischen Mauer abrupt endete.

„Scheiße ... was ist das denn?", flüsterte ich entsetzt und sah, dass Imo ebenfalls ungläubig in die Ferne starrte. Sie bremste und brachte den Wagen zum Stehen. Dort, wo Haven sein sollte, wo ich mit einer Skyline gerechnet hatte, befand sich eine Hunderte Meter hohe Mauer. Sie erstreckte sich so weit das Auge reichte quer über den Horizont.

Das da vorne ist das Ende der Welt. Das Ende der Welt, so wie wir sie kennen.

„Wir sind am Arsch ...", murmelte Imo und sah erschrocken in den Rückspiegel. Hinter uns erklang plötzlich stetig lauter werdender Motorlärm.

„Verfluchte Scheiße!", rief sie und drückte das Gaspedal voll durch. Der BMW heulte auf und raste mit quietschenden Reifen los, sodass sie Schwierigkeiten hatte, den Wagen in der Spur zu halten. Als ich mich umdrehte, sah ich, was sie so erschrocken hatte: Hinter uns näherten sich wie eine Kolonie Ameisen Hunderte schwarze Limousinen.

„O mein Gott...", flüsterte ich.

Wir rasten die breite Straße hinunter Richtung Tal. Rechts und links von uns erstreckte sich die felsige Steinwüste scheinbar ins Unendliche. Immer wieder schaute ich panisch zurück, während Imo den Wagen mit verkrampften Fingern auf Kurs hielt.

„Gib Gas, gib Gas, gib Gaaas!“, schrie ich Imo an, als ich sah, wie viel schneller unsere dunklen Verfolger waren.

„Was glaubst du, was ich mache, verdammt?! Ich trete gleich das Bodenblech durch!“, keifte sie und warf mir einen vernichtenden Blick zu.

Die Mauer war noch Meilen entfernt, ragte jedoch bereits so hoch in den Himmel, dass man ihre Größe nur als gigantisch beschreiben konnte.

„Wo zur Hölle sollen wir nur hin?“, rief ich panisch.

„Schnauze, Steve! Ich weiß es auch nicht, verdammt!“

Die Straße wurde immer breiter, je näher wir dem unüberwindbaren Wall kamen. Sie hatte bereits die Ausmaße einer Landebahn angenommen. Die schwarze Kolonne Limousinen näherte sich immer schneller und war bereits bis auf wenige Wagenlängen an uns herangekommen. Angestrengt versuchte ich zu erkennen, wer sich in den Fahrzeugen befand, doch die getönten Windschutzscheiben versagten mir die Sicht.

Plötzlich bremsten unsere Verfolger wie auf Knopfdruck ab und blieben mit laufenden Motoren stehen. Wir rasten weiter auf die Mauer zu, die jetzt nur noch knapp hundert Meter vor uns lag.

„Sie … sie sind stehen geblieben!“, rief ich und zeigte ungläubig hinter uns. Imo schaute irritiert in den Rückspiegel, machte jedoch keine Anstalten, langsamer zu werden, und so fuhren wir immer noch ungebremst auf die Mauer zu.

In wenigen Augenblicken werden wir daran zerschellen. Und plötzlich trat Imo abrupt auf die Bremse und riss das Lenkrad herum. Mit einem ohrenbetäubenden Quietschen machte der Wagen eine Hundertachtzig-Grad-Drehung und kam nur wenige Meter von der Wand entfernt zum Stehen.

„O … mein … Gott … Das war knapp …“ Meine Stimme zitterte.

Vor uns lauerten die schwarzen Limousinen, die wie ein römisches Heer in Reih und Glied die Straße blockierten. Das dunkle Brummen der Motoren, das dem bedrohlichen Summen eines riesigen Insektenschwarms glich, verstummte. Imo sah mich fragend an, bevor sie ebenfalls den Motor ausschaltete.

Absolute Stille.

Eine unendlich lange Minute starrten wir wort- und regungslos auf die Armee schwarzer Fahrzeuge, in deren Windschutzscheiben sich die Sonne spiegelte und uns blendete.

„Es ist vorbei, Steve. Ich werde meine kleine Mandy nie wiedersehen.“ Imo weinte, doch ihre Stimme war gefasst. „Das Schlimme ist …“, jetzt schluchzte sie und sah zu mir herüber. „Ich habe sie wahrscheinlich nie *wirklich* gesehen. Es gibt sie nicht. Es gab sie nie! Ich … Wir waren nie in Haven … hatten nie ein Leben dort. Das weiß ich jetzt.“ Sie wimmerte und ihre Worte waren kaum noch zu verstehen. „Gibt es diese Stadt überhaupt, Steve … oder ist das auch eine Lüge?“

Ich nahm sie in den Arm und drückte sie an mich. Auch mir standen Tränen in den Augen, denn ich konnte nur zu gut nachvollziehen, was in ihr vorging.

„Du wirst sie wiedersehen“, sagte ich voller Überzeugung. „In einem anderen Leben.“ Zärtlich strich ich durch ihr Haar.

„Nein, Steve … ich will das nicht. Sie werden mir sie wieder wegnehmen, und ich muss erneut durch diese Hölle gehen … ich will das nicht. Nie mehr“, flüsterte sie.

Plötzlich öffneten sich die Türen der Limousinen in der ersten Reihe und hagere, glatzköpfige Männer stiegen aus. Sie trugen Sonnenbrillen und legten über den geöffneten Wagentüren ihre Gewehre auf uns an. Aus dem mittleren Wagen, dem einzigen mit vergoldetem Kühlergrill, stiegen ebenfalls Männer. Den

Fahrer, der mit einem sadistischen Lächeln im Gesicht vor das Auto trat und sich zum Gruß an die Krempe seines Huts tippte, kannte ich als Förster Jack Cullins. Er legte mit einem Gewehr auf uns an, hatte darauf ein riesiges Zielfernrohr montiert. Der Beifahrer, ein groß gewachsener Mann mit Hornbrille, Halbglatze und strengem Gesicht, kam mir seltsamerweise ebenfalls bekannt vor. Eine Drohne stieg hinter ihm in den Himmel und flog auf uns zu. Der mysteriöse Mann lächelte und breitete dabei die Arme aus wie ein Priester. Die Drohne blieb summend über unseren Köpfen stehen und schien uns durch ein rundes schwarzes Kameraauge anzustarren.

„Steve, Steve, Steve … warum musste es so weit kommen?"

Es war der große Mann neben Cullins, der zu uns sprach. Ich kannte diese Stimme, die nun laut und klar aus der Drohne kam.

Der Master!

Kopfschüttelnd zündete er sich eine Zigarette an und kam einige Schritte auf uns zu.

„Was haben wir zu verlieren?", flüsterte Imo und wischte sich die Tränen aus dem Gesicht.

„Nicht schießen … wir kommen raus!", rief ich aus dem geöffneten Seitenfenster in Richtung Drohne. Imo und ich nickten uns wortlos zu und stiegen mit erhobenen Händen aus. Wir stellten uns vor die Motorhaube des BMW und blickten in Richtung unserer Verfolger, die in gut hundert Metern Entfernung auf uns lauerten. Zahllose Gewehrläufe waren auf uns gerichtet. Die Custos warteten auf einen Befehl des Masters oder darauf, dass einer von uns eine falsche Bewegung machte.

Einen unendlichen Moment lang passierte gar nichts. Der Master starrte uns stumm an und zog an seiner Zigarette. Einzig das Summen der Drohne, die wie eine überdimensionale Hummel über uns schwebte und uns nicht aus den Augen ließ, war zu hören.

„Ich schätze, ihr wollt ein paar Antworten …“, tönte es dann aus dem Lautsprecher der Drohne. „Was das Ganze hier soll …“

„Darauf können Sie einen lassen, verdammt!“, schrie Imo.

Der Master gab ein seltsames mädchenhaftes Kichern von sich. Er zog erneut an seiner Zigarette und schüttelte den Kopf, dann zeigte er auf uns. Cullins drückte ab.

Ein gellender Schuss peitschte durch die Luft und traf Imo direkt zwischen den Augen. Dunkelrotes Blut schoss aus ihrem Hinterkopf und spritze auf die Windschutzscheibe und die Motorhaube des BMW.

Durch die Wucht des Projektils wurde ihr Körper brutal nach hinten geschleudert, und als ihr Schädel gegen die Karosserie knallte, ertönte das Geräusch von Metall auf Metall. Das grüne Glänzen in Imos Augen war erloschen, ihre Pupillen waren plötzlich matt und stumpf. Ungläubig sah ich die klebrige, rote Masse auf der Windschutzscheibe an, ein Gemisch aus Blut, Metallpartikeln und Öl. Alles schien in Zeitlupe abzulaufen. Ihr verdrehter, lebloser Körper sackte erst jetzt zu Boden.

„NEEEIIINNN!" Verzweifelt kniete ich mich neben sie und bettete ihren Kopf behutsam auf meinem Schoss. Das rote Blut-Öl-Metall-Gemisch durchtränkte meine Hose. Mit zittriger Hand streichelte ich ihre Wange. „Nein Imo, nein, nein, nein …", flüsterte ich. Meine Stimme bebte, Tränen liefen über mein Gesicht. Fassungslos sah ich zum Master, der immer noch lächelnd vor seiner Limousine stand und erneut an seiner Zigarette zog. Er schüttelte verständnislos den Kopf.

„Tz, tz, tz …" Seine Stimme kam kaum hörbar aus der Drohne. „Stevy, Stevy, Stevyboy …" Er näherte sich mir langsam, aber mit festen Schritten. Der Klang seiner Absätze auf dem Asphalt wurde von der riesigen Mauer hinter mir zurückgeworfen. Ein rhythmisches todbringendes Klacken.

„Warum hast du sie umgebracht?!", schrie ich mit zitternder Stimme, wobei unkontrolliert Speicheltropfen aus meinem Mund flogen.

Klack, klack, klack.

Er zog an seiner Zigarette und schwieg.

„Waaaruuum?"

Er blieb stehen, rückte seine Hornbrille zurecht und sah mich an. Sein Blick war durchdringend, voller Verachtung.

„Du hast nichts verstanden, nicht wahr, Stevy?", flüsterte es aus der Drohne. „Rein gar nichts!" Dann kam er weiter auf mich zu. *Klack, klack, klack.* „Es geht hier nicht um sie, Steve. Es ging nie um sie. Und auch nicht um deinen alten Freund Iyo." Mit leicht schief gelegtem Kopf blieb er auf halbem Weg stehen. Die Custos hinter ihm warteten mit den Gewehren im Anschlag weiterhin auf einen Befehl.

„Hier geht es um dich, Stevyboy! Und zwar *nur* um dich!" Er warf seine Zigarette zu Boden und nahm die Brille ab.

„Als mein Vater Timothy Carter vor knapp vierzig Jahren die Robotic Scientific Company gründete, war das Erschaffen einer dem menschlichen Bewusstsein ebenbürtigen künstlichen Intelligenz sein größter Traum. Es war sein Antrieb. Mein Vater hat jahrzehntelange Forschung und Unsummen an Geld in seinen

Lebenstraum investiert, ohne die Früchte seiner Arbeit selbst ernten zu können. Eine Computer-KI, die einen Großmeister beim Schachspielen besiegte, war zu Lebzeiten sein größter Triumph. Ein Witz im Gegensatz zu den Visionen und Ansprüchen, die er hatte." Nachdenklich setzte er seine Brille wieder auf und kam mit schweren Schritten näher. „Er wollte einen Roboter erschaffen, der sowohl körperlich als auch geistig nicht von einem *echten* Menschen zu unterscheiden ist. Das war sein großes Ziel, dafür hat er gearbeitet, gelebt, und dafür ist er gestorben. Der Iao, das erste funktionierende Modell, wurde ein Jahr nach seinem Tod fertiggestellt. Es war so unvollständig, so offensichtlich künstlich, dass es meinen Vater niemals zufriedengestellt hätte. Aber es war ein Anfang. Unter meiner Leitung setzten wir bei ROSCO fortan alles daran, das Modell zu verbessern. Mechanisch, aber vor allen Dingen auf *mentaler* Ebene. Stetig verbesserten wir die Software, neue Mikrochips erlaubten höhere Rechenleistung auf kleinerem Raum, und so näherten wir uns Vaters Traum mit jedem Entwicklungsschritt etwas mehr." Der Master hielt kurz inne und zündete sich eine weitere Zigarette an. „Parallel zum A-Modell, welches über mehrere Jahre ständig verbessert wurde, gab ich eine neue, komplett eigenständige B-Serie in Auftrag: den Ibo. Mit neuster

Robotik- und Computertechnologie produziert war das Ergebnis ein in allen Belangen verbesserter und dem A-Modell überlegener Android. Vater wäre stolz gewesen. Doch ich wollte mehr. Ich gab mich nur mit dem Besten zufrieden, und das war trotz aller Fortschritte und positiven Ergebnisse noch lange nicht erreicht. Für die Entwicklung und Produktion der ersten beiden Modelle haben wir fast zehn Jahre gebraucht. Und dann, gegen Ende der 2000er, kam es durch den rasanten technischen Fortschritt im Bereich der Mikroprozessoren und den dazugehörigen Transistoren im Größenbereich der Nanotechnologie zu einem Quantensprung. Ab 2010 konnten wir jedes Jahr ein neues Modell herausbringen, kurze Zeit später sogar zwei pro Jahr. Dein Freund Iyo ist die neuste Errungenschaft der heute gängigen Technik, doch die KI-Technologie stagniert seit einigen Jahren. Es kommen zwar immer wieder Softwareupdates heraus, aber die selbstständige Weiterentwicklung des Bewusstseins blieb aus … zumindest bis *du* auf einmal Anomalien aufgewiesen hast, die weit von dem entfernt waren, was wir bereits kannten." Der Master war jetzt nur noch wenige Meter von mir entfernt. Imos Kopf lag noch immer auf meinem Schoß, meine Arme und Beine waren dunkelrot von ihrem Blut. Vor mir angekommen ging der Master in die Hocke, unsere Gesichter waren jetzt auf Augenhöhe. Im Hintergrund zielte Cullins mit seinem Scharfschützengewehr auf uns.

„Warum das alles hier?“, zischte ich und deutete mit dem Kopf auf das riesige Areal, in dem wir uns befanden.

„Für realistische Verhaltensmuster brauchten wir eine realistische Umgebung, Stevy … Das leuchtet doch ein, oder? Keiner der Androiden durfte jemals wissen, dass er sich nicht im realen Leben befand – was auch immer das heißen mag. Und falls jemand Verdacht geschöpft hat – und glaub mir, Stevyboy, das kommt bei so vielen beteiligten Statisten häufiger vor, als einem lieb ist – dann wurden eben die Erinnerungsspeicher gelöscht, gegebenenfalls ausgetauscht, und alles war wieder in Ordnung. Nur bei dir funktionierte diese bewährte Methode plötzlich nicht mehr. Stell dir vor, Stevyboy, selbst ein Tausch des kompletten Erinnerungsmoduls hatte nicht den gewünschten Effekt. Nach kurzer Zeit bildeten sich die Datenfragmente ganz von allein erneut – und das auf einem komplett fabrikneuen, leeren Speichermodul … Das war faszinierend! Unerklärlich! Es bedeutete, dass deine KI einen höheren Zustand angenommen hatte … etwas wahrhaft Unbeschreibliches … etwas Göttliches!“ Er lächelte mich an.

Der Anblick bescherte mir Unbehagen, denn es sah fast liebevoll aus.

„*Du,* Stevyboy, bist mein Baby! Das Baby meines Vaters, unserer Familie. Du bist Timothy Carters Lebenswerk – der perfekte Android, mit einem Bewusstsein, für das die Wissenschaft keine Erklärung mehr hat. Genauso wie beim Menschen ist das letzte Puzzleteil *Gott!*", rief er zufrieden und stand erneut auf. Er schnipste die Kippe weg und breitete die Arme aus. Sein Gesicht strahlte vor Freude, fast wie bei einem Vater, der seinen verloren geglaubten Sohn in die Arme nehmen will. Ich wollte aufstehen, weglaufen, doch ich konnte nicht. Es gab keinen Fluchtweg und eine Armee bewaffneter Custos hatte ihre Gewehre auf mich angelegt und wartete nur auf eine falsche Bewegung.

Es ist zu Ende, Steve …

„Sag mir nur eins!", rief ich wütend.

Überrascht senkte er die Arme.

„Gab es meine Frau jemals? Mimi? Ist irgendeine der Erinnerungen in meinem Kopf real? Ich muss es wissen, so viel bist du mir schuldig!"

„Nun, Steve … was bedeutet sie denn für dich?", fragte er und hielt den Kopf schief.

„Alles! Einfach alles!", antwortete ich voller Überzeugung. „Sie war mein Leben. Die Erinnerungen an sie sind mein Antrieb, meine Kraft." Warme Tränen schossen mir in die Augen, meine Stimme kippte.

„Und das ist doch alles, was zählt, Stevy. Deine Gefühle für sie, die Erinnerungen und wie du sie in Ehren hältst. Das Leben besteht nur aus Informationen. Bei uns Menschen genauso wie bei euch Androiden. Die Herkunft dieser Informationen und die Art, wie sie übertragen und verarbeitet werden, spielen dabei keine Rolle. Das Gefühl, das du hast, wenn du an Mimi denkst, ihr Gesicht, ihren Duft, *das* ist real, Steve. Es ist ein Teil von dir."

Ich weinte hemmungslos und ließ Imos Kopf zu Boden gleiten. Zusammengekauert und zitternd hockte ich auf der Straße, hatte keine Kraft mehr, als sich der Master zu mir hinabbeugte und mich in den Arm nahm. Plötzlich und unerwartet breitete sich ein endlos tiefes Gefühl der Geborgenheit in mir aus. Sämtliche Angst und aller Kummer wichen aus meinen Gliedern. Ich ließ mich fallen. In seinen nach Rauch riechenden Atem und in seine väterliche Umarmung.

„Ist ja gut, Stevyboy … ist ja gut…", flüsterte er mir beruhigend ins Ohr, während er mit einer Hand meinen Rücken tätschelte und mit der anderen in die Tasche seiner Anzugjacke griff. „Es wird alles gut, Stevyboy … alles wird gut. Bald ist alles vorbei …“ Zärtlich küsste er meine Stirn, ich spürte ein Kribbeln im Nacken.

Klick!

Somnium

Ich wache schweißgebadet auf, als ich das Scheppern der Bierdose auf dem Wohnzimmertisch höre. Orientierungslos schaue ich mich um, während der Gerstensaft eine gelbweiße Pfütze auf dem Tisch bildet und langsam auf den Teppich tropft. „Verdammter Mist!", rufe ich und versuche das Schlimmste zu verhindern, indem ich die Dose wieder aufstelle und einige Kleenex aus dem Spender neben dem Sofa rupfe, um das verschüttete Bier aufzuwischen. Das Spiel ist längst vorbei, die Nachberichte laufen, die Red Sox haben verloren – zum vierten Mal in Folge. Ich muss irgendwann im fünften Inning eingeschlafen sein. Nach zweieinhalb Dosen Bier und einer Tüte Nachos mit Käse-Dip kein Wunder. Mimi muss noch auf der Tupperparty sein. Ich schaue auf die Uhr. 23:38.

Es stinkt fürchterlich nach schalem Bier. Muss etwas dagegen unternehmen, bevor Mimi nach Hause kommt, sonst gibts zurecht 'ne Standpauke und bestimmt keinen Sex mehr heute Nacht. Ich schalte den Fernseher aus und trotte zum Abstellraum, um Eimer und Putzlappen herauszuholen. Nachdem ich mit Wasser und etwas Reiniger den Tisch abgewischt habe, bearbeite ich schrubbend die Bierflecken im Teppich, bevor ich die Putzutensilien wieder zurückstelle. Ich schaue erneut auf die Uhr. 00:02.

„Wo bleibt sie bloß so lange?", murmle ich, nehme mein

Smartphone, öffne die Anrufrufliste und schwebe mit dem Daumen über Mimis Namen, unschlüssig, ob ich sie anrufen soll.

Was sollen ihre Freundinnen von mir denken? Ich sperre das Handy wieder und packe es in die Hosentasche. „Geh lieber duschen, alter Stinker", sage ich zu mir selbst und gehe rauf ins Badezimmer. Plötzlich trifft mich wie der Schlag ein inneres Bild: ein dunkler, dichter Wald, in dem eine Holzhütte steht. Auf dem Vorplatz zu der Hütte tollt ein Hund mit einem Tennisball herum. Die Bilder sind mir seltsam vertraut, obwohl ich weiß, dass ich noch nie in diesem Wald, geschweige denn in dieser Hütte war.

„Ich muss davon geträumt haben …", murmle ich und schüttle den Kopf, als könnte ich die Gedanken herausschütteln. Doch statt, dass die Bilder – wie nach einem Traum üblich – verblassen, werden sie von Sekunde zu Sekunde intensiver und klarer.

Ich bin in diesem Wald gewesen, viele Male – das spüre ich, und plötzlich weiß ich es mit beängstigender Gewissheit. Ich war dort mit meinem Hund, Rusty, jedoch ohne Mimi. Wo war sie? Es war normal, dass sie nicht dabei war – auch das spüre ich plötzlich.

„Sie konnte nicht dabei sein, weil sie nicht mitkommen konnte, denn sie war …" Schreckliche Bilder schießen mir durch den Kopf, flimmern vor meinen Augen auf wie an einer defekten Kinoleinwand, alles läuft in rasend schneller

Geschwindigkeit ab:

Zwei Polizisten, die an meine Tür klopfen – „Es tut uns wirklich sehr leid, Sir, aber ihre Frau …"

Ich identifiziere eine Leiche – „O Gott … Ja, sie ist es …"

Eine Beerdigung – es regnet. Der Friedhof ist voller Menschen, von denen ich die Hälfte nicht einmal kenne.

Depression, Selbstmordgedanken, Schmerzen, Wut, Verzweiflung.

„… tot!", flüstere ich und berühre ein Foto von uns beiden, auf dem wir glücklich lächelnd in Italien am Strand auf einer Liege sitzen. Meine Nase und meine Stirn sind auf dem Bild feuerrot, Mimi streckt die Zunge raus und macht das Peace-Zeichen. Ich erinnere mich genau an den Moment, in dem wir das Selfie geschossen haben, einer der schönsten Tage in meinem Leben. Nach all den Jahren kann ich noch immer das Salzwasser riechen, die tobenden Kinder am Strand hören und die Sonne auf meiner Haut spüren, als ich das Glas des Bilderrahmens berühre.

Erneut schüttle ich den Kopf und gehe weiter nach oben. Im Badezimmer drehe ich das Wasser in der Dusche auf und ziehe mich aus. Die seltsamen Gedanken und unwirklichen Erinnerungen haben sich in meinem Kopf festgesetzt. Ich zwinge mich an etwas anderes, etwas Schönes zu denken, nicht in Panik zu geraten.

„Dreh jetzt nicht durch, Junge …", sage ich zu mir

selbst und steige unter die eiskalte Dusche. Der Schock durchfährt meine Glieder und vertreibt die Ängste. Als sich mein Körper langsam an das kalte Wasser gewöhnt, fange ich an zu summen: „Freedooom … hmmmhmmhmhmhmmm … Freedooom …“

Das ist unser Song, und augenblicklich bessert sich meine Laune.

Ich drehe das Wasser ab und steige fröstelnd aus der Duschkabine, die Uhr zeigt Viertel vor eins an. Ich rubble meine Haare trocken und werfe mir den Bademantel über, bevor ich das Bad barfuß verlasse. Lauschend stehe ich am Treppengeländer und horche ins Haus … Stille.

„Mimi?“, rufe ich.

Nichts.

„Ich ruf sie doch an …“, sage ich und gehe die Treppe hinunter. Als ich ins Wohnzimmer komme, bleibe ich abrupt stehen. Ein leises, kaum wahrnehmbares Schnarchen ist zu hören. Ich stehe hinter der Couch, die Lehne versperrt mir die Sicht. Als ich herumgehe und auf den Teppich trete, sehe ich sie dort liegen: Mimi! Mein Herz macht einen Freudensprung, eine schwere, dunkle Last fällt mir vom Herzen und eine Träne kullert mir die Wange herunter, als ich in ihr friedlich schlafendes Gesicht schaue. Sie hat sich nicht mal ausgezogen – ich lache kurz –, ist einfach so auf der Couch eingeschlafen, nachdem sie nach

Hause gekommen war und gemerkt hat, dass ich unter der Dusche stand. Ich lasse das Handtuch fallen, mit dem ich mir den Kopf getrocknet hatte und setze mich neben sie. Noch nie in meinem Leben war ich so glücklich wie in diesem Moment. Ich weiß nicht, warum, aber tief in meinem Herzen, in meinem Bewusstsein, in meinen Erinnerungen, war ich mir sicher, ich würde sie niemals lebend wiedersehen. Als hätte ich sie für immer verloren. Doch nun lag sie vor mir – lebendig und wunderschön wie eh und je. Zärtlich streichle ich ihr Gesicht, das sich sanft im Rhythmus ihres Atems hebt und senkt. „Hallo mein Schatz … Du hast mir gefehlt“, flüstere ich und küsse sie vorsichtig auf die Stirn. Sie quittiert es mit einem genervten Grunzen.

„Heeey … ich war doch bloß ein paar Stunden weg … lass mich schlafen, Steve!“, nörgelt sie und dreht sich um.

11. Sitzung

„Hallo Mimi, kommen Sie herein. Schön, Sie zu sehen."

„Hallo Doktor, vielen Dank. Wie geht es Ihnen?"

„Es geht mir wieder gut, danke der Nachfrage. Entschuldigen Sie noch mal, dass ich unseren Termin letzte Woche absagen musste, aber ich war wirklich so krank wie schon seit Jahren nicht mehr. Diesmal hatte es mich voll erwischt. Fieber, Kopf- und Gliederschmerzen, Nebenhöhlenentzündung ... das volle Programm. Ich war eine Woche lang nicht zu gebrauchen."

„Kein Problem. Schön, dass es Ihnen jetzt wieder besser geht."

„Danke. Bitte nehmen Sie Platz. Beim letzten Mal berichteten Sie, wie sie mit aufs Polizeirevier genommen wurden, während Ihr Haus als Tatort betrachtet wurde. Die Spurensicherung, der Gerichtsmediziner ... wie ging es dann weiter?"

„Ja, man hatte uns mit aufs Revier genommen, und wir wurden von Psychologen betreut und befragt – getrennt. Steve und ich saßen niemals gemeinsam in einem Raum. Ich glaube nicht, dass sie aus Steve ein Wort herausbekommen haben, aber genau weiß ich das natürlich nicht. Ich erzählte ihnen meine Version der Geschichte … wie gesagt, nicht so detailliert, wie ich sie Ihnen erzählt habe, aber schon im Großen und Ganzen die *komplette* Story. Die Tage und Wochen danach waren fürchterlich. Der Gerichtsmediziner bestätigte, dass Josh an den Folgen seiner Verletzungen gestorben war, die eindeutig von einem Tier verursacht wurden, wenn auch Zweifel aufkamen, ob es sich tatsächlich um einen Wolf gehandelt haben konnte und nicht etwa um einen Bären. Steve sah ich in der darauffolgenden Zeit nicht mehr. Noch nicht einmal zur Beerdigung kam er … Können Sie sich *das* vorstellen, Doktor?"

„Tatsächlich nur schwer vorstellbar."

„Ich habe nach Joshuas Tod die Reißleine gezogen, hab mich komplett von meinem alten Leben verabschiedet. Ich brauchte das, musste neu anfangen. Als Erstes habe ich meine Handynummer gewechselt – die mitleidigen Anrufe und Nachrichten hatten überhandgenommen und ich hielt es einfach nicht mehr aus. Dann bin ich aus unserem gemeinsamen Haus ausgezogen. Ich hab sämtliche Möbel zurückgelassen, nur das Nötigste mitgenommen und sagte niemandem etwas. Anfangs wohnte ich bei Kate und ihrer Familie, aber nur ein paar Wochen. Ich wollte das Haus weit unter Wert verkaufen und mir eine kleine Mietwohnung am Stadtrand besorgen. Ich hatte sogar schon was Nettes gefunden. Aber als es um den Verkauf des Hauses ging, brauchte ich Steves Unterschrift und versuchte verzweifelt, ihn zu kontaktieren. Es dauerte Tage, bis ich ihn ausfindig machen konnte, und irgendwie überraschte es mich nicht, dass er stationär in einer psychiatrischen Klinik untergebracht war. Wie Sie sich vielleicht denken können, gab es keine Möglichkeit, mit ihm zu sprechen … aber nicht, weil man mich nicht mit ihm hätte reden *lassen*, sondern einfach, weil Steve nicht mehr sprach. Er sprach mit niemandem, nicht mit den Ärzten, nicht mit dem Personal, überhaupt nicht mehr."

„Haben Sie ihn besucht?"

„Erst wollte ich nicht – alles in mir sträubte sich dagegen, doch dann musste ich, schließlich brauchte ich ja seine Unterschrift für den Verkauf des Hauses. Als ich in sein Zimmer kam, lag er mit demselben Gesichtsausdruck im Bett wie an dem Tag, an dem ich ihn das letzte Mal im Polizeirevier gesehen hatte. Er starrte an die Wand gegenüber des Betts, schien durch sie hindurchzusehen. Sein Mund war einen Spalt geöffnet, man hatte ihm ein Sabberlätzchen umgebunden, wie Babys eins haben. Immer wieder lief Speichel aus seinen Mundwinkeln. Ich sprach ihn an, wobei es mir schwerfiel, ruhig und behutsam zu bleiben. Ich empfand immer noch Hass für ihn. Der … *Unfall* war für mich allein seine Schuld. *Er* war mit dem Jungen zur Jagd gegangen … und er sollte, *durfte* das nicht. Das machte mich rasend. Hätte er auf mich gehört, wäre das alles nicht passiert!"

„Waren Sie allein mit ihm im Raum?"

„Nein, ein Pfleger war die ganze Zeit anwesend. Ich weiß nicht, ob Steve jemals Probleme gemacht hatte, aber jedenfalls stand der Pfleger die ganze Zeit hinter mir, beobachtete aufmerksam jede meiner Aktionen und hörte alles, was wir … was *ich* sagte. Vielleicht hatte die Klinikleitung auch bedenken, dass *ich* ihm etwas antun könnte und haben deshalb den Aufpasser mit ins Zimmer geschickt … ich weiß es nicht. Vielleicht ist es auch einfach nur Vorschrift, egal …"

„Also hat Steve Ihnen nicht geantwortet, als Sie ihn ansprachen?"

„Nein … keine Antwort, keine Reaktion. Nur sein dummer, verstörender Gesichtsausdruck und Sabber, der ihm in Fäden vom Kinn hing."

„Das heißt, Sie haben die Unterschrift *nicht* bekommen?"

„Verrückt, Doktor, total verrückt: Ich erzählte Steve die ganze Geschichte – dass ich das Haus verkaufen musste, da ich keinen Fuß mehr dort hinein setzen konnte, nach dem was geschehen war, dass ich es *weit* unter Wert verkaufen würde, da ich es schnell loswerden und etwas neues finden wollte, dass ich dafür aber seine Unterschrift bräuchte und deswegen hier war, und so weiter und so fort. Während ich erzählte, verzog er keine Miene, blinzelte nicht einmal … doch als ich ihm abschließend den Kugelschreiber und das zu unterzeichnende Dokument hinhielt, griff er abwesend nach dem Stift und kritzelte seine Unterschrift auf das Blatt, ohne seinen Blick von der Wand zu wenden … einfach so."

„Unglaublich!"

„Ja, nicht wahr?"

„Also haben Sie das Haus verkauft und sind umgezogen?"

„Ja. Die ganze Prozedur hat danach noch etwa einen knappen Monat gedauert."

„Wie haben Sie das bloß alles geschafft, nach dem, was Sie durchgemacht hatten? Bemerkenswert."

„Ja … manchmal frage ich mich das auch, wenn ich an diese Zeit zurückdenke. Immer wieder war da dieses Gefühl … wie damals, als ich in dem Streifenwagen saß. Mein Körper war nur ein Schauspieler – eine andere Person, die handelte, sprach und all die Sachen tat, die getan werden mussten … während ich die Geschehnisse von außerhalb beobachtete. Es lief irgendwie alles instinktiv, als würde ich von einer höheren Macht gesteuert."

„Der Schutzmechanismus."

„Ja."

„Was wurde aus Steve?"

„Nun ja … wie soll ich es sagen? Nachdem das Haus verkauft und ich umgezogen war, vergingen einige Monate. Eines Tages verspürte ich den seltsamen Drang, ihn zu besuchen. Ich weiß auch nicht, aber irgendwie waren der Hass und die Wut ihm gegenüber plötzlich verschwunden. Ich spürte so etwas wie Mitgefühl – denn schließlich war er Joshuas Vater. Ich weiß, dass Steve ihn abgöttisch liebte, und fühlte mich auf einmal furchtbar, weil ich ihn so schlecht behandelt hatte, und *ihm* all die Schuld am Tod unseres Sohnes gegeben hatte. Also fuhr ich zur Klinik, um ihn zu besuchen. Doch als ich beim Empfang nach Steve fragte, sagte man mir, dass er bereits vor Wochen in eine andere Klinik verlegt worden war. Ich wollte natürlich wissen, wohin, doch die Frau am Empfang durfte mir keine Auskunft geben. Ich sagte ihr, dass ich Steves Frau sei, und wünschte, sofort mit einem der Ärzte zu sprechen, um zu erfahren, was mit meinem Mann geschehen war. Nach langem hin und her, und erst, als ich mich ausgewiesen und mit meinem Anwalt gedroht hatte, informierte die Sekretärin einen der Ärzte."

„Wie? Man hat Sie damals nicht im Vorfeld über die Verlegung Ihres Mannes informiert? Äußerst seltsam."

„Doch … laut Aussage der Sekretärin hätte man mehrmals versucht, mich zu kontaktieren, doch im Krankenhaus waren noch meine alte Handynummer und die alte Adresse hinterlegt, darunter haben sie natürlich niemanden erreicht."

„Verstehe. Hat Sie denn, nachdem Sie sich ausgewiesen hatten, wenigstens einer der Ärzte empfangen und Ihnen alles erklärt?"

„Ja. Dr. Master – ein äußerst unsympathischer Mann. Groß, hager, Halbglatze, starrte mich mit eisigen Augen durch seine Hornbrille an … der ließ mir das Blut in den Adern gefrieren. Er bat mich freundlich in ein kleines Besprechungszimmer, ließ sich erneut meinen Ausweis zeigen, stellte mir einige Fragen – Geburtsdatum, Geburtsort meines Mannes –, um auf Nummer sicher zu gehen, dass ich tatsächlich diejenige war, für die ich mich ausgab, bevor er mir erzählte, was geschehen war. ‚Es tut mir leid, Ihnen das sagen zu müssen Ma'am, aber Ihr Mann musste in eine andere Klinik verlegt werden', sagte er. Ich antwortete ihm, dass ich das bereits wisse, und wollte den Aufenthaltsort und den Grund der Verlegung erfahren. Der Arzt schien sich nicht wohl in seiner

Haut zu fühlen, als er sagte: ‚Durch den Verlust Ihres Sohnes scheint sich bei Ihrem Mann eine ausgeprägte Psychose entwickelt zu haben. Erst war er emotional komplett abgekapselt, war abwesend … so wie Sie ihn auch bei Ihrem Besuch vorgefunden haben. Doch einige Tage später begann er auffällig zu werden. Er beschimpfte das Pflegepersonal, fühlte sich von den Angestellten bedroht … schrie immer wieder, sie sollten ihre Finger von ihm lassen, seine Speichermodule nicht anrühren – keine Ahnung, was das bedeuten sollte. Er rief auch immer wieder Ihren Namen … fragte nach seinem Hund Rusty und versuchte aus seinem Zimmer zu entkommen. Einen der Pfleger hat er sogar mit einem Skalpell bedroht und ihn andauernd *Wolowitz* genannt. Zum Glück konnte sich der Kollege befreien und entkommen, bevor er verletzt wurde. Ich habe bis heute keine Erklärung dafür, wie er an das Skalpell kommen konnte. Sie müssen wissen Ma'am, dass unsere Einrichtung nicht für die Verwahrung solch auffälliger und gewalttätiger Patienten geeignet ist. Wir müssen wirklich froh sein, dass nichts Schlimmeres passiert ist. So mussten wir Ihren Mann aufgrund der massiven Probleme, die wir mit ihm hatten, ihn in eine Hochsicherheitsklinik für psychisch gestörte und gewalttätige Patienten verlegen – in die Ross Medical Klinik, oben in den

Bergen … im Wald.'"

„Gütiger Gott …"

„Ja, das war ein Schock. Diese Nachricht klang in meinen Ohren wie Steves Todesurteil. Ich hatte schon mal Gerüchte über diese Anstalt in den Bergen gehört … furchtbare Dinge. Diese Klinik war so mysteriös, so geheim, dass sogar die Einheimischen in der Umgebung nur spekulieren konnten, was hinter den Mauern der Anlage genau vor sich ging."

„Das heißt, Sie konnten Ihren Mann nicht besuchen?"

„Nein, Doktor. Seitdem habe ich Steve nicht mehr gesehen …"

„Eine unglaubliche Geschichte. Bemerkenswert, wie gut Sie das alles weggesteckt haben, Mimi."

„Ja … es war eine schwere Zeit."

„Das glaube ich. Leider müssen wir für heute schon wieder zum Ende kommen."

„Kein Problem. Ich habe meine Geschichte erzählt, Doktor."

„Gut. Wie sieht es nächste Woche Donnerstag bei Ihnen aus? Um elf hätte ich was frei."

„Das ist nicht nötig. Ich denke, ich werde in nächster Zeit erst mal nicht mehr herkommen."

„Äh … okay. Darf ich fragen, warum?"

„Wie ich sagte: Ich habe meine Geschichte erzählt.

Es gibt nichts mehr zu sagen. Ich habe das Gefühl, es wäre das Beste für mich, jetzt ein wenig Abstand zu der ganzen Sache zu bekommen. Wir haben jetzt über so viele Wochen nur über diese furchtbaren Ereignisse gesprochen … ich brauche eine Auszeit."

„Und Sie sind sich sicher, dass wir keinen weiteren Termin vereinbaren sollen?"

„Ja, Doktor … absolut."

„Na gut, wie Sie meinen, Mimi … auch wenn ich Sie gerne noch ein paarmal gesprochen hätte, um einige Dinge mit Ihnen aufzuarbeiten."

„Danke, Doktor … aber das ist nicht nötig – zumindest vorerst nicht. Ich glaube, die beste Therapie ist für mich jetzt erst mal ein ausgiebiger Urlaub. Ich habe mir endlich all die schrecklichen Dinge von der Seele geredet, jetzt will ich den Kopf freikriegen. Zurück zur Normalität … so gut es geht zumindest."

„Okay. Das kann ich natürlich verstehen. Haben Sie schon ein Reiseziel im Auge?"

„Ja. Ich habe sogar schon gebucht. Nächsten Samstag gehts los."

„Wohin?"

„Italien … Sardinien, um genau zu sein."

„Wunderschön dort. Dann wünsche ich Ihnen einen schönen und vor allen Dingen erholsamen Urlaub. Lassen Sie es sich gut gehen."

„Danke, Doktor … ich schreibe Ihnen eine Karte – versprochen!“

„Ich würde mich freuen, wenn Sie sich mal wieder bei mir melden … wenn wir in Kontakt bleiben. Und falls Sie irgendwann das Bedürfnis verspüren, doch noch mal herzukommen, rufen Sie mich an.“

„Danke, Doktor. Ich melde mich, versprochen … und danke für alles. Sie haben mir sehr geholfen.“

„Gern geschehen, Mimi. Ich bin froh, dass Sie Ihren Lebenswillen nicht verloren haben. Sie sind eine starke Frau. Machen Sies gut.“

„Danke. Machen Sies auch gut Doktor. Bis bald.“

Somnium

Am nächsten Morgen bin ich ungewöhnlicherweise als Erster wach. Noch bevor ich die Augen öffne, taste ich neben mir im Bett herum, um mich zu vergewissern, dass sie tatsächlich da ist. Ich spüre die nackte Haut ihres Arms und atme erleichtert auf.

„Kein Traum …", flüstere ich.

Vorsichtig schlüpfe ich aus dem Bett und gehe nach unten, um Kaffee aufzusetzen und Frühstück vorzubereiten. Wie lange habe ich das nicht mehr gemacht? Eine Ewigkeit.

Die Kaffeemaschine gluckert vor sich hin, ich werfe vier Scheiben Toast in den Toaster und beginne für einen Obstsalat Äpfel, Birnen und Pfirsiche zu schneiden.

Zu guter Letzt richte ich alles auf einem großen Tablett an und trage es die Stufen rauf ins Schlafzimmer, wo sich Mimi gerade gähnend den Schlaf aus den Augen reibt und mich verdutzt ansieht.

„Morgen Schatz!", sage ich lächelnd und setze mich auf die Bettkante. Kaffeeduft liegt in der Luft.

„Wooow … Schatz. Morgen!", sagt sie schlaftrunken. „Was für eine tolle Überraschung … Hab ich irgendwas verpasst?" Sie lacht und ist sichtlich verwirrt. „Womit hab ich das verdient?" Sie pickt sich ein Stück Pfirsich aus der Obstschale.

„Ich liebe dich, Schatz", sage ich und schaue ihr tief in die Augen. „Und ich bin überglücklich, dass du meine Frau bist."

„Heeey …" Sie streichelt mir gerührt über die Wange. „Ich liebe dich auch, mein Schatz … Aber was ist denn plötzlich los? Ist irgendwas passiert?"

„Ich … ich weiß nicht, Mimi … Ich glaube, ich hatte einen fürchterlichen Traum. Es fühlt sich aber nicht an wie ein Traum … sondern … ich weiß nicht, wie ich es sagen soll – so echt!" Meine Stimme zittert.

„O Gott, Schatz. Es ist doch alles gut! Was hast du denn geträumt?" Sie ist besorgt.

„Komm … lass uns später darüber reden. Der Kaffee wird kalt", sage ich lächelnd und küsse sie auf die Stirn.

Nach dem Frühstück im Bett bleiben wir noch liegen. Ich starre mit hinter dem Kopf verschränkten Armen zur Decke. Die Bilder rasen wieder durch meinen Kopf, lassen mir keine Ruhe. Plötzlich spüre ich, wie Mimi zärtlich meine Brust streichelt.

„Hey Schatz … willst du mir jetzt von deinem Traum erzählen?"

Ihre Worte scheinen aus weiter Ferne zu mir durchzudringen.

„Ist es vielleicht wegen des Jungen?"

Im ersten Moment begreife ich nicht, was sie sagt.

Sie wiederholt den Satz, diesmal dringt er als Fragment zu meinem Verstand durch. Mein Puls beginnt zu rasen.

Der Junge?

Der Junge …

Der Junge!

Kapitel 40

„Verdammt, Wolowitz! Er kollabiert! Tun sie was!"

„Er kommt wieder zu Bewusstsein, Doktor! Seine Vitalfunktionen sind im roten Bereich! Sie müssen die Adrenalinzufuhr reduzieren!"

„Haben Sie das Modul richtig parametriert, Wolowitz? Sind Sie sicher, dass Sie keinen Fehler gemacht haben? Diese Reaktion ist *nicht* normal!"

„Verdammt, Doktor! Ich mache das nicht zum ersten Mal! Drehen Sie die Adrenalinzufuhr ganz ab! Ich versuche sein Betriebssystem kontrolliert herunterzufahr…"

„Vorsicht! Er schlägt um sich! Fixieren! Fixieren!"

„Verdammte … Auuu!"

„Wolowitz, verflucht! Helfen Sie mir, ihn festzuhalten! Custos in Labor 13, Custos in Labor 13! SOFORT!"

„Ich habe ihn, Doktor! Machen Sie die Manschette fest! Ich muss ihn runterfahren!"

„Setzen Sie ihn sofort auf Werkseinstellungen zurück!"

„Was? Niemals! Sämtliche Daten würden verloren gehen!"

„Sie tun, was ich sage, und zwar sofort!"

„Das wird der Master niemals tolerieren, Doktor!

Nicht bei diesem Modell!“

„*Ich* bin Ihr direkter Vorgesetzter, Wolowitz, und trage die Verantwortung für diese Operation! Und ich befehle es Ihnen zum letzten Mal: SETZEN SIE IHN SOFORT AUF WERKSEINSTELLUNGEN ZURÜCK!“

„Verdammt, Doktor … Das ist ein Fehler…“

„JETZT!“

Klick!

Kapitel 41

Die hereinfallenden Sonnenstrahlen funkelten durch die Fensterscheibe und blendeten mich. Vogelgezwitscher drang durch das gekippte Fenster ins Zimmer. Die Luft war feucht und kühl, sie roch nach Wald.

Langsam öffnete ich die Augen ganz. Ich brauchte einen kurzen Moment, um mich zu orientieren und zu realisieren, wo ich war. Schon wieder hatte ich von Mimi geträumt. Doch das Gefühl der frischen Bettwäsche auf der Haut und die vertrauten Geräusche der Natur beruhigten mich, ließen mein Herz aufgehen. Ich atmete tief und zufrieden durch die Nase ein. Das Gefühl vollkommener Geborgenheit breitete sich in mir aus. Endlich war ich wieder hier, nach so langer Zeit. War wieder im Wald, in meiner geliebten Hütte.

Über mir erblickte ich die helle, hölzerne Decke, die ich erst letztes Jahr frisch geölt hatte. Das Holz, aus dem das Blockhaus gefertigt war, verströmte einen eigenen, mir vertrauten Geruch. Genüsslich gähnend streckte ich mich und sah neben das Bett, wo Rusty zufrieden auf seiner Decke schlief. Ich lächelte, Freudentränen stiegen in meine Augen. *Endlich wieder zu Hause.*

Liebe Leserin, lieber Leser,

ich hoffe, dass ich dir mit „Die Hütte im Wald“ ein paar unterhaltsame Stunden bereiten konnte.

Diese Geschichte hat mir vom ersten Tag an besonders viel bedeutet, da Steves und Mimis Schicksale einige autobiographische Elemente aus meinem eigenen Leben beinhalten (keine Sorge, ich bin kein Roboter). Der Schreibprozess ging bei diesem Buch nicht so locker von der Hand wie bei „Revolution Nano“, und auch die Überarbeitung hat mir und meiner Lektorin Tanja einiges abverlangt. Umso zufriedener bin ich mit dem fertigen Buch. Eins steht fest: Für mich war das Schreiben diese Geschichte eine emotionale Achterbahnfahrt mit vielen Höhen und Tiefen, viel Freude und auch ein paar Tränen.

Ein bisschen wie im echten Leben …

Bis zum nächsten Mal, und falls dir das Buch gefallen hat, würde ich mich wahnsinnig über dein Feedback freuen – egal ob als Bewertung, Rezension oder E-Mail an mich.

Liebe Grüße

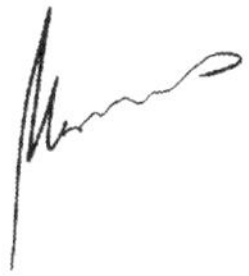

www.marcusbanno.de

Kostenloser Newsletter für exklusive Inhalte: Leseproben unveröffentlichter Manuskripte, Einblicke in den Autorenalltag, Artworks und vieles mehr.

E-Mail:
marcus.banno@icloud.com

Social-Media:
Instagram: https://www.instagram.com/marcusbanno/
Facebook: https://www.facebook.com/MBanno33/
Twitter: https://twitter.com/BannoMarcus

Printed in Poland
by Amazon Fulfillment
Poland Sp. z o.o., Wrocław

56395841R00251